Nou wat Storie jy Vandag

Stanley Cierenberg

Malherbe Uitgewers Publikasie

Outeur: Stanley Cierenberg
Voorbladontwerp: Malherbe Uitgewers

Geset in Franklin Gothic 11pt

Stories

i

Evelyn, Ouma en die tuinhekkie

My mens, as hierdie tuinhekkie 'n bekkie gehad het om te kan praat, sal daar nie genoeg plek in 'n Ena Murray novel vir al die stories wees nie. Hier is duisende paar voete deur die hekkie, in en uit.

Die tuinhekkie is 'n groot ding vir Ouma. Elke keer wanneer sy deur hierdie hekkie stap, is dit asof die lewe fees beginne vier.

As iemand anders deur hom stap is dit ook 'n oomblik. Nie net vir daardie persoon nie, maar vir Ouma ook.

Hierdie tuinhekkie van staal en draad is bekrul en geverf en versier.

Daar was nie groot en grênd winkels om 'n klaargemaakte hekkie te koop nie. Alles was tuisgemaak. Tuisgemaakte konfyt, tuisgemaakte botter en brood, tuisgemaakte terte en koeke en dan natuurlik die tuisgemaakte hekkie.

Ouma vertel dan hoe Oupa vier blink pype, 'n rol press-draad en 'n rol bloudraad by die koöperasie gaan koop het vir die maak van die hekkie.

Die press-draad het hy gebruik om die tussen-in spanwerk te doen en die bloudraad was vir die groter spanwerk, soos om die stewige vierkante tussen die pype te span.

Die handvatsel is noukeurig en sorgvuldig gekrul met die mooiste krulle en draaie wat jy nog aan 'n hekkie gesien het.

Reg bo op die hekkie is die center piece. 'n Stukkie staal wat so gekrul is en dan met 'n puntjie opstaan. Dit is die kroon van die hekkie. Die hekkie se eie kroon. Soos 'n Beauty Queen, verstaan jy?

1

Aan die regterkant van die hekkie, teen die draad af, is die soetste Pronkertjies geplant. Pienk, ligpienk en donker pienk.

Dis die rok van die hekkie.

"Waar het jy 'n bruid gesien wat sonder 'n mooi rok in die kerkgang afloop preekstoel toe?" het Ouma altyd gesê.

Aan die linkerkant is vetplantjies geplant.

Pietsnot met sy goudgeel blaartjies en klossie stuifmeel wat plat op die grond groei.

Katstert wat ook goudgeel is, maar regop staan.

'n Paar ander vetplantjies is so al om die paaltjies van die hekkie geplant.

Ouma het elke nou en dan kom loer terwyl Oupa besig was om die hekkie aanmekaar te slaan.

"Daantjie, is daai pype ewe lank? Die een duskant lyk bietjie langer as die ander een," het ouma gesê.

Ouma vertel dan vir my dat Oupa die pype langs mekaar gesit het, gemeet, gekyk en weer gemeet het.

"Ja, lyk reg Daantjie." Ouma het dan heel tevrede haar gebuigde wysvinger op haar lippe gesit, met haar duim onder haar ken. Daardie tevrede-gebaar.

Na vier dae was die hekkie klaar gemaak en al wat nou oorbly was om hom te gaan plant. Ouma het klem op die 'plant' gelê. Tot vandag toe nog weet ek nie hoe plant mens 'n hek nie. Die ding kan mos nie groei nie.

"Nee man, Daantjie, verf eers die hek klaar voordat jy hom opsit. Dit gaan mos baie gouer gaan," sê Ouma en dan druk sy haar bril met haar middelvinger op.

As Ouma die dag krapperig voel, werk sy daardie dikraambril met die middelvinger, al het die bril nie eens gesak nie. Dis die tyd wanneer jy nie teëpraat of eers dink aan teëpraat nie. Dis 'n klaar ding.

Wanneer sy goed befoeterd is, haal sy daardie dikraambril af, wasem hom so in haar mond op en vryf die lense blink met die soom van haar rok.

"Watse kleur?" het Oupa gevra.

"Silwer-blink," sê Ouma toe, met 'n punt (nie 'n kommapunt) in haar klaarpraat-stem. Dis 'n stem wat Oupa goed ken. Daardie 'moenie my geduld beproef nie' stem. Finish en klaar.

Oupa het die volgende dag 'n blikkie silwer verf gebring en die hekkie van kroon tot toon blink geverf.

Terwyl die hekkie droog word het hy, man alleen, twee gate gaan grou waar die paaltjies ingeplant moet word. Ouma sê altyd dat mens dinge self moet doen. Dit staan glo so in die Bybel geskrywe.

Dat Oupa self daai gate gegrou het is nie 'n liegstorie of stêmp-geplakkery nie, ek het met my eie oë gesien hoe Oupa soos 'n vraagteken oor daai graaf buk en grou.

Maar anyway...

Teen die einde van die week was die hekkie gereed om geplant te word.

Oupa is opgewonde. Nie eintlik oor die hek nie, maar omdat die nagmerrie van hekbou byna klaar is. Siestog, die stomme Oupa.

Ouma stap soos 'n kloeks hen al om die hek om te kyk dat alles reg, perfek en volgens plan is.

Toe Ouma in die huis gaan om die fles koffie te gaan haal, kom Oupa agter dat hy nooit die skarniere gekoop het nie en om nou terug te ry dorp toe, is te laat. Die winkels is seker al toe.

Dit is in tye soos hierdie dat hy sy pyp vat, dit stop en vasdruk met sy duim.

Dan steek hy die ding brand en blaas bolle rook die lug in. Dis maar sy manier as die senuwees knaag.

'n Blink plan skiet sy gedagtes binne.

Hy gaan vinnig na die agterplaas toe waar die ou hekkie, wat die groentetuin en die blomtuin van mekaar skei, staan. Hy haal vinnig daardie twee skarniere af, balanseer die hekkie teen 'n paal en met kort treetjies stap hy terug. Hy kan maar môre die groentetuinhekkie regmaak. Daar is nie tyd vandag nie.

Hy sit die twee skarniere aan die nuwe hekkie en hoop en bid Ouma kom dit nie agter nie.

Die een skarnier wou nie lekker vasskroef nie, toe draai hy dit sommer met 'n stukkie press-draad vas. Hy verf hulle dieselfde silwer as die res van die hekkie. Netjies.

Hy is net betyds klaar toe Ouma met die flask koffie kom en vir hulle skink in twee plastiek bekertjies. Ouma glimlag en kyk na Oupa met 'n blink in die oog.

Toe Ouma na die handvatsel van die hekkie mik om hom oop te maak, slaan 'n koue sweet op Oupa se voorkop uit. Die kommer en vrees sit vlak in sy blou oë en hy suig aan daardie pyp dat dit lyk soos 'n stoomlokomotief wat opdraand ry.

Ouma stoot toe die hekkie oop en daar skreeu die ding soos 'n speenvark ter slagting.

Oupa blaas rook soos 'n ou lokomotief wat bult op stoom en loer vir Ouma so van onder af.

Ouma ruk haar kop eenkant toe, trek haar skouers op, druk haar bril met die middelvinger op - al het die bril nie eens gesak nie - en kyk vir Oupa.

Dis net die ene bril met middelvinger opdruk, bril afhaal, blaas, wasem, skoonmaak met die rok se soom ... 'n hele gedoente.

Sy het nie woorde nie.

Daar staan Ouma met hande in die sye en Oupa wat rookbolle blaas op die sypaadjie en kyk vir die hekkie, asof die hek homself moet antwoord gee.

"Nee wat, ou Vrou, dis net die eerste paar keer wat hulle so gaan raas. Dis van nuutgeit en daar het seker bietjie verf ingeloop. Môre is hulle reg," soek Oupa verskonings.

Ouma vertel vir my dat as Oupa eers vinnig praat en oorlog met sy pyp maak, dan het sy geweet dat Oupa se senuwees klaar is.

Sy stoot die hekkie weer toe. Daar skreeu die varkie weer.

Oop, en die vark skreeu

Toe, en die vark skreeu.

Oupa sit sy een voet op 'n klip in die rotstuin skuins agter die hekkie en maak oorlog met sy pyp.

"Ek sal môre 'n emmertjie ghries gaan koop, dan kan ons hierdie skarniere mooi glad smeer. Dan is al die geskreeu ook daarmee heen," probeer Oupa 'n wit vlaggie hys.

Ouma sê toe, "Evelyn, ek wou die ou man tog glo, maar iets het nie vir my opgetel nie. Ek sê toe maar vir hom, 'Ditsem, al wat ons nou nog moet opsit is die nommer en dan sommer 'n bordjie wat sê 'Pasop vir die hond', maar jy kan dit môre doen as jy die skarniere ghries. Kry sommer 'n stukkie plaat by die koöperasie, dan kan jy met die Sweismasjien die nommer so uitbrand. Dit sal tog te mooi lyk.'"

Die volgende dag toe Ouma groentetuin toe stap, die groentetuin se hekkie oopstoot en dié val soos 'n dooie dier hier reg voor haar neer, besef sy wat Oupa gedoen het. Sy vat die hekkie, tel hom op en gaan sit hom teen die boom waar Oupa altyd die liggeel 1400 Nissan Bakkie parkeer.

Die Middag toe Oupa by die huis kom, staan Ouma voor die venster en wag.

Mens, ek kan in my geestesoog sien hoe Ouma vir Oupa dophou, soos 'n jagter sy visier op 'n bewegende bok het.

"Middag, Vrou," groet Oupa sy gewone groet.

"Ja, middag Daantjie en het die groentetuin hek sommer so vanself afgeval? Hoekom is die hek af en waar is die skarniere?" en sy wys na die groentetuinhekkie.

"Bedaar nou maar eers, Vrou."

"Bedaar? Jy het heeltyd vir my gelieg. Ek kan mos sien jy het die skarniere afgehaal en op die buite-hekkie gaan sit. Ek is mos nie blind nie. Dis hoekom die hekkie so skreeu. Hoe kon jy vir my 'n splinternuwe hekkie bou en opsit met 'second-hand' skarniere? Ek skaam my dood," het Ouma gekwetter soos 'n voël wat nie einde het nie.

Oupa het glo maar net stil gebly, die kombuisstoel uitgetrek en die plaaslike koerantjie nader getrek.

Oupa se rustigheid het die kwik in Ouma se gemoed afgebring.

"Nou ja toe, dit sal nie baat om nou daaroor te baklei nie. Dis gedane sake. Ek het in elk geval gewoond geraak aan die skreeuende skarniere. Hier is jou koffie. Ek watch vir jou, Daantjie. Dit is maar die bek van die hekkie, hy waarsku my ten minste wanneer iemand inkom," het Ouma gesê.

Toe hulle klaar koffie gedrink het, vat Oupa die plaatjie met die huisnommer daarop, nommer 63 wat mooi uitgebrand is met die Sweismasjien, en hulle gaan maak dit in die middel van die hekkie vas.

Dis mooi.

Ouma het die gewoonte gehad om met haar voorarms so op die hekkie te rus, met die kroon so hittete naby aan haar borste. Dit het heelwat mense twee keer laat kyk, veral die Griek by die Kafee met sy dwalende oë.

Sy het soms sommer net daar gestaan, sonder geselskap, en na die wêreld gekyk. Dis daardie een dag wat sy nog so staan en kyk het na die Maluti berg aan die een kant van die dorp en dan Imperani berg aan die ander kant, wat die groot dink in haar kom sit het.

Soos jy by die dorp inry is Soutkop daar, een groot rots wat die hoogte inskiet. Dis daardie einste Soutkop wat 'n teken of baken is dat jy nou in die dorp is. 'Arrive' het.

En net daar, met haar elmboë op die hekkie en die kroon tussen haar borste, besluit sy dat hier 'n klip reg voor haar huis moet staan. 'n Teken dat jy 'arrive' het.

Dit was begin Desember en sy het dadelik na Oupa toe geloop en hom gevra om 'n klip te gaan haal wat buite die dorp is. Sy het nou al vir 'n hele rukkie daardie spesifieke klip in die oog.

"Nou vir wat?" wou Oupa weet.

"Vir die nommer," het Ouma gesê.

Dit was daardie een Maandag, my dag af, want sien, hairdressers werk mos nie Maandae nie, toe ek hier verbygestap het na die Jood se winkel toe, toe Ouma my nader roep om die klip-storie vir my te vertel.

Daardie een Dinsdag-middag in die bloedige son, vertel Ouma, het Oupa die geel veertien-honderd bakkie gevat en dorp uitgery om die klip op te tel.

"Onthou nou," het Ouma gesê, "as jy by die dorp uitry, by die eerste afdraai lokasie toe, sal jy 'n groot boom sien, waaronder die sementtafeltjies en bankies staan waar mense kan padkos eet. Net so regs agter die boom staan daardie klip," het Ouma beduie.

Ek wou my nog vererg vir die lokasie woord, maar los dit toe maar net so.

Oupa bring die 1400 langs die tafels tot stop, sit nog 'n rukkie met sy hande op die stuurwiel en bekyk die wêreld.

Die son brand, sodat die kraaie op die telefoondrade gaap. Dis goed warm in die Vrystaat.

Oupa klim rustig uit die 1400, maar toe hy daardie klip sien is dit asof die rustigheid in hom deur die gapende kraai ingesluk word.

Hy stop sy pyp ... dis duim, vuurhoutjie en blaas, dan gaan staan hy met sy regtervoet op die 1400 se wiel om die klip mooi te bekyk.

Dis asof alles om hom stil word.

Oupa blaas 'n laaste bol rook die lug in, haal sy voet van die wiel af en stap stadig-moedswillig na die klip toe.

Sy oë woes soos die van 'n wilde dier wat gejag word, toe hy by die klip buk.

Vir eers het hy gedink hy is by verkeerde klip, maar hoe meer hy na die klip kyk en ouma se stem in sy kop hoor, besef hy dat dit HIERDIE klip is.

Dis 'n enorme sandklip wat seker nog 'n goeie duim of twee in die sand is.

Dit beteken daar sal gegrou moet word.

Die stuk van die klip wat bo die grond uitsteek is rond, met 'n puntjie wat so regs-bo uitstaan.

Hy kyk na die klip, dan na die 1400 se wiel, weer na die klip en meet hom so met die oog, besef dan dat net die deel wat uitsteek so groot soos die wiel is.

Die stukkie van die klip wat so regs bo uitsteek laat hom dink aan die buurvrou se kat wat altyd so spits-ore na sy duiwe sit en loer en die ergernis woel sommer nou nog erger in hom. Dis so spits-oor Kat klip, het Oupa by Ouma se storie ingetjirp

"Nee wat, Koot, hierdie klip gaan ek nie optel nie," praat hy in die klip se rigting en skop na die klip.

Hy klim terug in die 1400 en ry terug. Sonder die klip.

Hy het seker die clutch van die 1400 te vinnig gelos, want so met die wegtrek skiet daar nog stof op die klip.

Terwyl hy terugry huis toe, dink hy aan 'n verskoning oor hoekom die klip nie gelaai is nie.

Ouma gaan glad nie gelukkig wees nie.

Ouma vertel vir my dat sy klaar die grassies weggesny het en nogal 'n holte gemaak het waar die klip mooi moet gaan inlê. Sy het tot die tuinslang gaan haal en die grond so bietjie nat gemaak, glo dat die klip sy lê moet lê as hy neergesit word.

Ouma vertel verder dat sy so ongeduldig was omdat Oupa so lank wegbly, dat sy sommer die tien tree na die hoek van die straat gestap het om te sien of hy nie doer onder in die pad al aankom nie.

Haai tog, ek kan myself net indink, dis soos om te weet jy gaan 'n krismisboks kry, maar Krismis is nog so ver.

Ouma sien toe so honderd tree of wat af in die straat, dat Oupa op pad is met die bakkie en so begin Ouma al waai om vir Oupa te beduie waar hy moet in reverse om so na as moontlik aan die klip se gat te kan kom.

Sy beduie met groot armbewegings na Oupa in die bakkie om mooi te stop en dan stadig in te reverse, dan weer vorentoe, dan agtertoe, dan links, dan regs.

Ouma storm na die bakkie se gatkant toe en leun ver oor om die seiltjie aan die een punt beet te kry om onder in te loer waar die klip is.

Toe Ouma daardie seil wegtrek, is daar nie 'n teken van 'n klip nie. Sy ruk die seil weer oop, net om seker te maak dat sy nie verkeerd kyk nie. Sy druk haar hande in haar sye en gluur na Oupa, sommer deur die agterste venstertjie, waar hy sit en hande vryf in die bakkie.

Ouma vertel toe vir my dat Oupa so bang was, dat hy die bakkie se deur maar stadig oopgemaak het. Eers sy regterbeen by die deur uit gesit, dan die linkerbeen. Hy vat met sy regterhand op die dak van die bakkie en trek homself uit. Hy maak die deur toe en haal sy pyp uit. Stop, duim, druk en vuurhoutjie, dan blaas.

"Nee wat Vrou, ek het nie daai klip gelaai nie. Die ding is darem heeltemal te swaar. Hoe moet ek man alleen die ding laai? En hy lyk boonop soos die buurvrou se kat wat na my duiwe loer."

Ouma sê vir my sy het nie woorde gehad nie. Sy het vir die tweede keer weer aan die seiltjie geruk, net om seker te maak dat sy daardie groot klip, wat so groot soos die 1400 se wiel is, nie miskyk nie.

"Daantjie, ek het dan so mooi gevra dat jy die klip moet laai. Wat kan dan so moeilik wees? Was daar nie iemand langs die pad wat jou kon help nie?"

Ouma storm toe blykbaar die huis binne en los vir arme Oupa net daar op die sypaadjie. Shame tog, die Oupa darem.

In die slaapkamer het Ouma voor haar dressing tafel gaan sit, haar hare agtertoe gekam, parfuum aangespuit - van daai wat soos pronkertjies ruik - en lipstiffie aangesit. Sy het haar handsakkie gegryp en onder haar arm ingedruk. Terug by Oupa op die sypaadjie, wink sy hom bakkie se kant toe - sy klim sommer by die bestuurder se kant in.

Dis 'n mooi dag buite, net soos die Vrystaat op sy beste kan lyk, maar o wee tog, binne in die 1400 bakkie is daar 'n stilte wat so in mens se bene gaan sit.

Toe hulle by die sementtafeltjie en stoeltjies kom wat langs die pad staan, ry Ouma mooi netjies agteruit sodat die 1400 so gatkant teen die klip staan.

Sy kyk in die truspieëltjie en sê Oupa moet uitklim om te kyk hoe ver sy nog kan gaan.

Oupa klim uit die bakkie uit en beduie waar Ouma moet stop. Toe die bakkie tot stilstand kom, is Ouma by die deur uit.

Ouma vertel en beduie vir my hoe sy tot langs daai enorme klip stap en die ding aankyk.

"Kom Daantjie, vat jy daai kant en ek vat die kant. Vandag tel ons hierdie klip SAAM op."

Ouma buk vooroor en wikkel aan die een kant van die klip. Dan aan die kant waar die 'kat-se-oor' is maar die klip sit vas.

Sy vertel hoe sy agter die klip gaan staan, teen hom skop (en sy beduie ook sommer vir my) maar die klip beweeg nie 'n duim nie. Hy sit om te sit.

Toe buk Ouma en grou halfhartig 'n slootjie om te kyk hoe diep die klip in die grond begrawe lê.

"Hy's diep, Vrou," sê Oupa.

"Hy mag diep wees, maar hy het nie 'n Ma of 'n Pa nie," sê Ouma. "Kom, ons moet trek."

Oupa staan voor die klip en trek. Ouma stoot van agter af.

Niks,

"Wag. Daantjie, ek het 'n plan. Agter die seat is 'n nylon tou. Ons kan die tou aan die klip vasmaak en die ander punt aan die 1400 en dan trek die bakkie hom uit."

Ouma vertel toe hoe Oupa die tou uit die bakkie gaan haal en met die ding so oor die arm aangestap kom.

Hy bind eers die een punt aan die klip vas met so groot boepens knoop, en dan die ander punt aan die bakkie, vertel Ouma.

Toe hy klaar is sê Ouma, "Nou toe Daantjie, ek gaan nou stadig wegtrek en jy moet kyk dat die klip nie te vinnig uit die grond lig nie. Ek wil nie hê hy moet in stukke by die huis aankom nie."

Ouma stap na die 1400, start hom weer op en rev hom so bietjie.

Oupa beduie weer met die regterhand dat sy maar kan vorentoe ry, vertel Ouma, en ek kan voel hoe die lag in my opbou.

"Hoe lyk hy, Danie?" skreeu Ouma by die venster uit. Haar regterelmboog hang teen die buitekant van die deur en sy loer oor haar regterskouer met haar kop wat ook teen die tyd by die venster uithang.

"Stadig nou."

"Gee klein bietjie vet."

"Wouw, stadig nou eers, die tou span nou baie styf."

Ouma vertel dat Oupa soos 'n kat op 'n warm plaat staan en rondtrippel.

"Wat sê jy, Danie?"

"Ek sê stadig nou eers! Nou goed, trap maar die vet. Nog bietjie, nog bietjie ... Ditsem!" vertel Ouma hoe Oupa sy bes doen om hierdie klip tog net uit die grond gelig te kry.

En daar, langs die piekniektafeltjies naby die lokasie, rol die klip uit sy gat.

"Nou vir die laai," het Ouma gesê.

"Kom, Daantjie, haal daardie seiltjie van die bak af. Ons gaan hierdie klip op die seiltjie rol, dan gaan ons hom so met seil en al lig tot op die bak. Dit sal makliker wees as wat ons die klip self moet optel."

Oupa wou nog iets sê, maar Ouma het die seiltjie gevat en dit so reg voor die klip op die grond oopgerol.

"Nou toe, nou moet ons aan die punte van die seiltjie vat, dan lig ons hom so mooi op tot by die bak." Ouma gee die orders net soos sy dit kan doen, as sy eers op dreef is.

Haai oe tog, my mens, ek kan nou al in my gedagtes sien hoe Ouma langs daardie seiltjie gaan staan en haar hakke so effens in die grond inskop, soos 'n os wat wil storm. En hoe sy so wydsbeen staan asof haar voete in Moeder Aarde haarself geplant is. Dan het sy nog 'n rok aan, so haar bene kon ook net so ver oop.

Ek kan al sien hoe sy vooroor buk en die punte van die seiltjie vasvat en dan met daardie stem van haar sê, "Nou toe Danie, op die telling van drie lig ons hierdie klip saam op."

Siestog, Oupa het seker geen kans gehad om nog iets terug te sê nie.

"Een ... het jy hom Danie?"

"Twee..."

"Ja ek het hom ou Vrou, maar..."

"Drie... " en Ouma vertel sy het daardie 'drie' net ekstra hard gesê vir 'n bietjie woema, en daar lig hulle die klip op tot op die bakkie.

Ek wonder net hoe die arme bakkie se springs dit gehou het, want Ouma sê dis net genade van Bo wat daardie bakkie se voorwiele plat op die aarde gehou het.

Die aflaai was glo makliker.

Ouma het die 1400 gereverse dat die gatkant van die bakkie mooi bokant die plek is waar die klip moet lê.

Sy trek aan die regterkant en Oupa aan die linkerkant en daar val die klip, gat oor kop, netjies op sy plek, net hier waar hy nou lê.

Ouma sê toe vir Oupa dat hy die blikke wit verf in die garage moet gaan haal, sodat hulle die nommer op die stukkie van die klip verf wat soos 'n kat-oortjie lyk.

Toe Oupa terugkom is sy reeds gehurk voor die klip, vertel Ouma vir my met 'n diep tevrede glimlag.

Hy maak die blikkie verf oop, hurk langs haar en daar verf hulle saam die huisnommer op die klip. Nommer 63.

Ja wragtag, dit was so mooi.

Ouma vertel toe vir my hoe sy en Oupa daar so langs die klip gesit het en die nommer saam opgeverf het. Soos wat mens seker nou maar die boek sal teken as jy getroud raak, dink ek by myselwers.

Ek vra toe vir Ouma hoekom nou juis daardie klip?

Sy sê toe, "Jong, sien jy daardie berg? Dis dieselfde klip as hierdie klip en die Kerk is ook van dieselfde klip gebou. Ek en Oupa is in daardie kerk getroud. Dis hoekom. Dis 'n simbool."

Vertrou en Toelaat

Daai dag kom Antie Hessie se vraag soos 'n 'blinde-brander' en hy slat my voete onder my uit.

Ons sit in die kombuis om die tafel en drink tee. Dit is 'n agtermiddag.

"Kindjie, het jy al langs 'n fontein gesit?"

"Antie, ek weet nou nie wat om te antwoord nie."

"Die vraag is maklik. Het jy al langs 'n fontein gesit?" praat sy my nou dieper aan.

"Ek het al langs 'n rivier gesit. Genade tog, nou dat Antie dit noem. Toe ek in matriek was het ek en die hoofseun smiddae langs die rivier gaan sit en hande vashou," vertel ek.

Die res van die goeters wat ons gedoen het hou ek maar eers vir myself.

"Kindjie, hierdie is ernstige besigheid. Jy kan nie die storie nou kom staan en bespotlik maak nie," praat sy my weer dieper aan.

Sy druk haar bril met haar middelvinger terug op die brug van haar neus. Sy kyk my aan.

"Nee, Antie. Langs 'n fontein gesit? Nee, ek kan nie nou so vinnig aan so iets dink nie. Maar wat laat antie nou so vraag vra," wil ek weet.

"Want dis 'n belangrike vraag. En die antwoord gaan nou afhang van die volgende vraag. Jy verstaan?"

Ek skud my kop om te wys dat ek niks verstaan nie. Ek is te bang om verder te praat.

"Om langs 'n fontein te sit en na die vloei van die water te kyk, is om na die lewe homself te kyk," beginne sy.

"As jy nou mooi luister na daardie water se geluid en die vloei van die fontein mooi dophou, sal hy vir jou vat na 'n plek waar jy nog nooit in jou lewe was nie. 'n Geheime plek," vertel sy.

"Het Antie al langs 'n fontein gesit?" vra ek.

"Dit gaan hier oor jou. Nie oor my nie. Kyk, Kind, 'n fontein is 'n plek van diep dink. Jy sal nog so sit en kyk, dan is jy in 'n dwaal. Sommer net so sonder dat jy dit weet.

"Die tweede ding wat dan volg is of jy van daardie fontein se water sal drink. Jy weet? Sommer so op jou knieë gaan, soos bid, en dan die water met jou lippe vang en drink. Soos 'n perd," praat sy en gooi nog tee.

Ek is verstom. Nog nooit het ek hierdie antie Hessie so diep hoor praat nie. My kop sê vir my dat sy hierdie ding baie diep gaan uithaal, maar ek luister.

"As jy die fontein vertrou en op jou knieë gaan om die water soos 'n perd te drink en daai water proe vir jou soet en lekker, sal die fontein die Koning van die fonteine na jou toe stuur en hy sal met 'n lang houtkierie loop. Hy sal 'n rooi rokagtige stuk lap dra en vir jou aan die hand vat. Hy sal grênd lyk."

"En dan. Antie, waarheen sal hy my vat," vra ek.

Nou raak die storie vir my lekker, want dalk is die hoofseun van destyds die koning, dink ekke.

"Die Fontein Koning sal dan vir jou vra om 'n paar takies vir hom te doen. Sommer sulke los werkies. Jy moet dit doen, want dit gaan vir jou na 'n ander plek toe vat," praat antie Hessie verder.

"Watse plek, Antie? Waarheen? Is hierdie nou 'n droom of 'n storie wat antie vir my vertel?" vra ek.

"My niggie van Caledon het dit vir my vertel. Dit het met haar gebeur. Maar wag, laat ons aangaan met die storie.

As jy dan al die werkies wat die koning vir jou gegee het, gedoen het, sal hy vir jou 'n baie spesiale plek gaan wys en jy sal lekker rus. Vir dae en weke, selfs maande aaneen. As dit dan volmaan is, sal hy twee leeus na jou toe stuur om jou te gaan haal en die leeus sal vir jou na 'n rivier toe vat. Die rivier loop sterk en geen mens sal kan dink om in daardie massa water te klim nie, maar die leeus gaan vir jou vra dat jy moet inklim. Dan klim jy in sodat die rivier jou kan vat."

"Antie, hierdie ding klink nie reg nie. Dit is gevaarlik. Hoe kan antie hierdie dinge kwytraak?" vra ek.

"Dit is waar my ding nou inkom. Jy sal moet kies. Klim jy in of hardloop jy?"

"Ek sal maar inklim, Antie," lieg ekke maar.

'Dan is dit goed so, want hy gaan vir jou vat tot by die mooiste see. Die blouste water en witste strande waar jou siel die fontein gaan word. Die rivier gaan dan vir jou op die strand uitspoel en daar sal 'n groot hand uit die wolke kom en vir jou 'n houtkierie gee."

"Antie, hoe kan 'n hand uit die wolke kom?"

Sy maak of sy my nie hoor nie.

"Die wolke gaan soos skulpies lyk en die hand is groot, met die kierie stewig in die palm van die hand en dan sal die hand se duim mooi regop teen die kierie opstaan. Netjies, soos dit hoort," en sy beduie sommer so met haar eie hand vir my.

Sy sit terug, vou haar arms voor haar bors en vra of ek nog tee wil hê. Ek sê dat sy maar moet gooi, my senuwees is op.

"Is die storie nou klaar?" vra ek.

"Ja, hy is klaar, want jy het vertrou en ook toegelaat dat ek die storie vir jou kan vertel."

"Vertrou en Toelaat? Is dit die einde?" vra ek.

"Daai is maar net die begin," sê sy met 'n smile.

Sy sit ver terug in die stoel, kyk na die roosbome buite in die tuin en daar reg voor my hou sy die storie in haar hande vas. Net soos die hand in die skulpie wolke.

Tant Hessie en die Kolwyn Tweeling

Die tweeling van daai Kolwyn-mense het by my kom kuier. 'n Seuntjie en 'n dogtertjie. Identies. Hulle is seker so naby die twaalf jaar oud, of so, vertel Antie Hessie Benson.

Antie Hessie woon alleen in Tweeling. Haar man, oom Charles, is so paar jaar gelede oorlede en haar enigste dogter, Timothy, het met 'n ryk ler getrou en woon nou in Ierland.

Antie Hessie is 'n gewone, maar bedonnerde Afrikaanse vrou, met baie dik boerebloed wat deur haar are vloei. Jy sukkel nie met haar nie.

Ek is haar buurman, en Goddank, sy het 'n liefde vir my ontwikkel, seker maar soos 'n seun, of dalk 'n dogter, mens sal nou nooit weet nie.

"So sit elke een van die kinders op my skoot," vertel sy. "Ek voel toe skoon soos 'n toebroodjie, maar die kinders wil sit en ek moet stories vertel. Stories sit nou maar in my bloed, maar wragtag, die dat die Kolwyn-kleintjies my so beklim vir 'n storie is ook heeltemal te veel en boonop ken ek nie van die dat iemand my so beklim nie.

"Watse storie sal ek tog vir hierdie tweeling vertel?" vra ek vir myself so in die binnekant van my siel sonder dat die ou kindertjies dit tog moet hoor.

"Ek sal maar maak soos die vertraagde Viljoentjies se ma altyd sê - praat maar net wat in die kop kom. Die woorde sal dan maar met die tyd saamkom en die gedagtes sal kort op die woorde se hakke volg. Solank daar net 'n sin of twee waarheid is, of dalk min of meer die waarheid.

"Ek begin toe vertel oor die geel bus wat voor my huis verby gery het, of dit 'n lieg, 'n droom of die waarheid is weet ek nie, maar ek het maar vertel, want daai is nou wat in my kop kom nesskop het.

"Dit was verkiesing en die NP het sterk gestaan. Almal was in 'n gedoente besig om koekies te bak, banners te versier, rosette te maak en om plakkate op te plak. Tot die Rondgaande Hof was daar gewees net vir in case. Dis toe dat daar 'n groot, geel bus voor my venster verby gery het.

"Ek kon nou nie die naam van die bus sien nie, maar dit het gelyk soos die maak van 'n sekere teeblaar of iets in daai lyn, ek kan nie nou met sekerheid sê nie."

Putco bus, skiet die woord my in, sommer net so. Aai mens, dis 'n ander storie, maar daardie Putco busse het al groot moeilikheid gemaak.

"In die bus was twee groepe mense. Lyk my aan die regterkant het 'n koor gesit en aan die linkerkant het kommuniste gesit. Heel agter het Doors en sy vrou, Sheila, gesit.

"Hulle was toe al mooi volgroeide mense, maar as daar 'n bus geloop het of 'n funksie met 'n bus, het Doors en Sheila geklim en agter gaan sit. So het Doors met 'n baie stywe broek en 'n knop wat enige gesonde vrou 'n koors sal laat ontwikkel, saam met Sheila die pad geniet, net soos in hulle tienerjare op hoërskool. Maar die storie gaan nou nie oor Doors en Sheila nie.

"Tipies tienerkinners, sê ek vir myself toe ek so ingedagte praat oor die stomme Doors. Die Kolwyn-tweeling was nou nie veronderstel om daai deel te hoor nie."

"Tannie, watse knop is dit aan oom Doors?" vra die een Kolwyn-tweeling kind en ek voel nie meer soos 'n toebroodjie nie, maar soos 'n regte Kaapse Gatsby.

"Ek kan nou nie mooi sê watter een van die tweeling dit was nie, ek praat net van Kolwyn-kind een en Kolwyn-kind twee.

"Nee wat, Kindjie, dit is maar die padkos wat op die oom se skoot gestaan het," praat ek die storie anderkant toe om.

"Maar laat ek nie afdwaal nie, kindertjies, ons moet aangaan met die storie. Daardie bus met die koor en die kommuniste is toe reguit na die sportvelde toe. Die koor het op die pawiljoen gaan sit en die kommuniste het agter die vyebosse gaan wegkruip."

"Tannie, wat is 'n kommunis?" vra die ander Kolwyn-kind.

"Wees genadig asseblief, bid ek in stilte binnekant toe, sodat hierdie kinders net moet ophou met waarom en hoekom.

"Net toe die kindjie die vraag vra, kom die mannetjie wat blomme doen in die dorp, by die huis ingestap en groet beleefd.

"Op die Kolwyn-kind se vraag van die kommunis, antwoorde ek toe maar sommer die eerste ding wat my kop inskiet. 'Kind, 'n kommunis is maar twee mense wat in 'n bed lê en dan maal hulle al die lakens deurmekaar, totdat al die lakens op die vloer lê en die twee mense nakend op die bed bly lê.'

"Wat my besiel het om daardie woord te sê, sal geen mens op aarde weet nie."

"TANNIE!" skreeu die blommemannetjie buite homself van skok oor die kommunis-storie wat ek vir die kinders probeer verduidelik.

"Tannie kan nog nooit sulke dinge vir die kinders vertel nie. Hulle is nog te klein!" sê die blommemannetjie.

"Nee wat, Kind, vandag se kinders weet alles. Maar ieder geval, toe gaan daardie koor aan die sing en dis 'n pikswart koor en die kommuniste pluk al die vye af en begin

19

'n betoging. Die koor sing 'n Gospellied in 'n taal wat geen lewende wese kan verstaan nie. Hoe meer die koor Halleluja, hoe meer gooi die kommuniste vye, totdat die hele koor net vol vye is."

"Tannie, Hessie," begin die kind wat op my linkerskoot sit, "Hoekom gooi die kommuniste die mense dan met die vye?"

"Ag kindjie, daar was nie klippe gewees nie en hulle was nie met gewere op die sportgronde toegelaat nie.

"Na 'n lang dag vir Halleluja sing en vye gooi, kom daar 'n reënboog oor die sportgronde en aan elke kant van die reënboog staan 'n groot swart vrou met groot wit oë en 'n groot smile met baie wit tande en 'n groot pot om die goud te vang," vertel ek. "Hoekom?" wil Kolwyn-een weet.

"Want daar is goud aan die einde van die reënboog," sê Kolwyn-twee ewe slim.

"En ons is die Reënboognasie," las Kolwyn-een ewe slim by.

"Kind, dis wat hulle doen. Gryp alles, gryp die goud uit die reënboog, gryp die tax geld, gryp bakstene en bou huise, maar een ding wat hulle nie gryp nie is 'n koor, want 'n koor is onskuldig en alleen. As jy ooit bang is, gaan sing in 'n koor. Dit help," sê ek toe, met 'n 'fluit-fluit die storie is nou uit', in my stem."

Die Woudman
2022-06-15

So entjie buite die dorp groei die mooiste woud wat jy in jou lewe nog gesien het. 'n Woud soos 'n mens in die kinderboekies se prente sal sien.

In die woud groei al die koning-bome. Geelhout, Stinkhout, Swarthout en nog baie ander wie se name ek nou al vergeet het. Maar dit maak nie saak nie.

Niemand het ooit in die woud gaan wandel of piekniek hou nie. Hulle was vreesbevange-bang vir die woud. Jy noem net die woord woud iewers in die dorp, dan lyk dit die mense kry die horries.

Op 'n dag toe vra ek vir Babsie, wat by die Tuisnywerheid werk, hoekom die mense so bang is vir die woud. Ek vra maar toe net uit nuuskierigheid uit, want Babsie by die Tuisnywerheid ken almal en elkeen se storie op die dorp.

Sy vertel toe vir my dat Bakster A23, die vrou wat die lemoenkoeke bak, vir haar vertel het dat daar 'n demoon van 'n man in die woud woon. Hy toor 'n mens. Babsie sê Bakster A23 van die lemoenkoeke sê dat daar 'n man in die woud woon wat hom ophou met toordery en heksery.

"Maar dit kan nie wees nie, Antie Babsie," sê ek en om net die ding bietjie dikker te maak lieg ek by en sê vir Babsie van die Tuisnywerheid dat ek al in die woud gestap het en niks gewaar het nie.

"Kind, moet asseblief nooit weer dit doen nie. Daai man het so gek geword dat die malligheid in sy harsings gaan sit het, en as die malligheid eers in jou harsings sit, is dit verby. Jy kom nooit weer reg nie, sê Lydia by die sentrale vir my," praat antie Babsie sonder om asem te haal.

Om die vrede te bewaar sê ek toe nou maar dat ek nooit weer in die woud sal gaan stap nie. Ek koop toe sommer Bakster A23 se lemoenkoek en stap uit. Ek kan mos nou voel hoe Antie Babsie my agterna bekyk, net om vir Lydia by die sentrale te bel sodat Lydia vir Bakster A23 kan bel om die storie te vertel.

Ek wag tot so agtermiddag voor ek Bakster A23 se lemoenkoek in 'n paar snye sny, dit in 'n bakkie sit en woud toe stap.

Al kruipend en sluipend stap ek van boom tot boom, bos tot bos, ook maar aan die bang kant, maar braaf genoeg om te sien of ek die man kan sien wie se malgeit in die harsings loop sit het.

So stap ek tot skemer deur die woud, sien niks nie en gaan huistoe.

Ek besluit om vir niemand te vertel nie.

My ma sê altyd dat Miems wat op die plotte bly sê, mens vertel nie alles vir die mense nie. Sommige dinge hou jy vir jouself.

So gaan dit toe aan vir maande, later 'n jaar, later 'n jaar en 'n half, twee jaar, drie jaar, vier en 'n half jaar tot amper 10 jaar wat ek deur die woud sluip op soek na die man wie se gekgeit in sy harsings gaan sit het en ek vertel vir niemand nie.

Op 'n dag, dit was 'n Vrydag toe ek weer deur die woud stap, so namiddag se kant, staan ek agter die mooiste geelhoutboom wat ek nog gesien het. Ek vergeet om bang te wees en vryf oor die stam van die boom. Dis asof die boom se hartklop in my hartklop kom lê het. Doef... Doef... Doef...

"Hierdie boom het jou klaar gekies. Sy hartklop val by jou hartklop in," praat iemand agter my.

Ek skrik nie. Jy sien, dis asof ek geweet het dat iemand gaan praat.

Ek kyk om.

Daar staan 'n baie ou man met lang grys hare soos toutjies, 'n lang baard, potblou oë wat glimlag en stukke lappe vir klere, en hy kyk my aan soos ek nog nooit aangekyk is nie. Die laaste keer wat iemand my so aangekyk het was toe ek my vierde rekening-kundetoets gepluk het. Diep kyk.

Met 'n baie stadige, kraakstem sê die woudman dat hy my al vir jare dophou. Ek moet saam met hom stap. Ek verwonder my aan die man en sien toe die mooiste Wolf-pels om sy skouers hang. Spierwit wolf. Baie mooi.

Na 'n uur se stille stap, stop ons by sy houthuis. Dis mooi. Die huis staan onder 'n geelhoutboom en iewers agter die huis hoor ek 'n waterval, maar ek sien niks nie.

"As die wind reg waai, hoor jy hom tot hier," praat die woudman met my.

"Dis mooi," sê ek.

"Moenie bang wees nie. Ek wil vir jou 'n storie vertel," praat die woudman verder.

Hy begin:

"As jongmens, baie jare gelede, het ek hier kom woon. Hier tussen diere en bome. So na 'n jaar kom ek toe agter dat 'n wolf my agtervolg, oral waar ek gaan. Maar snaaks, ek was nooit bang vir die wolf nie. Snags het hy langs my by die vuur kom sit en as ek kooi toe gaan het hy so langs my, byna op my voete, kom lê. Ek het maar gewoond geraak aan die wolf en dit so aanvaar en nooit enige vrae gevra nie.

Soms het Wolf vir 'n dag of so weggebly, dan weer opgedaag met 'n ding in die bek. Of 'n veer van 'n arend of 'n geraamte van iets. Hy het dit dan hier langs my kom neersit.

Die Arend se vere het ek dan maar in hierdie houtpotjie gesit. Kyk hier," en hy wys vir my, "hier is al die vere."

My mond hang oop.

"En toe Oom?" vra ek.

"Op 'n dag, toe Wolf nou al goed lank in die tand is en nie meer so baie wil rondloop nie, het hy my in die oë gekyk en met sy siel vir my gesê dat wanneer hy die dag doodgaan, ek sy pels moet afsny en die mooiste karos vir my moet maak. Dis die pels van wysheid," het Wolf my aangesê met sy oë.

"Kon Oom dan wolftaal verstaan?" vra ek.

"As jy lank saam met 'n dier bly en jou siel is reg, hoor jy as hy met jou praat. Diere praat net met mense wie se siele reg is," sê die woudman.

Hy gee die Wolf-Karos vir my aan om te voel. Dis so sag.

"Nou ja, toe Wolf doodgaan het ek die vel afgesny en die res van Wolf begrawe. My hart was seer. Maar in die wolfkaros het ek wysheid gevoel en snags wanneer ek die karos oor my trek, het die wonderlikste goed in my kop kom lê. Soms het ek my verwonder aan my eie gedagtes, maar ek het geweet dat dit van Wolf af kom."

"Dis 'n mooi storie," sê ek

"Hierdie is nie 'n storie nie, dis die waarheid." Die woudman gooi nog 'n stuk hout op die vuur.

Ek sien die houtpotjie vol vere.

"Daai vere dra groot stories en wyshede. Wanneer Wolf so weggeraak het vir dae, het hy na die waterval, wat jy hier agter hoor, gegaan, tussen die rotse en kranse geklim tot heel bo, daar waar geen mens kan klim nie. Daar het Arend gebly. Arend het dan 'n veer of twee laat val en Wolf het dit vir my gebring. As ek nou mooi dink, dit was met volmaan wat Wolf dit gedoen het. Ek het die vere mooi gebêre, soos jy kan sien."

Ek kyk die woudman aan met verwondering.

"Gaan haal daai houtpotjie met die vere vir my. My ou bene is styf van die koue en die vuur maak my voetsole warm," sê die ou man.

Ek doen dit.

Stadig haal hy 'n veer uit die potjie, hou dit so teen die vuur, prewel iets en vryf met hande vol liefde oor die veer. Hy gee die veer vir my.

Hy haal nog 'n veer uit en doen dieselfde.

"Nou ja, Kind, hier is jou eerste vere. Kom, dan druk ek hulle in jou vlerke, want ek kan sien dat jy gebore is om te vlieg en nie te kruip nie. Hier is jou vlerke, vlieg nou," sê die woudman.

Ek staan op, vryf oor Wolf-Karos, kyk die Ou man in die oë en toe glimlag hy vir my.

Daardie dag het ek gevlieg, ver van die wrede wêreld met sy wrede mense, tot bo by die waterval en daar het ek gebly vir die res van my lewe.

Tant Hessie en die Muntlegging

Dit alles begin die dag toe die drie susterkerke besluit het om 'n muntlegging in Tweeling te reël.

Almal was daar. Al die Kennedys wat langs die treinspoor gebly het, het gekom. Die Vernon vrou van die Tuisnywerheid was ook daar. Sy het bakke vol koue dadelpoeding gebring, sneeu-poeding, sponsvingers en gestoofde appels met lemoensap.

"Met 'n muntlegging moet daar gestoofde appels wees," het die Vernon vrou gesê, haar hande in haar heupe gedruk en trots na haar appels gekyk.

"Só kom die hele dorp bymekaar om munte te lê ten bate van die ouetehuis se opknapping. Met daardie geld gaan die gebarste pype reggemaak word, lekkende dakke gaan toegemaak word en ek hoop die lekkende tannies ook," sê Tannie Hessie vir my.

Tannie Hessie is nou nie juis een vir sulke byeenkomste nie, maar sy het gehoor van die Vernon vrou se lekker gestoofde appels en besluit maar om van die verbode vrug te gaan proe.

VREDE moet nou op die parkeerarea se vloer uitgeskryf word met bordkryt en dan kan mense nou al hulle kleingeld bring om die VREDE met geld te bedek.

"Ja, die Centpenlilly-vrou en haar niggie is ook hier," fluister Tannie Hessie Benson vir my.

"Los maar eers, Tannie," sê ek want ek weet die Centpenlilly-vrou en Tannie Hessie is nie lekker vir mekaar nie.

"Dis van los dat ons sit waar ons sit vandag," sê Tannie Hessie.

"Môre, Hessie," groet die Centpenlilly vrou so in die verbystap om VREDE te begin uitskryf op die grond. "Ek moet net gou die woord VREDE mooi netjies gaan uitskryf," praat sy aspris verder.

"Môre," sê Tannie Hessie.

"Kindjie, daardie vrou gaan weer alles bedonner. Sy verbeel haar te veel. Kyk hoe lyk sy. Sy lyk so platgeval soos souskluitjies wat se deksel jy te vroeg opgelig het. So kan mens nie loop nie. Kyk haar voete, lyk soos 'n Kersfeesgans s'n."

"Tannie moet nou maar terughou vandag, dit gaan vir 'n goeie doel," sê ek.

"Ek hoor stemme," sê die Hitchroth vrou.

"Die vrou hoor glo stemme van haar man die dag doodgegaan het. Die dag toe hy die lepel in die dak gesteek het, het sy haar selftrots verloor en begin lyk soos vla-snysels. Nee man, so kan mens nie tussen klomp mense bly nie. Ons moet iets doen," sê Tannie Hessie.

Ek probeer keer, maar niks help nie. As Tannie Hessie op loop is met 'n ding, dan loop sy nie net nie, sy hol sommer.

Die Centpenlilly vrou staan so terug, bekyk haar skryfwerk op die grond en kondig aan, "Julle kan nou maar begin pak. VREDE is gereed. Bring die kleingeld," sê sy en gooi haar hande soos 'n lofsang in die lug op.

Die Vernon vrou maak haar koeke se bakke oop en die reuk van gestoofde appels en dadelpoeding trek deur die lug.

Mense pak munte uit, 'n koor sing 'n Hallelujalied, die Hitchroth vrou bly stemme hoor, DONKER STEMME, soos sy dit sê.

Toe een van die weeskinders die laaste blink sent lê om die woord te voltooi, kom daar 'n donkerte oor die ouetehuis se parkeerarea.

"Ek hoor die stemme duidelik. Ons moet oppak en gaan," sê die Hitchroth vrou.

"Ek het julle mos gesê julle vang 'n ding aan wat julle nie behoorlik kan klaarmaak nie!" gil Tannie Hessie vir Centpenlilly.

'n Hele swerm pikswart kraaie kom oor die parkeerarea gevlieg, tel elke blink geldstukkie op en vlieg weg. Al wat oorbly is die bordkrytlyne op die grond.

"Sien julle, vir wat sukkel julle met dinge waarvan julle niks weet nie. Centpenlilly het VREDE verkeerd gespel, sy het VERE geskryf en dit het die kraaie gelok!" skreeu Tannie Hessie nou verwoed. "Nou het ons niks nie, behalwe 'n halwe vla-snysel en 'n platgevalle souskluitjie... Niks nie... Ek gaan huistoe. Koebaai!" En daar stap ek en Tannie Hessie straat af en ek verbeel myself ek sien so skewe glimlaggie op Antie Hessie se gesig.

"Ek het jou mos gesê. Het jy die gestoofde appels gevat, Kind?"

"Ek het"

"Nou toe, laat ons by die huis kom en begin eet."

By die Haberdashery

Naby Hartswater woon my tante van my ma se kant af, en haar man. Hulle is al diep in die sewentigs, maar bly bedrywig en aan die gang met daaglikse dinge, takies en blokkiesraaisels. My tante is nog knap met naaldwerk en brei. Hulle praat mekaar nog aan as "Pappa en Mamma." Ek verwonder myself altyd daaraan, want dis mooi.

"Pappa, wil jy 'n koppie tee hê?" sal my tante vra.

"Dankie Mamma," sal my oom sê en mooi glimlag

"Pappa, die kos is reg."

"Dankie Mamma."

Dit soos dit is. Ons almal is maar deel van iets.

Altyd 'n ge-Pappa en Mamma. Praat altyd mooi suiwer Afrikaans en wanneer 'n Engelse woordjie per ongeluk uitglip, raak Pappa iesegrimmig.

My tante is besig met haar breiwerk en die oom woed met sy pyp.

Hy kruis gewoonlik sy bene oormekaar, dan rus sy hande met pyp en al op sy knieë. Hy trek die vuurhoutjie, druk die vlam by die pyp se bek in en so bring hy dan sy kop nader na die pyp toe. Nooit die pyp na sy mond toe nie. Mond na die pyp toe. So half reverse gear, maar dis mooi.

"Mamma, hoe ver is die trui nou al?" vra my oom en bekyk die breigoed in Tante se hande.

"Nie te ver nie. Ek is amper klaar. Nog een mouspant, dan kan ek maar aanmekaar begin werk."

My oom knip net sy kop.

My tannie kan brei sonder om op die naalde te kyk. Sy gluur altyd so in die verte. Ek weet nooit wat sy sien nie. Dalk die volgende steek ... wie weet.

So af in die straat is die Haberdashery. Dis die winkel waar daar nie 'n till is nie en al die pryse en kleingelde word nog so op 'n stukkie papier uitgewerk. Net garings en off cuts wat die wêreld vol lê. Die plek behoort aan 'n ou Duitse vrou wat so oor haar brilraam loer.

Ek hoor meteens 'n groot gedruis en dit klink asof my tante 'n koors of 'n ding gekry het.

My oë rek so groot soos haar papier doilies, want toe ek hoor waaroor die bohaai gaan, skrik ek myself stom.

"Ek het nou 'n steek laat val, Pappa!" skree my Tannie.

Ek skrik myself grootoog.

"Waar het jy jou steek laat val, Mamma?"

"Pappa, ek het 'n steek verloor. Nou moet ek hierdie hele stuk lostrek en van voor af begin"

"Dalk het jy die steek langs die kooi laat val, Mamma," en die oom glimlag so eenkant toe. Ek bars uit van die lag en hardloop die gang af.

"Langs die kooi? Is jy nou stuitig man?" vra my Tante ergerlik.

"Laat ek gou haberdashery toe gaan. Dalk kan die ou Duitse vrou my help," sê my tante toe vir die oom.

"Mamma, ek het al honderd keer vir jou gesê dat die nie 'haberdashery' is nie, maar naaldwerkwinkel of naaiwinkel," sê my oom vies.

Ek skrik so groot dat ek sommer in die pad begin afhardloop na my vriendin, Breggie, toe.

"Nou ja toe, Pappa, laat ek maar my verlore steek by die naaiwinkel loop soek. Ek sal seker goeie raad kry. Die Duitse dame daar weet mos alles van handewerk af.

"Moet net nie te lank wees nie, Mamma, ons drink mos altyd tee om vieruur."

"Dis reg, Pappa, ek gaan net raad kry vir my verlore steek." En met breinaalde en wol onder die arm is my tante daar weg met die hoop om daai steek op te tel.

Daardie winter het my Oom die mooiste ligblou trui. Ons almal wil seker maar op 'n stadium 'n mooi blou trui hê.

Die Bewaar van 'n naam
2022-01-15

Die wind het maar 'n baie snaakse manier om vir jou op jou naam te roep in elke straat, dorp en om elke hoek.

Hierdie storie het begin toe ek onder die Kameeldoringboom gesit het.

Die boom het vir my gevra om 'n doring van die grond af op te tel, en in die sand te skryf.

"Wat moet ek skryf?" het ek vir die boom gevra.

"Skryf die naam neer," het die boom gesê.

Ek het nie gevra wie se naam nie, ek het geweet.

Ek tel toe die langste doring op, hou hom tussen duim en wysvinger vas en beginne skryf. Ek skryf toe 'n baie brawe oom se naam in die sand neer. Ek het dit netjies geskryf net omdat die oom 'n netjiese oom was.

"Piet," skryf ek en onderstreep dit. Ek skryf vir die tweede keer oom Piet se naam met die doring in die sand en glimlag.

"Dis reg," sê die boom.

Op 'n keer het ek langs 'n rivier gesit.

"Skryf die naam neer," het die rivier vir my gesê.

Ek het nie vir die rivier gevra wie se naam ek moet skryf nie, ek het net geweet.

Ek skryf toe 'n heilige naam neer, sommer so in die los sand langs die walle van die rivier met my wysvinger.

Die volgende dag vra die wind vir my om verder te stap. Ek maak my goedjies bymekaar, sit dit in my rugsak en stap.

'n Week later klop ek aan die deur van die vriendelikste antie wat ek nog ooit in my lewe gesien het. Dis 'n baie grênd antie. Sy het 'n mooi hoed op die kop, 'n netjiese rok en bypassende sandale. Sy het selfs die mooiste ringe aan wat ek nog ooit in my lewe gesien het.

"Kom sit, Kind, ek het geweet jy gaan kom. Ek het gewag," sê die Antie.

Ek stap in en gaan sit. Sy gee vir my 'n glas melk en die lekkerste soetkoekies. Ons praat so bietjie oor dinge, maar toe sê sy vir my, "Kind, skryf die naam neer," en sy glimlag.

Ek skrik myself sodat ek die rittels kry, maar ek sê toe vir myself om later te skrik. Om nou te skrik gaan die hele storie bederf en die antie gaan my wegjaag.

Ons stap toe deur haar tuin en daar op 'n netjiese bedding wys sy vir my om te skryf. Ek tel 'n stokkie op en skryf.

"Elizabeth," skryf ek.

Dit lyk so mooi. Ek pluk 'n paar blommetjies en pak dit om die naam.

Ek het daardie aand heelnag langs die see gesit en luister hoe hy spoel. In en uit. Dis ritme. Die wind het ook sy ritme.

"Jy moet nou gaan," sê die see vir my.

Om middernag stap ek verder en vyf weke later kom ek by 'n baie kwaai man aan. Hier het die rittelskrik van antie Elizabeth en hierdie oom saam in my kom klim. Ek het eers om 'n hoek gestaan om klaar te skrik, toe stap ek nader.

"Kom, Boeta, skryf daai naam hier neer. Hier, ek wys vir jou hier en nêrens anders nie. As jy dit op 'n ander plek skryf, gaan daar moeilikheid wees, verstaan jy?"

Die ritteltit kom terug en hy gee vir my 'n baie ou potlood waarmee ek moet skryf.

"Mag ek net eers aan die potlood ruik, asseblief Meneer?" vra ek.

Hy glimlag en sê ja.

Ek ruik ou skryf. Ek ruik ou woorde. Ek ruik baie sinne. Dit is 'n lekker reuk. Ek sak op my knieg en skryf die naam in die Vrystaat sand.

"Wilhelm," skryf ek. Dit klink so mooi.

Hy sê toe vir my, "Boeta, jy kan maar daai potlood hou, maar voordat jy gaan, skryf die naam vir 'n tweede keer neer.

Ek skryf.

"Nee, nie langs mekaar nie, skryf die naam bo-oor die klaargeskryfde naam."

Ek doen dit.

Die naam is diep in die grond gekrap.

Ek staan op, skud sy hand en loop weg.

Daardie aand laat gaan staan ek op die hoogste berg en bekyk die wêreld in stilte.

"Nou kan ons maar begin," sê die wind vir my.

"Begin met wat?" vra ek.

"Met die seremonie," sê die wind.

Ek haal toe die oom se potlood uit my hempsak en skryf baie name in die sand op die bergpiek neer.

Toe ek klaar is, kom die wind op en hy waai. Hy begin waai by die kameeldoringboom, regoor die hele land tot hier waar ek op die berg staan.

Die wind het al die name weggewaai, maar nie weg soos in heeltemal weg nie. Kom ons sê nou maar liewer, die wind het die name opgetel en dit in my hart in kom waai.

Vandag staan ek hier om al hierdie name met my mense te deel en sommer ook te gee. Ek gee Port Elizabeth se naam, Potgietersrus, Nylstroom, HF Verwoerd, Piet Retief en so kan ek hulle opnoem.

"Ons sal julle nooit vergeet nie!" skreeu ek van die bergtop af en die hele wêreld staan op aandag. "Hierdie dag moet julle in julle se dagboeke aanteken, met die mooiste pen of potlood wat julle het en as julle nie pen en papier het nie, skryf dit sommer in die sand. Dit wind sal dit optel en bewaar, moenie worry nie."

Tannie Hessie se hare storie

Daar was net een lewende siel wat my in toom kon hou, en dis oorle Charles. Vandat hy nie meer daar is nie, doen ek wat ek wil. Aai tog, laat hom maar nou in vrede rus.

Van hare doen het ek nog nooit gehou nie, maar hier op die dorp woon 'n vrou met sulke min haartjies net soos 'n kuikentjie. As dit nog gedoen is, lyk haar kop nogal vol, maar sodra dit klamte kry of die mis oorkom, trek daai hare plat en sien jy tot op die kopvel. Sommige mense het al gesê dat sy 'n aanwendsel het en haar eie hare uittrek.

Die vrou om die hoek het al gesê dat sy haar hare al om haar vinger draai dan val dit so na 'n rukkie se gedraai uit. Te vreeslik vir woorde.

Maar die waarheid het by my uitgekom deur Bessie wat by haar werk.

Kyk, om 'n bediende as 'n vriendin te hê, is asof jy Lady Diana haarself as jou vriendin het. Bessie kom vertel my dat hierdie vrou groot moeilikheid het met die hare. Haar dogter het nou weer 'n welige bos hare. Die vrou het ook 'n bos gehad, maar die haarmoeilikeid het begin toe sy die dag besluit om extensions in haar kop te sit.

Sy het blykbaar 'n glue gun gaan koop en sommer plastiekhare by 'n klein, kleurvolle winkeltjie gaan koop. So het sy nou maar die plastiek hare aan haar kop vasgegom met die glue gun.

Bessie vertel my daai kop was so rooi gebrand, dit lyk of sy haar kop in 'n miershoop gedruk het en die rooi miere haar beetgekry het. Daar was net waterblase op die vrou se kop en haar stomme man het nie geweet wat om met die vrou te doen nie.

"Gee vir die vrou vitamiene," sê die apteker.

"Dit gaan nie help nie, die vrou is heeltemal gek."

"Nee man, vitamiene vir die blase, nie vir die gemoed nie. Vir die gemoed is daar geen pil of stroop nie. Sy is gebore in die fase toe die maan kleiner geword het. Siestog."

Bessie vertel dat die vrou eendag die hele Godsedag gesit en suikerkorrels tel. Eers het hulle gedink sy kan suiker lees soos die Waterbom vrou met die kruis om die nek, maar nee, sy het die korrels getel om haarself moeg te kry om vanaand deur te kan slaap.

Maar hoekom gaan stap die vrou nie om die blok of iets. Gaan lees 'n boek of trek bossies uit, maar suikerkorrels tel is heeltemal simpel.

Lank na die dag wat sy blase gebrand het van die glue gun, kom daar 'n verkeerde ding sy kop uitsteek.

Met volmaan is dit asof die simpelgeit nou heeltemal na haar harsings toe getrek het. Hulle sê sy het permanente water op die brein gekry van die blase. Dit het binnekant toe geslaan. Harsings se kant toe.

Die vrou stry en sê dat dit nie so is nie. Sy het daardie blase met haar eie hande uitgedruk en die water in 'n piering opgevang. Dan het sy daardie water gevat en met haar tee gemeng. Dit het wondere verrig vir die romantiese lewe.

Haar man weet dit net nie.

Die Boshuis en die kriek
2022-02-17

Ek sit onder Grootboom wat reg voor my boshuis staan. Dis al donker en die maan gooi sy strale deur die takke van Grootboom tot reg voor my voete.

Na 'n rukkie kom sit 'n nagkriek op my knieg en vryf sy agterpote teen mekaar. Hy speel die mooiste lied vir my wat ek nog ooit in my lewe gehoor het.

Ek sit in die maanstraal en luister totdat Nagkriek klaar gespeel het.

"Dis so mooi," sê ek.

"Dankie," sê Nagkriek.

"Waar kry julle al hierdie musiek vandaan?" vra ek vir Nagkriek.

"Die musiek kom uit ons lywe uit, ons maak elke aand nuwe liedjies," sê Nagkriek.

"So julle speel nooit dieselfde liedjie oor nie?"

"Nee, nooit nie. Ons musiek is ons eie musiek," sê Nagkriek en spring van my knieg af. "Kind, onthou om altyd jou eie musiek te maak wat uit jou eie lyf uit kom. Moenie ander mense se musiek maak net sodat hulle van jou moet hou nie," sê Nagkriek.

"Ek belowe," sê ek.

Laat daardie aand toe word ek wakker van 'n hele klomp Nagkrieke wat om my huis musiek maak.

Vandag maak ek my eie musiek.

Moenie 'n kriek doodmaak nie, hy leer jou om jouself te wees.

Net voordat ek aan die slaap raak, hoor ek die mooiste musiek wat van buite af kom en ek sien 'n klomp krieke wat op die maan dans.

Die Waarheid agter die lieg
2022/03/14

Annatjie, haar man, Russouw en twee dogters, Hanna en Henna, woon op 'n plaas net buitekant die dorp.

Russouw is 'n appelboer, Hanna en Henna help op die plaas met die boeke en administrasie van die appel-besigheid. Henna antwoord telefoonoproepe, want haar Engels is die beste van almal s'n.

Annatjie is tevrede om net huisvrou te wees en Russouw gelukkig te hou.

Annatjie wou nooit dorp toe gaan nie. Sy het nie grênd rokke en skoene nie. Gewone plaasvrouklere.

Sy is vreeslik inkennig en sê altyd dat sy nie sommer mense kan vertrou nie.

"Mense het los tonge en vinnige lippe om te praat. Mense is net kwaadstekers," sê sy altyd vir Russouw.

Annatjie weet dat die mense op die dorp oor haar praat. Antie Naude, haar enigste vriendin in die ouetehuis, het al op 'n keer vir haar vertel.

"Wat sien die Russouw tog in Annatjie? Hy is so knap man en Annatjie is vaal, skaam en te sedig. So gelykmoedig," skinder die mense.

Hanna en Henna trek na Russouw se kant van die familie. Hulle is baie sosiaal en gesellig. Die mense op die dorp sê dat hulle, soos Russouw, so knussies is.

Elke Saterdag aand gaan Hanna en Henna dorp toe. In die dorp is daar 'n dans by die Tuinbousaal en al wat kêrel is vry na die twee dogters. Nie net omdat hulle mooi is nie, maar omdat Russouw bedeeld en welgesteld is met sy appelboerdery.

Russouw het dan die bakkie vir Hanna en Henna geleen en so is hulle na die Tuinbousaal toe vir Saterdae se dans.

Die twee dogters is goed uitgevat. Ingekleur, mooi rokkies en pragtige skoene.

Annatjie het dan maar altyd 'n mandjie appels saam met Hanna en Henna gestuur om vir die vertraagde Viljoentjies te gee. Die Viljoentjies het op die dorp gebly en het maar finansieel baie gesukkel.

Dan het Annatjie ook 'n bottel ingelegde appels met baie naeltjies daarin saamgestuur vir tannie Naude wat in die ouetehuis net oorkant die Tuinbousaal woon.

Hanna en Henna het nie omgegee om die appels te gaan afgee nie. Dit was deel van hulle goeie plig teenoor die Vader, het Annatjie altyd gesê.

Soms het Annatjie so laatmiddag tussen die appelbome gaan stap. Sy hou daarvan om alleen te gaan wandel.

Dan pluk sy die twee mooiste rooi appels van 'n boom af, vryf hulle blink en sit hulle in haar voorskoot se sak.

Annatjie het 'n perd en 'n donkie wat sy versorg asof hulle deel van die huisgesin is.

"Dit is genoeg geselskap," het sy altyd gesê. "Mens kan baie by 'n perd en 'n donkie leer. 'n Perd is 'n eerlike dier en hy kan ruik as jy onbetroubaar is. Wanneer 'n vals mens naby 'n perd kom, dan draai hy sy rug op daai mens en hy sal die perd nie in die oog kan kyk nie," verduidelik Annatjie. "Donkie is anders. Donkie is baie slim, maar hy hou homself onnosel. Dis vir goeie rede, want 'n donkie sien verby iemand se eerlikheid tot by die lieg, dan sal hy skop," vertel Annatjie.

Sy het hierdie waardes vir haar twee dogters geleer. Moenie dat mense met julle mors nie, het sy altyd vir Hanna en Henna gesê.

Annatjie het dan die twee rooi appels wat sy gepluk het, vir die perd en die donkie gaan gee. Die perd en donkie het Annatjie verstaan.

Op 'n dag gebeur 'n ding wat vir Annatjie so gespanne gemaak het dat sy vir drie dae nie kon slaap of eet nie.

Russouw het die prys vir die beste uitvoerappelboer gewen en die dorp het 'n funksie in die tuinbousaal vir die huisgesin gereël.

Hanna en Henna is toegepak van vreugde, want nou kan hulle weer mooi aantrek, gesiggies inkleur en hare indraai.

Russouw het sy aandpak laat droogskoonmaak en sommer sy baard en hare getrim.

Annatjie se senuwees sit soos 'n rou wond in haar gemoed.

"Ag Ma, dis nie so erg nie" se Hanna toe Annatjie begin walgooi.

"Ek het niks om aan te trek nie, gaan julle maar."

"Nee, ma moet saam" se Henna.

"Aai my kind, jy weet hoe praat die mense van my. Ek sal maar liewer los."

"Nee, ma gaan saam. Ons kan vir ma 'n rok by antie Naude gaan leen. Sy is min of meer ma se nommer."

Hanna bel toe vir antie Naude by die blommewinkel en vra vir 'n rok en antie Naude stem toe in.

"Ma, antie Naude het vir ma 'n rok. Daai rooi een wat sy spesiaal laat maak het vir 'n funksie. Sy sê as die rok so effens wyd is om die middel, kan sy dit inwerk en 'n paar darts by die rugkant insit. Niemand sal dit eers sien nie," sê Hanna.

So ry Hanne en Henna dorp toe om die rok te gaan haal en 'n paar ekstra goedjies te koop.

Toe Hanna en Henna by die plaas aankom, is die twee susters so opgewonde oor die rok, sykouse en pragtige paar skoene vir Annatjie.

"Kom, pas aan," sê Henna vir haar ma.

Toe Annatjie in daardie rooi rok klim en die rok sit aan haar asof dit vir haar gemaak is, begin die eerste opgewondenheid in Annatjie wakker word.

"Dis nie te sleg nie" glimlag sy vir haar dogters.

"Dis pragtig, Ma. Kom, trek die rok uit, dan hang ons hom buite vir die reuk om uit te trek. Die rok ruik na motbolle," sê Henna.

Die groot aand breek aan en almal maak gereed.

Russouw lyk besonders mooi.

"Jy lyk so hêndsom, my man," se Annatjie en glimlag.

"Dankie, my ou vrou. Jy lyk ook pragtig, kompleet soos die mooiste geskenk wat ek nog ooit gekry het."

Annatjie glimlag en Russouw hou haar vas, net soos mens 'n geskenk sal vashou.

In die kamer langsaan is die twee dogters besig met krullers en goeters vir mooi maak.

Henna kom help vir Annatjie met so klein bietjie poeier op die gesig, rooi wangetjies en net 'n effense pienk vir die lippies. Dis al.

Toe Annetjie die swart skoene wat tannie Naude ook vir haar geleen het, aantrek is dit 'n baie groot teleurstelling. Hulle is hopeloos te groot vir haar voete.

Annatjie is verpletterd en sê dat sy nou nie meer wil saamgaan nie.

"Nonsens, Ma, ons druk net watte voor by die tone in, dan pas die skoene," sê Hanna.

Henna en Hanna gryp elkeen 'n skoen en prop die toongedeelte vol watte.

"Kom, pas aan," sê Henna vir Annatjie.

Annatjie pas aan. Nog steeds te groot.

"Die skoene gaan my hakke nerf af skaaf," huil Annatjie.

"Nonsens, Ma, ons maak 'n plan," se Hanna.

So gaan haal Hanna die mooiste rooi strikke wat sy laas jaar by die matriekdans gedra het en draai dit om Annatjie se swart skoene, so by die skoensool deur, kruis bo by die voet en dan word die strik om die enkel gedraai sodat die skoene nie uitval of onnodig rondskuif en Annatjie se voete stukkend skaaf nie.

Dit werk. Dit lyk ook baie mooi.

Die gesin kom toe by die tuinbousaal aan en al wat mens is, is daar. Almal wens vir Russouw geluk met sy suksesvolle appels en sê hoe mooi die dogters is.

"Annatjie, maar jy lyk deftig," sê een vrou.

"Dankie," is al wat Annatjie sê en die senuwees is rou van die groot skoene.

Al die toesprake is nou klaar en Russouw nooi die mense om maar tafels toe te gaan om op te skep.

So staan Annatjie by die gestolde slaaitafel en skep van die wortel en komkommer slaai in. Dit lyk heerlik.

Annatjie hoor 'n gefluister agter haar.

"Siestog, kyk dan nou die stomme Annatjie. Dit is mos ou antie Naude se rok wat sy daar aan het. Antie Naude het dit nog by ons winkel kom koop vir die ouetehuis se bal. Kyk die skoene. Hulle is sommer twee nommers te groot vir haar. Die stomme vrou het die goed met linte vasgebind." fluister die vrou verder.

Die bloed stoot in Annatjie op. Sy wil die bord met die gestolde slaai neergooi en weghardloop, maar toe onthou sy van die perd en die donkie.

Annatjie draai stadig om, kyk die vrou in die oë en met 'n sagte, bedaarde stem sê sy: "Julle kan maar praat. Ek gee nie om nie. Die skoene is ietwat groot vir my, ek weet, maar dit maak nie saak nie, want ek het die mooiste twee rooi strikke by my dogter gekry om hulle aan my voete vas te maak sodat dit nie my hakke stukkend skaaf nie.

Russouw het gesê ek lyk vir hom soos die mooiste geskenk wat hy nog ooit gekry het. My twee dogters het my gesig mooi ingekleur en toe ek in die spieël kyk, lyk ek vir myself so mooi soos Russouw se kampioen appels."

Annatjie draai haar rug op die kwaadstekers en met haar kyk gee sy vir hulle daardie figuurlike donkie-skop

"Dis reg Annatjie, jy het daai vrou mooi in die oog gekyk sonder skaam, want jy het anderkant die waarheid tot by die lieg gekyk," hoor sy die perd in haar hart praat.

"Dis reg Annatjie, jy het daai vrou geskop dat sy vir die res van haar lewe met 'n mankgeit in haar gemoed gaan sit," hoor sy die donkie in haar hart praat.

Soms, net soms, het ons 'n perd en 'n donkie nodig vir die waarheid, en 'n Russouw met die mooiste appels in die hele wêreld.

En toe dans Annatjie en Russouw op die mooiste lied: Save the last dance for me.

Timothy kom huis toe

2022-04-04

"Jy moet nou dadelik oorkom na my huis toe. Hier is 'n ding aan die kom en niks kan hom keer nie," praat antie Hessie Benson my ore rooiwarm deur die telefoon.

Antie Hessie is my buurvrou oor die pad. Dierbare antie.

"Antie, dis vroeg in die oggend, nog nie eens 8 uur nie en ek het nou net die jêm op die stoof gesit. As ek nou los dan brand hierdie hele spul aan."

"Niks is te vroeg vir hierdie groot probleem van 'n besigheid nie en bring die pot sommer saam. Jy kan verder op my stoof kook. Hierdie is sake wat NOU aandag moet vat," gaan die antie aan asof sy nou net doodstyding gekry het.

"Nou goed, ek kom, Antie. Sit solank antie se stoof se plaat aan. Hy moet goed warm wees anders gaan die suiker nie behoorlik smelt nie en dan trek die hele spul sandsuiker."

Ek hardloop oor die pad met 'n groot pot ongekookte jêm in my hande, druk die tuinhek met my heup oop en trippel die sementpaadjie op tot by die voordeur.

Toe ek by Antie Hessie se huis instap, weet ek nou nie of ek blygeid of moerigheid in haar gesig sien nie.

"Kêrelkind, Timothy is op pad terug. Sy het daai man van haar net daar in Ierland gelos en vir my laat weet sy het nou genoeg gehad van daai vreemde oorsee besigheid. Kyk, hier is die brief wat sy gepos het. Haar hart verlang huis toe."

"Antie, maar dis goeie nuus. Dan is antie se dogter weer hier by antie en sy is mos my beste vriendin."

"Juis. Dis van blygeid dat ek so te kere gaan." Antie Hessie beduie met hande, nek en oë. Alles gelyk.

Ek staan voor die stoof en roer die konfyt. Antie Hessie gryp hier en vat daar. Praat die kant toe en daai kant toe. Vat hier 'n woord en dan weer op 'n ander plek 'n ander woord. Geen mens verstaan waarvan sy praat nie. Ek "ja Antie" maar net.

Timothy se kamer moet skoon kom. Die laaikas moet gepolish word en 'n lys van goeters wat gedoen moet word sal moet klaarkom voordat Timothy arriveer.

"Wanneer kom Timothy, Antie?" vra ek.

"Môre. Sal jy sommer die kantgordyne wat in haar kamer hang in jou wasmasjien gaan gooi?" vra sy. "My masjien is vol van haar beddegoed sodat ek die motbol reuk kan uitkry. Daai meisiekind van my gaan op lekkerruik beddegoed slaap."

"Ek sal."

"Moenie die gordyne te veel deurwas nie. Sorg net dat die ergste geel uit is. Hulle is maar dun gebrand van die middagson. Moenie dat die goed verder skeur nie."

"Ja, Antie," en ek roer die jêmpot totdat daar 'n lamgeit in my arms kom sit.

"Jy kan nie die jêm te veel roer nie. Draai nou die plaat bietjie af dat hy stroop kan maak. Jy gaan nog so roer dan is dit net water," praat sy my aan.

'n Mens stry nie met antie Hessie nie en praat ook nie terug nie. Veral nie op 'n dag soos vandag as sy eers op loop is met 'n ding nie. En vandag se ding is nie net 'n gewone ding nie, dis 'n baie besonderse ding... Timothy kom huis toe.

Die heeldag word afgestaan om huis reg te trek en skoon te kry vir die tuiskoms van Timothy.

"Aai, Here, wees genadig ... my Timmy kom huistoe," praat sy.

"Kom Kêrelkind, dat ek jou help om die jêm in die potjies te gooi terwyl die besigheid nog warm is. Kan ek sommer een potjie vir my en Timothy hou?"

"Antie kan twee vat," sê ek.

Laat daai middag stap ek terug huis toe met pot onder die arm en klein glaspotjies vol konfyt. Ek gooi die lace gordyne in die masjien en hang hulle in die laatmiddagson om droog te word. Toe hulle nou mooi goed droog is, vat ek dit oor na antie Hessie toe en sy sê dat ek sommer moet sit vir 'n koppie tee. Sy gaan vroeg bed toe sodat sy vroeg kan opstaan en die laaste goedjies doen voordat Timothy tuiskom.

Die volgende oggend vroeg lui my foon weer. Dis antie Hessie.

"Kom Kind, jy sal hier moet wees as Timothy tuis kom. Jy sal my moet regop hou sodat ek nie knak van die groot skok nie. Ek kan nie glo dat my meisiekind huis toe kom nie."

"Ek kom Antie."

Toe daardie tuinhekkie oopgaan en Timothy kom by die sementpaadjie opgestap met net een tas in die hand, is dit asof antie Hessie 'n toeval kry.

"My kind... my kind... my kind..." snik sy. "Waar is al jou goeters? Het jy net hierdie een suitcase?"

Ma en dogter staan in mekaar se arms van blywees om mekaar weer te sien. Dis 'n prentjie wat die hartseer in my hart kom sit. Maar saam met die hartseer sit daar 'n blywees vir die antie en dogter ook.

"Hallo, Ma. Ja, net hierdie een suitcase. Dis maar al. Die ander goed het ek in Ierland gelos."

"Kind, never mind die ander goed. Kom in, jy moet seker honger wees. Jou kamer is mooi skoon. Kom laat ek jou help. Kêrelkind, vat jy Timothy se suitcase," praat Antie Hessie sonder om asem te skep.

"Welkom tuis, Timmy," sê ek.

"Ek het so na jou verlang," sê sy.

"Jy lyk goed, my darling," sê ek vir haar. "Kom ek help jou."

Maar ek sien mos in die meisiekind se oë lê verdriet, maar anderkant die verdriet is daar iets anders. Daar lê 'n blygeid saam met die verdriet. Ek kan sulke dinge in mense raaksien.

Ant Hessie praat nou maar so bolangs en hierdie kant toe en daai kant toe, maar in my hart weet ek dat ek my kans gaan kry om die waarheid uit Timmy so mond te kry.

"Kom Timmy, ek maak vir ons jêm-toebroodjies. Kêrelkind het die jêm net gister gemaak."

En dit is hier waar die groot moeilikheid begin.

Toe ons om die kombuistafel sit, elke een met sy bordjie brood en beker tee, gebeur daar 'n ding wat vir Antie Hessie amper laat knak van skok, en ek gryp net suikerwater om haar regop te hou.

Timothy haal sowaar haal valstande uit om die brood te byt.

"Kind, van wanner af het jy valstanne?"

"Dis 'n lang storie, Ma, maar ek moes maar plan maak."

Ant Hessie weet wanneer om 'n ding te los want sy kan sien dat haar dogter besig is om duiwel te vat en warm onder die kraag te word oor die tande storie.

"Dis 'n ding wat nie gepraat wil word nie, sê Timothy vir Anti Hessie.

Timothy gee een byt aan die broodjie en vat 'n slukkie tee. Die tande lê in 'n tissue op haar skoot.

Antie Hessie kan sien dat die kind moeilik kou. Die groot vraag bly in haar oë sit van waar Timothy se tande is, en wat het dan verkeerd geloop. Mens se tande val mos nie sommer so na vyf jaar wat jy oorsee is, uit nie.

"Kind, nee Koot man, so kan ek nie sit en wonder nie. Vir wat moet jy dan nou die tande uithaal om 'n sagte stuk brood te eet. Wat is hier aan die gang, Kind?" vra Antie Hessie.

"Daar in Ierland het dinge maar skeef geloop, toe moes ek my tande laat trek. Die tandarts wat my vals tande moes maak het dit op die goedkoopste manier gedoen, nou is die goed skeef gemaak en te klein. Hy het my mond verkeerd gemeet. Ek kan nie eens 'n stuk brood eet nie," verduidelik Timothy en in haar oë sit sy 'n "end of story" kyk.

"Maar waar is daai ryk Ier van 'n man van jou dan?" vra Antie Hessie.

"Dis 'n lang storie, Ma, los dit maar eers daar. Dis 'n ander dag se praat daai."

Terwyl ons drie so om die tafel sit en brood eet en tee drink, bekyk ek vir antie Hessie en haar dogter, Timothy, en ek dink so by myself, ja, wat maak tande tog nou saak. Ma en dogter is bymekaar, ons almal sit om een tafel, Timothy natuurlik nou sonder tande, maar dis oraait. Darem het Timothy 'n ma en antie Hessie 'n dogter.

Ek het nog al my tande, netjies reguit in 'n ry, maar my mense is weg. Ek is 'n alleen mens, met tande.

Dis asof Antie Hessie my gedagtes lees en sê, "Kêrelkind, my meisiekind is by die huis. Maar in my hart sal jy my Kêrelkind wees. Gaan haal nog jêm by jou huis."

En op daardie dag toe weet ek... wees tevrede met alles, al het jy nie tande nie.

Boereraat vir Tina

My mens, hier waar ons bly werk dinge kleine bietjie anders as in die groot stede of dorpe. Ons het nie groot winkels nie, nog minder banke, fabrieke of apteke. Ons moet gebruik wat ons het. Onse mense is maar arm en leef op genade van Bo.

Maar waar is my maniere? My naam is Lydia Oortman en ek woon hier in die Moordenaarskaroo. My mense kom van die Kalahari af, maar nadat ek die Oom getrou het, het hy my die kant toe gebring en ek is nie vir een dag spyt daaroor nie.

Oom Bissa Oortman het altyd gesê dat ek 'n baie spesiale vrou is, en spesiaal het hy bedoel met baie spesiaal.

Sien, ek het arm grootgeword en by ons was huisgoed maar skaars.

Van kleins af het my ma die gawe vir my gegee en so het die mense in die distrik te hore gekom van dit en van toe af was daar geen keer nie.

Julle sien, hier waar ek by my tuinhekkie staan met my tuin rondom my, staan ek eintlik binne-in 'n apteek. Is reg, julle hoor reg, binne in 'n apteek en natuurlike die apteker, wat dan Lydia haarself is.

Al wat uintjie en geneesding is, groei hier. Boegoe, Kankerbos, Wildedagga, en dan praat ons nie eens van die kleiner vetplantjies met die ekstra skop nie.

Dit laat my mos nou dink aan ou Tina hier buite die dorp. Die is mos so lief vir die bottel soetwyn. Soos sy hom noem – soetpyp.

Tina is al twee keer wynskool toe om genees te raak van die ding, maar sy kom elke keer net erger terug. Dis net 'n skande en dan het die welsyn nog gedreig hulle gaan haar kinders kom vat. Dit het haar nie laat skrik nie. Wyn sal sy vat.

Laaste Maandag van laas maand stuur sy een van haar kinders oor na my toe. Die kind is nog skaars daar by ou Takis se winkel verby of die oom sê vir my dat dit vir hom na een van Tina se maakseltjies lyk.

"Ja Bissa, laat hy maar kom. Dit beteken net een ding, die vrou het weer te veel van die soetpyp gevat en nou lê sy, maar ek sê vandag vir jou, ek gaan nie die keer help nie," sê ek toe vir die oom.

Toe daai kindjie voor my staan, raak my hart skoon saf. Ek is ook mos 'n ma en 'n ma se hart bly 'n ma se hart.

Hy vertel my dat sy ma se slegte nier nou geval het en dat sy ma in groot pyn is. Antie sal moet help.

'n Nierkwaal beteken net een ding, veral as dit by Tina kom.

Ek sê toe vir die kind dalk moet sy ma minder by die soetpyp wees en tot bekering kom, maar die kind is byna in trane en sê dat hulle ma besig is om te dood van die pyn.

Ek is mos 'n vrou met 'n hart. Ek kan mos nie my ewemens so sien suffer nie. Ek sê toe vir die kind om net daar by die hek te staan, ek kom.

Onder die groot wildevye boom groei my boegoe en ek pluk 'n takkie of twee.

Nee, dit gaan meer as 'n takkie kos om vir Tina gesond te kry, dink ek so by myself. Ek gaan haal 'n klein kardoesie met kremetart uit die spens. Ek kan nie mooi onthou wat om nog te vat nie, want my antie van Citrusdal het hierdie raad vir my gegee en sy is nou al 'n jaar lank dood. Ek dink sy het iets van Klipdagga gepraat en ek pluk toe sommer so met die uitgaan 'n bossie langs die gansdammetjie.

Ek trek die kind aan die hempsmou, en daar gaan ons na ou Tina toe.

Toe ek my oge op die ou vrou slaan, toe weet ek hierdie is nie speletjies nie.

"Tina." sê ek met 'n ernstigheid in my praat. "Jy moet die drank los. Kyk na jou kind." Maar ek weet nie eens of Tina my gehoor het nie, want die is skoon bleek van die pyn.

So vat ek toe die boegoe en hotnotskooigoed wat ek hier onder in die vlei gepluk het en ek gooi dit in 'n koppie warm water. Ek vat toe sommer so mespuntjie van die kremetart en meng dit in. Ek sê toe ou Tina moet regop sit en daar druk ek haar neus toe en gooi die konkoksie in haar keel af.

"Hierdie treksel het skop, Tina," sê ek.

Dié gee toe 'n onsmaaklike hoes.

Die res van die konkoksie los ek op haar dressing tafel en sê vir die kind om vir haar weer in te jaag net voor slapenstyd. Ek trek toe die takkie Klipdagga soos tee en sê vir die kind om dit ook vir sy ma te gee as dinge nie beter word nie.

Ek is toe daar weg en die volgende dag verneem ek dat ou Tina weer goed op die been is.

"Ja, Bisa," sê ek toe vir die oom, "ek weet nie of ek die ou vrou mos help nie, want nou het ek haar net gehelp om weer soetpyp te vat."

Die oom vra toe of ek nie dalk iets het wat die soetpyp bitter kan laat smaak nie.

"My man," sê ek toe, "dalk het ek tog so iets." Maar dis 'n storie vir ander dag.

*Soetpyp is Old Brown Sherry soos hulle dit in die Karoo en Namakwaland noem.

Die Tandmuis

Die dat mense so oploop gaan met onnodige goed laat my sommer onnodig duiwel vat.

Maar kyk, ek praat nie altyd so lelik nie, maar waaragtig, daar is mense om ons, tussen ons, agter ons, voor ons en sommer in ons wat op loop gaan met 'n ding wat nie eens op loop oor gegaan moet word nie.

Ek dink so aan my broer.

Ou Kloor het altyd Saterdae gras gesny. Nou kyk, ek het nog nooit oor my broer Kloor gepraat nie. So lang seningagtige man met 'n bleskop. Groot hande en skurwe hakke.

Ou Kloor het mos tot sy dag van die dood aan die Tandmuis geglo. Siestog, ook maar eenvoudig.

Geen mens sou weet hoekom nie, maar hy het geglo daar is 'n muis wat tande kom haal en weer daardie tande na ander mense se huise toe vat. Dan het daardie mense weer geld in 'n skoen gesit en die muis het dit weer na 'n tandarts toe gevat.

"Hessie," het hy altyd gesê. "Waar dink jy kom valstande dan vandaan?. Dis daardie muis wat dit aandra. Jy weet net nie, dalk is daardie tande wat jy in jou mond het nog die van Ou Taings by die slaghuis s'n."

Met hierdie gedagte moes ek toe die hele week loop. Ek kan mos nie 'n ander mens se tande in my mond hê nie. Antie Taings het darem maar lelik gepraat en daar kom bitter min 'n vloekwoord oor my lippe. Al wanneer ek vloek is as minister en hooggeplaastes op TeeVee so aanhou oor "Wait for the report... Wait for the report... Wait for the report." Dis dan wanneer ek sommer die woord 'donnerwetter' sê.

Hulle het mos nou 'n corner kêffie hier by 'n dorp gekry wat se naam ek nie eens kan uitspreek nie. Glo word daar boomwortels, kat-ore, snorbaarde van klein hondjies bedien, en dan praat ek nie eens van al die biesmelk wat hulle in 'keep South Africa clean' bottels aanhou nie.

"Nee wat, ou Kloor, jy moet ophou glo aan daardie tandmuis," het ek vir hom op sy sterfbed gesê.

"Wag vir die report ... wag vir die report," het ou Kloor gesê. "Daardie tande lê almal in 'n Kraal waar vreemde mense bly met 'n vreemde winkel wat vreemde dinge verkoop. Ek sê vir jou, die tande word daar weggesteek. Ons sal al wat leef moet waarsku. Bel die polisie voor ek doodgaan. Laat weet by die lykshuis dat daar tande is, hulle moet die lyke se monde toewerk. Die muis gaan steel daai tande en vat dit na daai winkel toe in die Kraal... Wag maar vir die Report," het ou Kloor aangehou kerm so in sy swakte op sterfbed.

"Wie is die muis? Wie steel dan die Tande," wou ek weet.

"Hessie, kan jy nie sien nie? Kan julle nie sien nie? Kan die mense in groot kantore nie sien nie, mense in biblioteke, mense in apteke, mense in hotelle, mense in die strate, mense wat strate vee, mense wat sing en huil, dirigente van orkeste, kan julle nie sien nie? Daardie muis gaan ons almal rot en kaal steel... hoor wat ek sê. Maar wag vir die report..." En daar sterf ou Kloor toe 'n baie stille dood.

Net so voordat die report uit is.

'n Klop aan die deur

Vanoggend klop iemand aan tannie Hessie se deur dat hoor en sien vergaan. Dis nie 'n klop soos die doodstyding klop nie, ook nie soos 'n bedel klop nie, ook nie soos 'n verkoopsman klop nie, nog minder soos 'n prediker klop. Hierdie klop was anders.

Terwyl die skepsel by die deur staan en klop bel sy my en soebat, "Kêrelkind, kom oor. Hier is 'n ding aan die gebeur vandag. Iemand klop aan hierdie deur van my en dis 'n anderste soort klop. Hierdie is 'n klop wat my gaan laat woedend word. Ek ken die klop en my pille is op," gaan sy aan.

"Ek kom," sê ek vir tannie Hessie.

Toe ek die draadhekkie oopstoot en daardie kreun-kerm geluid laat die man by die deur omkyk, toe weet ek hier kom 'n ding. Die man lyk vreemd. Snaaks. Jy weet?

"Kom nader Kind. Moenie met daai man by die deur praat nie. Hy is van 'n ander plek. Hy is van 'n ander straat. Sy kop draai verkeerde kant toe om," sê sy.

"Ek bring maar net 'n mandjie vol naaldwerkgoed vir Tannie," se die man.

"Wat wil ek met naaldwerkgoed maak? Kom nader Kêrelkind, kom in en moenie na die mandjie en naaldwerkgoed kyk nie. Dit gaan jou verander."

"Ek gaan jou olielamp vol olie maak," se die man vir tannie Hessie.

"Olie wat waar is. Jy sê dan nou net dat jy naaldwerkgoed het. Is jy reg in jou kop?" vra ek vir die man.

"Ek kan olie kry. Laat my net in."

"Tannie, hierdie ding is lelik. Laat hierdie man in. Laat ons praat ... laat ons kyk ... laat ons vra."

En so laat sy die man in. Ek stap op sy hakskene om hom goed te bekyk. Hy loer in die gang af, by die geblomde kamer in. "Mooi Kamer," sê hy.

"Dis nie te huur nie," sê tannie Hessie Benson.

"Dis my kamer," se ek. Ek weet ek het 'n lieg vertel, maar hierdie man gaan hierdie huisie laat sink.

"Ek het olie vir die lampe, ek het naaldwerkgoed en dan sal ek sorg dat daar 'n ster in jou geut val, elke aand," belowe die man.

"Ek sien daardie plooi op jou gesig," sê tannie Hessie.

"Watter plooi?" vra die man.

"Daardie plooi wat vir my sê jy praat nou snert..."

Tannie Hessie haal haar valstanne uit, sit dit in 'n waterglasie en vra vir die man, "Kan ek vir jou yswater gee voor jy loop?"

"Nee," sê die man.

"Jy het nie maniere nie. Mens sê Nee Dankie. Koebaai," sê Tannie Hessie. "Ja, koebaai nou maar."

En daar gaan al die ligte in tannie Hessie se huis aan, haar naaldwerkmandjie word propvol garing en daar val 'n ster in haar geut.

"Die Here voorsien, kind, moenie opkyk na mense wat vreemd aan jou deur klop nie."

Die hoeksteen

Ek is opsoek na 'n hoek.

Net 'n klein hoekie, 'n skerp hoek, 'n stomp hoek, 'n hoek wat om 'n ander hoek sit. 'n 'Sonder grense' is wat ek soek. Ek hardloop toe maar die horison binne en kyk nie weer terug nie.

Dit het laas Dinsdag gebeur. Hoekom mense altyd om hoekies loer weet ek ook nie. Sommige mense praat om hoeke, maar dis daai loer om die hoek wat my onder kry. Waar gaan die lewende, dooie of halfdooie mensdom tog stop?

Hier onder in die pad bly 'n vrou. Phillipa Waterbom. Sy het haar naam van die seunskoshuis af gekry. As Phillipa Waterbom soggens werk toe stap, moes sy verby die seunskoshuis stap. Dan het al wat seun is voor die vensters gestaan.

Die skaam outjies het agter 'n gordyn uitgeloer, die minder skaam seuns het sommer op hulle stoele gesit en ry en so by die venster uitgekyk. Phillipa Waterbom het dan maar gestap. Geen mens sal ooit weet of sy die seuns raakgesien het of nie, maar stap het sy gestap.

"Sy verwag seker," het van die seuns gesê.

"Nee man, dis 'n siekte wat sy het, moenie spot nie."

"Julle weet niks nie, my ma het gesê dat 'n naaldekoker haar gebyt het."

"Issie, sy is gebore die tyd wat die maan kleiner word. Mense wat tydens daardie tyd gebore is, het sulke probleme. Dis 'n groot probleem," sê die bleek een in kamer nommer 3.

Onbewus van alles stap Phillipa Waterbom die straat af met 'n rok wat net onder die knieg hang. As die wind opkom, dan skep hy daardie rompie en dan sien jy tot by haar waai van die been. Dis sulke moeilike velle en rolle wat daar hang … dis waar die Waterbom deel inkom.

"My pa sê die baba het afgesak na haar knieg toe," sê die half vertraagde kind.

Phillipa het soggens gestap en in die middag weer terug.

Een dag gaan staan sy, kyk na die seunskoshuis toe en sê vir hulle, "Eerstens, ek is Tannie Phillipa en ek is 69 jaar oud. Finish en klaar."

Toe verstaan die seunskoshuis vir Tannie Phillipa.

Die kermis

Dis kermis in Kleinzee. Almal kom bymekaar. Hier is mense van Steinkopf af, sommige het met busse vanaf Kommagas aangekom.

Toe daardie busse, taxi's en karre gepak met mense voor die groot saal stilhou en die kermis begin, sien mens net mense rondstaan. Sommige staan en rook, sommige skryf op 'n papiertjie iets neer, iemand doen blomme, iewers gryp 'n antie na haar hare wat in die wind rondwaai. Om 'n hoek staan 'n kind en pie teen 'n boom. Wat gaan hier aan?

Ek sit op 'n stoeltjie onder 'n peperboom en bekyk alles. Wat het van ons mense geword? Het almal mal geword? Wie bring nog goeie nuus? Terwyl ek so onder die boom sit val 'n klein voëltjie uit sy nessie, kaplaks hier langs my. Ek tel hom versigtig op, draai hom in 'n tissue toe en fluister, "Jy sal oraait wees. Jy sal gered word en weer kan vlieg."

"Waarheen moet ek vlieg," fluister die klein voëltjie terug.

"Net waarheen jy wil. Dit maak nie saak nie."

"Hier gaan iemand groot aankom en open met gebed," fluister die voëltjie weer.

"Spaar my dit"

"Wag maar. jy sal nog sien." En so vlieg die klein voëltjie uit my hand uit.

"Jy het nog nie eens vere nie en jy kan vlieg. Wat het ek gemis? Gaan iemand my red?" roep ek na bowe.

En daar kom die groot, swart kar met die 'iemand' baie besonders in. Mense trippel rond, skreeu, huil, praat, huppel en sommige val flou neer.

"Wie is dit wat hier aankom?" vra ek.

"Dis Miss Saya," sê 'n bruinman langs my.

"Wie?"

"Miss Saya. Sy kom van Japan af. Sy kom ons dorp red. Sy kom nog sterre aan die hemel vasplak en die maan blink vrywe," sê die man.

Ek staan toe op, stap na die Miss toe en gee vir haar 'n pouveer.

"Hierso, vat maar die veer. In die diereryk is die mannetjies mos maar mooier as die wyfies."

Miss Saya vat die veer en stap by die hekke van die kermis in. Teen hierdie tyd is die kermis 'n paradys met Witstink-houtbome, buffelsgras, koring are, piesang bome en 'n Atlantiese see.

Die wêreld kan seker maar 'n mooi plek wees, dink ek.

Die Boer van Tweeling
(Tannie Hessie Benson vertel)

Op 'n sypaadjie iewers in Tweeling staan 'n boer - en hy is mooi. Ek kyk hom aan asof dit die laaste kyk ooit is. 'n Stewige man, kort broek, kakieklere, mooi vellies met lang kouse. Ek kan sommer sien hierdie man kan 'n skaap vang.

Ek gaan sit onder 'n boom op 'n bankie.

Dis so naby die biblioteek. Ek wou nog 'n draai by OK Bazaars maak, maar toe ek hierdie man sien, staan ek net daar stil.

Wie kan die man wees? Waar kom hy vandaan? Ek het hom nog nie in die distrik gesien nie. Ek wonder of dit daardie een is wat die Brahmaan saad verkoop. Nie dat die man nou die Natuur in my wakker maak nie, nee, maar daar is iets wat my aangryp aan die man. Daardie kuite. Hulle sê mos 'n man met sulke groot en mooi kuite kan staan en liefde maak. Dalk is dit so.

Ek haal toe my hekelwerk uit my naaldwerksakkie, kyk vir oulaas na die man en begin hekel.

Aan die ander kant van die straat kom 'n mannetjie aangeloop. Dit lyk of hy kan blomme rangskik of dalk binnenshuise versiering doen. Ek kan sommer sien dis die soort mannetjie met wie ek heerlik kan gesels. Ek het mos baie vriende wat blomme rangskik en koeke bak en troues reël.

My hart wou gaan staan toe ek sien die mannetjie stap op die groot Brahmaan-man af.

"Laat daai groot man net iets aan die blomme-outjie doen, dan sal julle my moet vashou van woede," dink ek in my binneste.

Daar, op lente dag, so onder die boom, gaan ek aan die huil toe ek sien wat gebeur. Die blomme-mannetjie stap na die groot Brahmaan toe, vat hom om die nek en kyk vir hom.

Die Brahmaan vat die blomme-outjie styf vas, kyk in sy oë en soen hom op sy mond. Net so, sê ek vir julle. Sommer so in die ope.

Toe hulle vir mekaar kyk, kon ek sien Brahmaan se mond sê iets van "EK IS LIEF VIR JOU." Ek stap nader, vee 'n traan uit my oog en gee vir elke een 'n drukkie. Ekself weet nie eens hoekom ek nou so iets doen nie, maar dis gedane sake.

"Julle is baie mooi," sê ek.

"Dankie Tannie," sê Brahmaan.

"Kom drink tee, ek hou daarvan om liefde te sien." En daar stap Brahmaan, Blomme-outjie en ek straat af...

"Julle is almal my kinders," kry ek die laaste woord in.

Toe Brahmaan die deur van sy bakkie vir Blomme-outjie oopmaak, sien ek 'n paar skape op die agterkant van die bakkie.

"Tannie kan 'n skaap kom kry. Dan kom eet ons almal Kersfees by Tannie. Is dit reg?" vra Brahmaan.

"Ja, ek sal vir tannie blomme doen," sê Blomme-mannetjie en waai met 'n slap gewrig, die ene glimlag.

"Kom, my liewe mense, my deure is oop."

Die Koolkop
Tannie Hessie Benson vertel

Hierdie ongelooflike ellende het in 'n koolkop begin.
Daardie oomblik as die kool in die tuin begin knoppe maak,
dan het die volmaan opgekom. Geen mens sal ooit weet
hoekom die kool net tydens volmaan koppe maak nie, maar
tydens volmaan staan daardie kool soos 'n blomtuin.

"Wanneer gaan jy ophou koppe maak?" wil ek weet. "Ek
het nou al kool gebak, gekook, ingelê en selfs vir my
buurvrou gegee wat nie eens kool eet nie," sê tannie Hessie.

Ek het my oor by die koolkop gaan sit en hy fluister toe
vir my.

"Hessie, los my dat ek kop uitstoot wanneer ek wil,"
praat die koolkop.

"Ja, my oorle ou Charles het dit ook altyd gesê, en kyk
waar sit ek vandag. Met 'n dogter in Ierland en 'n seun iewers
op die grens."

"Kruip maar weg," sê die koolkop.

"Waar?"

"Kruip agter jou bed weg. Dis die beste plek. Mense
soek altyd onder 'n bed en nie agter 'n bed nie."

So gaan kruip ek agter my bed weg, en daardie
koolkoppe begin rank tot by my venster in. Hulle rank teen
die kas op, tot tussen my rokke in. Hulle rank soos
pampoene en ewe skielik hou hulle op rank, en daar lag die
rank vir my.

"Pluk nou maar iets," sê die plant.

"Dis van vrugte plak dat ek lyk soos ek lyk."

Maar so pluk ek 'n koolkop, en toe ek hom so teen my
oor sit om 'n gefluister te hoor, hoor ek die see... Dit was
mooi ... dit was rein ... dit was net lekker. Dit was die
waarheid.

63

Die Krullers en die Waarheid
(TANNIE HESSIE BENSON)

Dit was so middernag wat ek toe nou wakker skrik van 'n stem wat voor my venster is.

Waar sal so mooi stem vandaan kom? En dit nogal hierdie tyd van die nag? Geen mens weet wat aangaan nie.

Die hele wêreld is deurmekaar, en stemme voor vensters gedurende middernag is ook seker maar goed in hierdie tye wat ons leef. Vreemd, sê ek vir jou.

Ek wou eers my kop by die venster uitsteek om te hoor wat aangaan, toe onthou ek die krullers.

My hare se krul vat mos nie net sommer nie. Ek moet met die kruller-gedoente slaap, dan die volgende oggend het ek vol krulle wanneer ek die krullers weer uitrol.

Nie om iemand te impress nie, nee, maar vir my special gas. So hoor ek weer die stem wat sê: "HESSIE, DIE KRULLER AGTER IN JOU NEK GAAN UITVAL."

Wat weet die stem van my krullers en my kop en krullers?

"HESSIE, DAARDIE KRULLER GAAN LOS, JY MOET HOM MET NOG 'n PEN VASSTEEK."

Ek skreeu toe maar, "LOS MY KRULLERS", maar toe ek by die venster uitloer, sit daar 'n uil voor my venster met groot, geel oë en loer.

"HAAL DIE KRULLERS UIT JOU KOP UIT. DIE PERM LOTION GAAN JOU BREIN AANTAS," sê die uil.

Ek voel die woede soos 'n vuur in my opsteek.

"SIT DIE KRULLERS TERUG IN DIE SKOENBOKS EN SLAAP LEKKER." En daar vlieg die uil weg. Ek haal toe die krullers uit my kop uit, pak hulle terug in die Milady skoenboks en slaap.

Vanoggend toe ek wakker word is my hare die ene groot mooi krulle, en so in my kroontjie is die mooiste uilveertjie ingedruk.

Toe besef ek weer dat daar tog iewers goeie nuus vir ons is - al eet die ryk mense lam en die res van die mense ou, taai skaap, ons is almal dankbaar.

Maar die uil het gesê dat dinge gaan verander. Ons moet net die horison dophou. Die antwoord sit daar.

Tannie Hessie vertel van die posbus

Nee wat. So kan ek nie aldag in my posbus sit en kyk nie. Al wat hier beland is pamflette van een of ander special wat mens kan kry, geen liefdesbriewe of geselsbriewe nie.

Ek word bang vir al die papiere om my. Weet die mense nie dat daar 'n boomskaarste in ons land is nie? Nee, al wat hulle weet is om plakkate omhoog te hou met dom en simpel opskrifte van betogings. Kom ons kruip almal in ons posbusse weg en word pamflette om die waarheid te verkondig.

Kom ons kruip almal in 'n gat weg en groei soos 'n boom om nuwe lewe vir die aarde te wees.

Die Fairmate casette speler
(Tannie Hessie Benson vertel)

Gisteraand het ek nie 'n ooglid op mekaar gesit nie.
Ek sukkel van tienertyd af met wroegings.
Wroeg oor wat ek moet aantrek
Wroeg oor wat ek moet eet.
Wroeg oor dit en dat.
Maar hierdie is 'n ander wroeging.

My skoonsuster, Serendipity, was baie stywelip gewees in haar jong dae. Seker omdat sy mooi was, maar dit gee g'n mens 'n rede om stywelip te wees nie.

Jare later het sy die stywelip-geit laat staan en gemaak asof sy 'n danser is. Toe dit nie meer lekker is nie, raak sy 'n motiveringspreker by Afvlerk-mense. Toe raak sy moeg vir die Afvlerk-mense – "nie ons klas nie", het sy gesê en begin om Bybels te restoureer.

"Dank die Here dat Serendipity nou op die regte pad begin beweeg," het die familie gesê. "Sy het nog die Bybel begin lees nie, maar darem al aan hom begin vat en oopslaan. Dalk vang die oog net die regte versie," het van die familie-lede vir mekaar gefluister.

Tydens 'n groot reënstorm, sit Serendipity by haar lessenaar onder 'n baie ou lig, en plak en gom aan die Bybel.

"Jy moet rus inkry," hoor sy 'n stem.

Sy kyk op, frons en werk verder aan die Bybel.

"Jy moet meer lees," hoor sy weer die stem.

Onder haar stoel lê haar kat opgekrul. Toe dit buite begin hael, staan die kat op en gaan sit op die tafel, net so langs die Bybel wat Serendipity besig is om reg te maak.

Toe Serendipity so op 'n sekere plek die Bybel oopslaan om die buiteblad mooi geplak te kry, gaan die kat aan die grom.

Dis nou net hier waar die wroeging inkom.

Daardie kat was 'n teken vir Serendipity. Daardie plek waar die Bybel oopgeval het was nog 'n teken en die haelstorm was nog 'n teken. Want net daar val Serendipity dood neer.

Die dag met die begrafnis besluit hulle dat daar liewer nie 'n koor moet sing nie, maar hulle gaan sommer 'n tape speel.

So dra hulle vir Serendipity die kerk in, die kis is gedecoupage met die mooiste prente van blomme, tuine en parke en op die bont doodskis staan 'n ou Fairmate kassetspeler. Toe hulle daardie knoppie druk vir die hartseer klanke, hoor hulle Serendipity se stem.

"Turn on the Slimline Portable Stereo Casette and the Large Portable Stereo Radio Cassette. Turn on a beautiful friend. In one ear and in the other."

Die Man en sy Persiese mat

(Tannie Hessie Benson vertel.)

Daai man gaan horings kry as hy lê en eet. Die ander man jaag sy eie skaduwee.

Waar gaan dit alles heen?

Dan is daar nog 'n ander man wat nie vleis eet nie. Hulle noem hom vegetaries. Ek verbeel myself dat ek al vantevore daardie woord iewers gehoor het. Ek kan nie net my vinger daarop lê nie. Is dit nie vrouens wat van vrouens hou nie? Maar dit maak nou nie saak nie, hierdie storie gaan nie daaroor nie.

So sit ek met 'n bak kerrie-kos by my eetkamer tafel. Daardie skaapstukkies eintlik so geel van die kerrie.

"Jy verkoop jou siel vir vleis!" skreeu die Persiese mat wat op die vloer by my voete lê, vir my.

"Jy gaan nog iets word wat jy nie wil wees nie...van vleis eet!" skreeu die vensterbank wat sypaadjie se kant toe kyk, vir my.

Daai vensterbank praat te veel en doen te min. Ek kyk reg deur hom... soos 'n venster. Reg deur hom, sê ek vir julle.

Daardie middag laat, nadat ek drie borde skaap-kerrie geëet het, hoor ek 'n stem wat drie registers hoër is as wat nodig is.

"Die Harikrishna gaan vir jou kom, jou toerol in 'n Persiese mat en ontvoer!"

Vir weke wag ek vir die Harikrishna om my te kom haal. Ek is gereed. Hulle het gesê dat hy Dinsdag gaan kom, dis al Woensdag en al die volgende Donderdag en toe weer die volgende Dinsdag, maar geen Harikrishna met 'n mat nie.

Twee Dinsdae later klop iemand aan my deur. Aan daardie klop weet ek dis moeilikheid. Soos ek die deur oopmaak, staan hierdie man voor my. Ek ruik sommeer moeilikheid aan hom.

"Faakhir," sê dan man en steek sy hand uit. "My name means the Proud one, the Excellent one," las hy sommer by.

Wie is hy om vir my op my stoep te kom staan en vloek, verstaan Antie Hessie hierdie hele besigheid verkeerd.

"Faakhir," sê die man weer en haal 'n mat uit.

"Faakhim!" skreeu ek en hardloop die huis binne om die pot kerrie te gryp en hardloop straat af.

"Faakhir! Faakhir!" skreeu die man en jaag my met die mat.

Ek weet nou nie of ek sy naam reg gehoor of uitgespreek het nie, maar ek hardloop maar, dink Antie Hessie.

As ek dit nie met my eie oë gesien het nie, sou ek dit ook nie geglo het nie, maar daar, in die pad voor my, rol die man hom in sy eie mat toe en hy verdwyn... sommer soos mis voor die son. Weg, vertel Antie Hessie en hou haar mond vas.

Ou Goep se Troue
Tannie Hessie Benson vertel:

"Toe my niggie se seun die dag trou, was dit 'n vreemde gedoente. Daardie einste troue was op die nuus, die TV, in koerante selfs tot in die Wagtoring van die Jehovas.

Dit was dié troue in Pretoria. Mense het van ver ingekom vir die troue, selfs ingevlieg van ander lande af.

Ou Goep was so ingenome met homself gewees. Dis nou my niggie se seun, die bruidegom.

Die naam Goep is maar 'n aangeneemde naam, want hy het mos altyd so op die werk geloop en roep. Hy het na honde geroep, katte, ander mense, die voëls in die neste. Maar hy kon nie lekker R sê nie, toe word hy maar Goep.

Goep het 'n skelm streek gehad, maar kom ons maak dit nou mooi duidelik, dis nou baie ver langs family.

Die dag met die troue, sien ek die bruid vir die eerste keer.

"My koot, sy lyk soos 'n Knysna Papegaai!' skreeu ek toe ek die vrou sien.

"Stil!' sê my oorlede Charles.

Die mense wat ingevlieg het van Suidwes, Lorenzo Marques en Indië is met die mooiste karre gehaal op die lughawe en so is hulle in 'n stoet die dorp ingelei.

Amper soos om 'n nuwe dominee te kry. Dan het ons ook so in 'n stoet gery om die dominee welkom te laat voel.

Goue, silwer en rooi konfetti is voor in die pad gegooi.

Toe daai bruid uitklim, skrik ek myself lam. Ek staar die vrou skaamteloos aan. Sy kom dan uit Indië uit. Sy is gesarie, gekolletjie en alles. Die reuk van haar wierook hang oor die hele Pretoria en daai hare van haar is so plat en blink geAmla dat mens vir dae aaneen sal moet was om die olie uit te kry.

"Gup, kry die tas," sê sy toe sy uit die kar klim.

Darem kon sy so bietjie Afrikaans praat, dink ek.

Een van die stoet se karre het die vreemdste nommerplaat. R 007 GP

"Waarvoor staan die R?" vra ek toe vir ou Goep.

"Tannie Hessie, moenie so hard praat nie. Stadig nou. Hierdie nommerplate is vervals. Ons kon nie die regtes opsit nie, want anders betaal die mense nie vir die troue nie. Dis skelm mense. Maar tannie sien, die saak staan so. Pretoria se straatname is mos verander. Geen mens weet waar ons nou is nie, maar toe reken ek, siende dat die res van die ou Proesstraat gevind is, was die R nog al die tyd weg.

"Ek kon nie daai woord oor my lippe kry nie en omdat ek sukkel om R te sê, maak ons nou maar die nommer net met 'n R... tannie sien?"

Ek verstaan niks nie.

"Proesstraat is weg, maar gelukkig toe kry hulle die P, O, E en die S, maar die R was weg... toe maak ons dit sommer maar so. As tannie verstaan?"

Ek dink ek verstaan.

Meteens kom daar 'n stem oor die gedruis van mense en karre en toe ek sien, staan die bruid en skreeu.

"GUP, KRY DIE TAS... ONS MOET GAAN AANTREK... " skreeu sy op suiwer Afrikaans.

"AMANDLA!" skreeu Goep.

Ek wil huil.

Daar stap Gup en die tas die Lost City binne en van die res van die troue kan ek nie onthou nie, want al wat ek kon sien is die R, vir GUP en sy TAS.

Antie Hessie en die kopluise

Dis 'n Vrydag middag.

Dit is hierdie tyd van die dag wanneer almal nou halt roep in Tweeling en alles stop. Dis mos daardie tyd van die dag wanneer die son deur die wilgerboom se takke begin loer en 'n lang skadu oor die grasperk gooi. Die kafee is toe, die winkel op die hoek is toe selfs die ou Jood is toe.

Ek sit in my tuin, onder die skadu van 'n ou eikeboom.

Ek hoor 'n geskreeu van die straat se kant af tot in my agterjaart en toe ek so omkyk, staan antie Hessie se huishulp, Josephine daar met oë so groot soos pierings.

Ek dog dis doodstyding.

"Wat gaan jy so te kere, Josephine?" vra ek. "Moet ek die polisie bel?"

"Dis by mies Hessie se huis. Daar het 'n ding gebeur. Lyk my die mies sit met 'n ding."

Ons almal sit maar met 'n ding, dink ek.

"Watse ding?" vra ek en stap na die heining toe waar die mooiste pronkertjies groei.

"Dit lyk soos 'n wasgoedding. Meneer sien, wasgoed soos in die laundry. Waar gaan mies Hessie slaap?"

"Wat praat jy Josephine? YI jy?" wil ek weet en skuif my donkerbril tot op die kroontjie van my kop.

Nou sien, antie Hessie Benson is nie die maklikste mens nie. Sy woon alleen, man is dood en haar dogter sit in Ierland, ryk getrou. Die mense in die dorp praat baie oor antie Hessie. Daar is mense wat selfs sê sy kan die toekoms sien. Maar sy is my vriendin.

Toe ek om die huis stap, deur die arch wat met ivy bedek is, verby die krismisroosbedding tot onder die perskeboom, sien ek 'n hoop beddegoed op die antie se sypaadjie lê.

Ek sien sommer dis antie Hessie Benson se beddegoed. Ek skuif 'n persketak weg om beter te sien en sowaar, daar grou 'n voetganger in die lakens. Die straatmense het lief geword vir Antie Hessie se goeie hart.

"Wat maak jy?" skree ek

"Ek vat wat my toekom," sê die voetganger.

"Laat hulle vat, Kind. Laat die plaag hulle beklim. Hulle verdien om die plaag in hulle koppe te hê!" skreeu antie Hessie vanaf 'n oop venster met 'n toe gordyn. Dis net die kantgordyntjie wat liggies heen en weer waai.

Antie Hessie skreeu deur daai kantgordyn met 'n groot stem en geen gesig.

Die man vat 'n paisley laken en hardloop. 'n Ander verbyganger vat die pienk blommetjies winterlaken en hardloop.

"Ja, vat die plaag na julle huise toe. Laat die plaag julle beklim. Dis 'n siekte wat nie uitgeroei kan word nie. Vat die goed."

Ek stap oor. Nou is ek eers bekommerd oor antie Hessie.

"Wat gaan hier aan, Antie. Het antie koors? Het antie se bloedsuiker geval? Het antie pyn?" vra ek.

"Gaan weg, Kindjie, jy kan my nie so sien nie. Oor my dooie liggaam sal niemand my so sien nie!" skreeu sy. Klink of sy naby aan trane is.

"Moet ek vir antie tee maak?" vra ek.

"Nee, gaan na die Griek op die hoek te en sê ek soek 'n bottel olyfolie op skuld. Ek sal so oor drie dae kom regmaak en betaal. Sy winkel is die enigste oop winkel wat ek kon kry. Kry sommer Glad wrap ook, ek het met ou Takalakkis gepraat. Ek sal die geld vir jou gee. Kom sit alles dan net in die pot waar die Hen en Kuikens in groei!" skreeu sy bevele uit vanaf die toe gordyn.

Daardie aand, toe dit donker is, sien ek 'n rokie agter in antie Hessie Benson se tuin trek. Ek stap om, verby die pruim boom en loer deur die wingerd. Sowaar, daar staan sy by 'n groot vuur en 'n driepootpot aan die kook. Haar hare is styf met Glad Wrap toegedraai, sodat haar voorkop wit wys. In die pot kook sy haar kamme en haarborsel.

Sy sit net so en wieg soos iemand wat doodstyding gekry het.

"Haal antie darem nog asem?" vra ek.

"Ja, Kind, ek haal asem. Die luise het my oorval. Hulle het my huis ingevaar, my beddegoed, my borsels, my koppies, pierings. My matte en sommer agter die oorlede oom se skildery."

"Hoekom het tannie dan tannie se kop toegedraai? Wil antie se perm nie vat nie of wat?"

"Moenie jouself simpel hou nie, Kind. Ek het my kop met olyfolie ingesmeer en toegedraai met Glad wrap. Dit maak al die luise en hulle eiers dood. Kyk hierso, ek het dit al 3 keer deurgekam. Kyk, hier lê die luise dood soos 'n plaag."

Sy wys na haar spierwit tafeldoek waar klomp luise en eiers lê. Morsdood.

"Ek kam elke 3 ure my hare uit, dan vee ek die kam aan die wit tafeldoek af. Kyk, hulle vrek. Kindjie, jy sal my moet vat dat ons môre nuwe beddegoed gaan koop. Die plaag sit nou in die onderdorp."

"Waar gaan antie vanaand slaap as hy nie 'n lap in die huis oor is nie?"

"Hier, onder die boom sodat die wysheid van die wortels wat diep in die aarde inloop, in my kop in kan trek. Good night, Kind."

Die Haarkapper en die bysteek

My mens, dit was nou al goed skemer toe hierdie ding my oorkom.

Die aandster het al mooi geblink daar op die horison. Die tyd is dit mos asof die klanke om mens harder as gewoonlik is. Soos die windpomp hier agter wat sy skuurklanke maak, en die water wat so drup-drup vanuit sy pyp in die ou dam, soos 'n sonbesie as die arm-mans-karos so warm is in die somermaande.

Dis net toe ek vir die oom sê dat ons maar na onse stellasie toe moet gaan om in te kruip, toe ek 'n stem net hier buite die tuinhekkie hoor. Ek kyk by die kombuis venster uit en skreef-trek my oë om beter te kan sien.

As mens in die donker wil sien of jy 'n ding raak kyk, moet jy skuins verby hom kyk, dan sien jy hom raak. Maar my storie is nou nie oor donker-kyke nie, maar oor die geluide.

Dis toe dat die snaakse ou mannetjie aan my deur klop, sy oë skoon wild van die bang.

Ek groet toe maar vriendelik, maar versigtig, toe ek die deur oopmaak,

"Naand."

"Naand Antie, is antie die Bossiesvrou?"

"Die wat?" wou ek weet en erg my so klein bietjie.

"Die Bossiesvrou wat mens kan gesond maak."

Die mannetjie praat so vinnig klink of hy afdraande praat,

"Ja, dis ek maar ek maak mense met boererate gesond," sê ek toe maar vir die mannetjie want Bossiesvrou klink so effens boos vir my.

Ek sê toe vir die oom so oor die skouer, "Jong, hierdie mannetjie is nie van onse bedding nie," en die oom maak toe maar of hy my nie hoor nie.

"Antie sien, ek het 'n talent van Bo gekry om hare te doen en ek het besluit om hier in die Karoo te kom woon, met baie groot verwagtinge bygesê, maar dit lyk asof ek myself goed kom styf loop het. Ek kry toe die ander dag 'n dametjie wat haar hare sag en glad wil hê," vertel hy my in sy afdraande manier van praat.

"Wag, wag," maak ek die mannetjie toe stil want ek weet nie of ek mooi verstaan waarvan hy praat nie. Die oom erg hom sommer en loop kamer toe. "Kom ons gaan sit daar onder die groot dak, dan vertel jy my stadig," sê ek toe .

"Wat vir 'n ding is die groot dak?" wou hy weet, want nêrens is 'n stoor of 'n ding wat soos 'n groot dak lyk, te siene nie.

"Dis maar net om te sê dat ons buite moet gaan sit, so onder die sterrehemel."

Ek en die mannetjie stap toe buite toe, en hy beginne vertel van die vrou wat haar hare reguit geblowdraai wil hê.

"Haar hare was so droog ek het nie geweet wat om te maak nie."

"Het dit soos asgras hare gelyk? Jy weet, as die veld afgebrand het en daai swart, kort stukkies bly oor," vra ek net om seker te maak dat ek wel verstaan.

"Ja, so iets. Sy gaan sit toe in die stoel en ek begin met my hairdraaier en borsel, maar daai spul bly kliphard en stokstyf. Ek dink toe maar, as mens dalk heuning aansit sal die vrou se hare sagter word en so doen ek dit toe. Ek spoel haar kop af en daar blink daai droë hare asof dit nuut is. Sy betaal toe so klein bietjie ekstra want daar was nog niemand wat haar hare so mooi reguit en blink kon kry nie."

"Nou maar wat is die probleem dan? Heuning is bekend vir mooi, blink hare," sê ek vir die mannetjie maar verstaan nog nie 'n woord nie.

"Maar toe die vrou hier onder verby die peperbome loop, sak klomp bye op haar kop neer en jaag vir haar. Seker agter die soet van die heuning aan. Die vrou hardloop toe na die ou plaasdam wat hier agter die windpomp staan en druk haar kop in die dam. Die hele hairdo daarmee heen. Maar die ding wat my pla is dat my gewrigte so seer is dat ek nie eens my hande kan buig nie. Van die blowdry, antie weet? En nou wil die vrou weer vir 'n blowdraai kom. Ek sal dit nooit maak nie," dik die mannetjie die storie aan.

"Ja, ek verstaan wat jy sê, maar waar is die vrou nou?" wil ek weet, want my nuuskierigheid oor die vrou is groter as die mannetjie se seer gewrigte. Mens, ek kon mos sien hoe die stomme vrou hardloop met 'n bos bye om haar kop agter die soet aan.

"Ek weet nie, Antie, ek weet net sy is goed gesteek."

Ek lag toe so binnensmonds vir die storie. Die stomme vrou. Maar toe onthou ek dat ons hierdie mannetjie se gewrigte moet dokter.

"Daai pyn klink of jy 'n rumatiek gaan kry. Jy weet, ek het 'n neef gehad wat daar van Griekwaland Wes af gekom het. Oom Eelt Erdvark. Hulle het hom so genoem want hy het eelte gehad op sy hande net soos 'n erdvark. Hy het 'n wonderlike gawe gehad om die plante van die aarde uit te ken. Watter giftig is en watter nie.

"Nou sy oorlede vrou het so met die rumatiek en borspyne gesukkel. Hy het dan gewag tot dit Augustus maand is en dan het hy daardie Augustusbossie gaan pluk. Die bossie het sulke rooskleurige en pers blomme. Te pragtig. Hy bot net Augustus maande.

"Hy het toe daardie blare gevat en 'n tee daarvan gemaak. Sommer bottels vol sodat dit vir lank kan hou en

vir verkoop ook. Ek het nog 'n bottel hier agter. Kom ek gee
dit vir jou dan maak jy dit net warm, drink dit voor slapenstyd
en jy sal sien, môre is daai gewrig weer reg vir die Asgras
vrou."

"Ag, dankie Antie, ek waardeer dit tog so baie. Hoeveel
moet ek drink? Antie weet, my hande is my lewe, dis my
geld," en die mannetjie praat nog heeltyd afdraande.

"Drink net so knertsie, soos wat jy 'n soetwyntjie sal vat,"
en ek wys sommer met my vingers hoeveel.

Toe ek in die kamer kom en die oom lê al in die kooi,
wou hy toe nou weet van die Asgras vrou en wat het oom
Eelt Erdvark met alles te doene het. Die oom het mos maar
die gewoonte om alles af te luister, nuuskierig sien? Wil ook
niks mis nie.

Maar nou wonder ek hoeveel bye daardie stomme vrou
bygekom het, want 'n by is 'n lelike ding. Ek het al gehoor dat
bye 'n uitgegroeide man morsdood kan steek.

Toe die oom die lig afsit en ons lê nog so rukkie in die
donker, begin daai kooi van ons so liggies skud soos die oom
aan die lag gaan.

"En nou my man?" wou ek heel verbaas weet. "Vir wat
lag jy dat die kooi so skud?"

"Môre lê die storie oor 'n gesteekte vrou met asgras
hare die hele dorp en buurdorpe vol. Ek kan nie wag om daai
stories te hoor nie," sê die oom toe vir my.

Ek gaan lieg as ek sê dat ek nie nuuskierig is oor die
storie nie, maar ons sal maar moet wag... Ons sal maar moet
wag vir die volgende boek.

Die Viljoens
2022-06-28

Patrys Viljoen werk al vir jare by die tee-kamer op die dorp. Sy hou 'n ogie oor die till, rekeninge en gaste wat die tee-kamer besoek.

Patrys is 'n vaal vrou, maar knap in haar werk. Sy is Os Viljoen se vrou, daai mense wat die stil-stuipe kindjie het wat so baie vrae kan vra. Jukskei Viljoen.

Jukskei is effens aan die vertraagde kant, maar 'n stil kind. Die mense op die dorp sê wanneer daardie kindjie met sy oop bekkie jou eers aanstaar, dan weet jy ellende gaan jou tref.

"Bog," sê ek. "Daai kind is 'n wyse kind. Soos een van daardie wyse manne van die Bybel."

Soms kom Jukskeitjie Viljoen saam met sy ma, Patrys Viljoen, tee-kamer toe. Dis dae wanneer Os Viljoen na die buurdorp se koöperasie toe moet gaan en nie die kind wil saamvat nie. Shame. Dis maar aardig.

Jukseitjie sal dan sommer vir die mense in die tee-kamer gaan vra wat hulle name is, waar hulle vandaan kom, wat hulle eet en ek weet nie wat alles nog nie.

Dan sal Patrys van die till af skreeu, "Jukskei, hou op. Van nuuskierigeit is die tronke vol en kerke leeg."

Dan sal Jukskeitjie die mense oopmond aanstaar en dan prewel iemand, "Ag Here, behoede ons tog van die ellende."

Ek het vir Jukskei jammer gekry.

Die dag, net so voor 'n langnaweek, sit ek in die tee-kamer en ek hoor per ongeluk by iemand wat by die tafel skuins agter my praat, dat ou Os Viljoen net weg is. Geen mens weet waar die man is nie. Patrys se mond probeer glimlag, maar die pyn en ellende sit vlak in haar oë.

Jukskeitjie staan agter die toonbank met sy ken wat in sy hand rus. Siestog, so asof die kind sy kop wil vashou dat hy nie moet knak en omval nie. Die kindjie waai vir my met 'n skaam handjie. Ek waai terug.

"Os is net weg. Sommige sê dat hy dood is, maar dan sal ons van die afsterwe weet. Ander sê dat hy iemand anders op die buurdorp het en nou daar vlerksleep. Siestog, die arme Patrys," praat die mense skuins agter my.

Ek wil omkyk, maar ek besluit om net stil te wees. Dis die beste.

Weke gaan verby, 'n maand of twee, later drie maande en Os is weg. Patrys lyk by die dag meer grys en Jukskei se bekkie hang nou al pal oop.

Op 'n dag toe ek oor die straat stap poskantoor toe, kom Jukskei aangehardloop. Siestog, die kind lyk angsbevange en roep net my naam met 'n oop bekkie en lippe wat nie by mekaar uitkom nie.

"Wat gaan aan, Kind?" vra ek.

Jukskei kon praat sonder dat sy lippe beweeg, so oopbek-praat. Amper soos daai mense wat met die poppe praat dan praat die pop terug.

"Sal Oom asseblief my geheim bewaar?" vra Jukskei.

"Natuurlik, Kind. Praat, wat is fout?"

"Pappa is weg."

So asof ek dit nou vir die eerste keer hoor, maak ek of ek verbaas is en laat die kind praat.

"Pappa is in 'n plek waar hulle moet wegkruip. Sal Oom my asseblief daarheen vat?" vra Jukskei en sy bekkie hang oop.

Ek is nie bang vir die storie oor die ellende wat die kind bring nie. Hierdie kind het my nou nodig.

"Ja, kom wys my waar Pappa is," sê ek halfpad besorgd en halfpad nuuskierig.

Ons klim in my kar en ry so entjie die dorp uit. Ons ry verby die graan silo's, die afdraai na Blouhoekplaas, verby die ryk Jansens se plaas tot by die afdraai waar 'n bordjie is wat my asem uit my longe uit ruk. Ons draai af en ry nog 'n entjie verder.

"Is Oom ook bang vir my?" vra die kind.

"Nee, Kind, hoekom sal ek bang wees?"

"Almal sê dat ek ellende bring."

Ek trap die kar se briek net daar, stop en kyk die kind in die oë.

"Moenie jou aan mense steur nie. Al wat saak maak is wat hier aangaan," en ek sit my handpalm op sy hartjie neer.

"Al wat saak maak is wat hier aangaan," en ek sit my hand op die plek van sy lyfie waar sy longe so min of meer moet wees. "Dis JOU asem en JOU hartklop, niemand kan niks sê nie," sê ek.

Ons ry verder en toe stop ons voor die groot gebou. Jukskei vat my hand en ons stap die groot gebou binne. Almal groet die kind, so asof hulle die kind ken. Iemand praat hier en vra daar. Iemand gee die kind 'n drukkie en die vrou agter die toonbank kom skoon agter die toonbank uitgetrippel om die kind 'n drukkie te gee.

"Ek het die Oom saam gebring, Antie," sê Jukskei vir die vrou.

"Dis reg, Liefie. Kom, dan help ek julle gou."

Die vrou trippel terug toonbank toe, skryf iets in 'n boek, tel die telefoon op en bel iemand. Dis seker maar 'n nommer in die gebou wat dis net so drie nommertjies.

"Jukskeitjie is hier," sê die vrou.

"Dankie, ek maak so," sê die vrou en sit die telefoon op die mik.

"Kom maar, ek maak oop dan kan julle ingaan. Julle sal net so klein bietjie moet wag," praat sy.

Ek wou myself nog voorstel, maar die vrou is so bly om die kindjie te sien, dat sy my nie eens raaksien nie.

Ons stap by die volgende vertrek in, en daar sit ons op bankies wat soos kerkbankies lyk, maar nie kerkbanke is nie. Hulle is so hard soos kerkbanke, maar dis 'n anderste soort van sit.

In my lewe het ek nog nooit so geskrik nie. Dis asof my asem en hartklop skoon weg is en ek weet nie eens waar om dit te soek en op te tel sodat ek dit terug in my lyf kan sit nie.

Voor my staan Os Viljoen en Jukskei spring op en hardloop die stukkie afstand tot by sy pa. Dis so drie of drie-en-'n-halwe tree tot daar.

Daar is nie woorde in my lyf nie.

Os lig sy hand op, waai vir my en dan met duim in die lug, glimlag hy vir my. Dis soos "Dankie" sê. Ek bly sit op die harde bank en bekyk die spul. Os huil.

"My mens," is al wat by my mond uitkom.

"Kyk, hierdie mense is so lui, hulle was nie eens die vloere nie. Het jy gesien hoe lyk die toilette?" vra iemand langs my.

Nou gaap ek die mense aan met 'n oop bekkie, net soos Jukskei.

Ek sien Jukskei praat nou met lippe wat beweeg met sy pa. Dis net praat en beduie. Dis so mooi.

Os lig sy hand op om my nader te roep.

"Dankie," is al wat Os sê.

"Dis reg," sê ek.

Os lig sy regterhand op, so met die palm van sy hand wat na Jukskei toe wys en Jukskei doen dieselfde. Ek konsentreer so hard om nie te huil nie, maar die trane sit dik in my keel.

Os en Jukskei staan so handpalm teen handpalm vir 'n rukkie en toe draai Os om, waai en stap weg. Jukskei kyk sy pa agterna totdat hy om 'n hoek verdwyn, net vir 'n laaste koebaai.

"Kom, Oom," sê die kind.

Toe ons omdraai om weg te stap, sê die mense wat langs my gesit het wat oor die toilette kla, "En sien, hulle is bleddie lui. Hulle sal nie eens die venstertjies was nie."

Jukskeitjie gaan staan stil, draai stadig om en kyk die vrou wat so moan in die oog.

"Antie, daardie venstertjies is nie gemaak vir was nie. Al die handmerke, vingermerke en strepe wat soos traantjies lyk, is merke van seer, van liefde en verlang."

Die vrou is stil.

Toe ons by die deur uitstap, lê die klanke van 'n hek wat met 'n groot sleutel gesluit word in my ore. Die koue van staal tralies lê in my bene en die gesig van verlang en pyn lê in my hart.

Toe ons buite op die gras staan, trek Jukskeitjie my aan die mou en ek buk af om hom in die oë te kyk.

"Die tronk is 'n harde plek, Oom," sê Jukskeitjie en gooi sy armpies om my nek.

Kryger van die houthuis
2022/07/09

"Hier is engele in hierdie plek. Teenwoordigheid van Engele, ek sê jou," praat die ou oom met my.

Sy hande beduie in sirkels om hom en ek sien die winter koue in sy lyf. Sy hande is half blou, half rooi. Sy oë lyk wild, maar later kom daar 'n doeksagte kyk uit sy oë uit. Amper soos 'n oupa vir sy kleinkind sal kyk.

Ek sien dit. Ek kyk diep.

"Hier IS engele. Ek het vir oom baie saamgebring. Special, net vir oom," sê ek.

"Amen," sê die oom en 'n stukkie vogtigheid kom sit in die hoeke van sy oë.

"Hier moet jy net jou bek hou en doen wat hulle sê, dis al," praat hy verder, vleg sy vingers inmekaar op die houttafel en kyk my in die oë.

Dit voel asof my oë wil wegkyk van sy kyk af, maar sy kyk hou hulle vas. Hulle kan nie beweeg nie, nie eens knip nie.

"Dankie dat jy kom kuier het. Dis die eerste keer in 5 maande dat iemand kom kuier," sê die oom.

"Ek sal weer kom kuier," is al woorde wat op my tong kom lê. Woordeloos en sonder oordeel luister ek na elke woord.

Ek sien die oom verlang na die Bosveld, daar waar hy eens was.

Ek sien die oom soek na 'n doringboom.

Ek sien ook die oom soek na 'n nuwe oor.

"Ek het 'n fout gemaak, ja, en ek betaal daarvoor," sê hy.

"Ons almal maak foute en ek oordeel nie vir oom nie. Ek wil maar net kom hoor hoe dit met oom gaan. 'n Engel het my na oom toe gestuur," sê ek.

"Amen," sê die oom.

Dis tyd om te loop. Ek wil nog sit.

Ons staan op, ek staan voor hom. Sy lyf is trots, maar seer. Die kreukels van verlang lê in sy gesig, tot in sy nek. Ek kyk daarna.

My hart sê vir my dat die oom iets wil vra, my kop sê, nee, hy wil niks vra, loop nou. Ek besluit om vir my hart te luister.

"Mag ek vir oom 'n drukkie gee? Asseblief?" vra ek.

Sonder woorde sê hy toe "ja." Daai "Ja" kom van 'n plek diep uit sy siel uit, en daar in die koue yard tussen tralies en hartseer druk ons mekaar.

"Ek los vir oom nog 'n engel," sê ek.

"Amen."

Oom se naam is Igor... dit beteken Kryger.

Ek kyk af na my regter-voorarm, en daar staan die woord KRYGER in groot letters getattoo.

Vandag weet ek hoekom ek 5 jaar terug daardie woord op my regter arm moes tattoo. Dis vir oom Igor in die tronk.

"Oom gaan oraait wees

"Amen... .en ek hou van Bar one."

"Ek sal volgende keer 3 bar ones bring."

My verstand gaan staan vas by die "Bar" gedeelte en toe huil ek toe ek deur die tralie-hek uitstap.

Vir Stefan

Terwyl ek sit en wag, sien ek 'n vaal kat oor die straat hardloop, deur 'n heining kruip en tussen die bome in verdwyn. Hy steek homself agter 'n akkerboom weg.

Op 'n lamppaal waaraan 'n spotlight is, sit 'n Hadida en bekyk die wêreld van bo af.

Ek hoor die klomp mense om my praat. Een lag, een kla. Hier en daar mense wat net sit en staar na die niks.

"Vir wat sal jy nou hier wil rondloop?" vra ek vir die kat. Die kat sê niks en verdwyn.

"En jy, Voël, vir wat sal jy juis hierdie paal met die spotlight kies? Daar is duisende ander lamppale?" vra ek vir Hadida.

Hy kyk my net aan en vlieg stil-stil tot by 'n ander lamppaal.

Iemand roep my naam en ek stap in. Die traliehekke slaan agter my toe. Nog 'n hek gaan oop en 'n klos sleutels maak 'n kermgeluid in 'n wag se hande.

Ek is in.

Die tralies maak my nie bang nie. Ek het geleer om die bang weg te jaag. Soos wat mens vlieë om jou bord kos sal wegjaag.

Toe ek voor jou staan, toe voel ek klein. Sommer baie klein. Ek het laas so klein gevoel toe ek voor die koningboom in die Knysna-woud gaan staan het. Klein in lyf, maar ook klein in die gees.

Ek steek my hand uit om jou te groet. Jy groet terug.

"Ek is baie nervous," sê jy.

"Moenie wees nie. Ek is hier om te visit. Daai is al. Jy weet ... te gesels oor enige stront," praat ek die bang in myself weg.

Jou hande bewe. My hart bewe.

Ons gesels het van 'n stappie na 'n galop gevorder. Lekker.

En toe gebeur die wonderwerk.

Jy praat in 'n ritme wat musiek maak. Jou hande val by daai ritme in en ek luister nie met my ore na jou nie, maar met my siel.

"Hou aan praat" soebat ek in myself.

Jy praat.

Nog ritme. Nog rympies. Nog wysheid. Nog omgee. Nog liefde. My siel hoor dit en laaik dit. Jou hande praat saam met jou mond, saam met jou lippe en saam met jou siel.

Ek kyk jou aan met toe oë, maar ek sien jou met my binne-oog.

Ek hoor jou praat met my ore, maar luister na jou met my siel se oor.

Dis mooi.

Die houtbankies is kliphard en die tafelblad moes al baie stories en trane sien en hoor.

My hande hang langs my en ek speel met my veters. Jy sing die mooiste lied vir my en alles word stil. Die mense om my se stemme raak weg, dis net jou lied wat deur die tralies trek, oor die hoë mure, verby die wagte, deur hekke en deur slotte, tot binne in my hart. Daar gaan lê jou lied.

Ek vang elke woord op, vou dit in my hande toe en sit dit in my sakke om later weer daarna te luister.

Ritme... woorde... hande...

hande... ritme... woorde...

Jy wys die drie sterre op jou skouer. Daai tattoo moes bleddie seer gewees het. Net lyf seer nie, maar hart seer. Dis 'n gangster tattoo.

"Nee wat. Dit was okay," sê jy.

"Ek het rang gehad," praat jy verder.

My hart sê dat jy nie 'n drie-ster mens is nie, maar 'n vyf-ster mens. Soos in 'n five star hotel. You know?

Jy vertel my hoe jy water warm maak vir jou skotteltjie.

Ek lag eers, maar toe jaag ek die lag weg. Hoe kan ek in so serious conversation lag? vra ek myself die vraag.

"Jy is 'n amazing ou," sê ekke.

"Dankie, ek waardeer daai woorde."

Jy praat nog baie prate en woorde. Ek vang elke een op, vou dit in my handpalm toe en sit dit in my baadjie se sak vir later luister.

"Ek wens dat ek jou wysheid het," sê ek.

Jy lag net.

"Kyk, daar is my sel. My klere hang buite om droog te word. Ek het 'n enkel sel."

Ek kyk om en sien 'n paar lappies klere netjies aan 'n tou hang.

Dis tyd vir groet.

Toe ek jou groet, gee ek vir jou 'n druk. Soos 'n broer. My hart is diep geroer.

"Jy moet safe wees." sê hy.

"Jy ook," sê ek.

Toe ek buite kom, sien ek die kat agter die boom uitloer. Hy knipoog vir my. Die hadida span sy vlerke oop, vlieg weg en sing die mooiste lied wat ek vang en in my baadjie se sakke druk, saam met jou woorde.

Jou tyd sal kom wanneer jou lied oor die wêreld gesing sal word en dat jy vry sal kan wegvlieg, net soos Hadida.

"Baai for now, Tronk," en ek stap weg.

Tronkbesoek 2022-08-06
vir Stefan

Die Wasmasjien en die gebed

Ek en Ousus Adams sit in haar eenvoudige huisie se voorkamer wat see se kant toe wys. Die venster wat son-kant toe wys is hier en daar toegeplak met 'n swart sak of 'n stukkie karton. Plek-plek hang 'n gebleikte gordyn wat al woes verniel is deur die sleepmis en warm son.

"Ja," sê sy. "So sal die wind nou waai vir dae aaneen. Dis net stof. Sien daar by die deur se een hoek is dit oop en al die stof waai daar in. Dis net 'n gemors. Dis 'n oostewind wat vandag waai. Hy waai warm en droog."

Ousus trek haar kopdoek met duim en wysvinger stywer oor haar voorkop, grou in haar pienk overall se sakke en haal 'n sigaret uit. Sy steek hom stadig aan die brand

Dan leun sy met haar elmboë op haar knieë en bekyk die wêreld met ou, wyse oë. Sulke oë wat sê "ek kan van swaarkry en sukkel, maar ek ken ook van bid en hoop."

Ek kyk weer by die aangekapte muur verby, na die deur wat regs staan en dan see se kant toe.

"Stêndley," begin sy praat, harder as haar gewone praat. Dis 'n klas praat wat sê dat 'n baie ernstige ding op haar hart rus.

"Ja, Ousus, wat is die probleem?" vra ek.

"Die is nie 'n probleem nie, maar dis 'n saak wat ek verkeerdelik met die Here gepraat het," vertel sy, trek aan haar sigaret en sit regop. Sy kyk my vas in die oë.

"Kan 'n mens dan verkeerd met die Here praat?" vra ek.

"Ja, jy kan." Baie harder.

Sy vertel toe van die twin tub wasmasjien.

"Stêndley, hier op 'n dag is ek besig met wasgoed was. Ek het vroeg oggend begin sodat dit teen middag kan klaar wees. Voordat die sleepmis oorkom. Toe ek die wasgoed so uit die masjien haal om oor te sit in die spinner, werk die

90

spinner nie. Ek sê toe dat dit nou 'n ding gaan afgee, want hierdie wasgoed gaan nooit droog word nie. Die sleepmis gaan dit nog benoud laat ruik."

Sy sit weer vooroor, sit haar elmboë op haar knieë en trek nog aan die sigaret.

"Dit kos my om met my hande die wasgoed uit te droog, dan skud en dan weer draai om te droog. Gelukkig het hulle droog geraak voor die mis kon oorkom, maar daardie aand is my hande moeg. Ek gaan toe voor die Here en vra tog net vir 'n spinner vir die masjien. Ek kan mos nog nooit so sukkel nie. Stêndlie, so waar as my mamma, kom Jozef van hier onder by my aan en sê dat hy so masjien het. Die wasgedeelte werk nie, maar die spinner werk wonderlik. Ek sê toe, "Dankie Here," en vat die masjien. Hier sit ek toe met twee masjiene. Een vir was en een vir spin"

Sy lig haar kop op en kyk my in die oë. Ek sien 'n bietjie lag, maar ook 'n bietjie ernstig in die oë sit.

"Maar jy is mos dat geseënd om twee masjiene te hê, Ousus," sê ek.

"Ja, maar sien ek het verkeerde gebid. Hier sit ek met twee masjiene wat my plek vol staan. Een vir was en een vir spin. Ek moes reg gebid het en vir die Here 'n nuwe masjien gevra het en nie net 'n spinner nie, dan het ek 'n nuwe masjien wat werk. Mens moet reg bid."

Ek kyk na haar, ek kyk na die twee wasmasjiene en lag.

"Jy moenie lag nie, dis waar."

"Is waar Ousus, ons mense moet tog leer om reg te bid … dinge kan soveel beter wees."

Antie Hessie en die lyk
2024-08-15

"Hierdie Augustus-winde is 'n ander ding." vat Antie Hessie aan 'n sinnetjie.

Wanneer sy sommer 'n sin so in die lug in vat, dan moet jy weet iewers sit 'n storie of 'n ding waaroor sy wil praat, maar sy sukkel om die begin van die storie te kry, want sien, die eerste sin praat sy so dat 'n mens nie kan help om nuuskierig te wees en te vra waarvan sy praat nie.

"Waarvan praat Antie?" vra ek.

Die kombuis is lekker warm, want die son kom deur die vensters wat by die wasbak staan en val volrond op die kombuistafel waar ek en Antie Hessie sit en tee drink.

"Hier is 'n paar dadelvingers wat ek gemaak het. Hulle is nie so lekker soos altyd nie, maar so saam met 'n koppie soet tee is hy nie te sleg nie," vat sy die praat nou weer gatkant om.

"Ek sal kry, dankie Antie, maar hoekom sê antie dat die Augustus winde 'n ander ding is?" wil ek weet.

As ek vir Antie Hessie net so bietjie aanpor met hierdie storie, sal sy wel praat, maar vandag kan ek sien dat die wêreld vir haar verkeerde kant toe draai.

Ek vat nog 'n dadelvinger.

"Hierdie dadelvingers is heerlik, Antie. Antie moet gerus nog bak, ek sal by antie koop," vat ek die praat met 'n ander pad. Vader vergewe maar die leun, maar soms moet 'n mens maar so effens 'n lieg vat. Ek moet hierdie Augustus-wind storie kry.

Tussen die kombuisvenster en kantgordyn is 'n vlieg wat wil uit. Die ding gaan soos 'n wilde voël in 'n klein hokkie aan. Dis eers die kant toe, dan daai kant toe, dan zoem hy hier en zoem hy sommer daar. Op 'n stadium gaan klou hy aan die kantgordyn vas, seker om asem te skep, dan begin hy weer.

Dis so goed of jy druk 'n Hadida in 'n budgie se hok.

Die vlieg skiet linkerkant toe, dan regs, net soos 'n rubber bal in 'n vertrek teen die mure hop en bons.

Ek gaan mal word.

"Dis mos nou weer bleddie vlieë tyd, hoor hoe gaan daardie vliegwyf te kere in die venster," vererg antie Hessie haarself, staan op, tel die geel plastiek vlieëplak op en slaan die vlieg sommer so van die kantgordyn se kant af deur die gordyn, vrek tot teen die ruit.

"Ditsem, sit nou daar en vrek," sê sy en sit die vlieëplak op die wasbak neer.

Ek wou nog vir haar gevra het hoe weet sy dat dit 'n wyfie vlieg is, maar toe los ek dit want ek is bang sy vergeet van die Augustus-wind storie.

"Kind, Oom Charles het nog gelewe. Dit was die jaar toe hierdie Augustus-winde so erg gewaai het dat dit van die populier-bome uit die aarde, wortel en al, uitgeruk het," begin sy die storie en vee met haar hand oor die ou houttafel blad, so asof sy krummels afvee. Sy staan weer op, vat 'n lap en gaan vee die dooie vlieg van die venster af.

Sy kom sit weer, vee weer oor die tafelblad en vertel, "Net hier af in die pad was *Die Wit Duif* begrafnisondernemers gewees. My neef, ou Kloof, het daar gewerk. Sy vrou, 'n vreeslike inkennige mens, het net langs Donsie en Rofie Roux gebly. Donsie was 'n goeie vrou, handig in die kombuis en nie 'n vrou vir grênd klere en goeters nie. Net eenvoudig en goedhartig en Rofie het altyd 'n goeie bord kos gekry en 'n skoon huis.

Met die winde wat so gewaai het, sterf Donsie toe aan asma en dit was 'n gedoente gewees. Die dorp was in rou en Rofie was stukkend. Haai siestog, dit was te vreeslik."

Antie Hessie stop vir 'n oomblik, kyk by die venster uit en sien hoe die wind aan die perske boom ruk. Sy kyk na die koffie ketel op die stoof, staan op en gooi vir ons nog van die koffie in.

"Jong, Kind, die dag met die begrafnis besef ou Rofie dat Donsie nie 'n mooi rok en krale het waarmee sy nou in die kis kan lê sodat die mense haar kan kom besigtig vir die laaste keer nie. Rofie was buite homself van skrik en hy bel vir my om hulp."

Antie Hessie skuif effens terug op haar stoel, sit haar hande op haar bors, so asof sy 'n toeval wil kry, maar vertel baie braaf verder.

"Ek sit toe vir lank en dink hoe gaan ons nou maak om vir oorlede Donsie mooi te kry, toe ek die gedagte kry van die eenvoudige Joons vrou wat hier af in die pad woon. Sy het twee sulke mooi bont sonrokkies, dalk kan ek vir haar gaan vra of ek een kan leen wat nie so oop is by die skouers nie," praat Antie Hessie.

Ek begin lag sonder ophou en Antie Hessie moes maar saam lag, al is dit nie 'n geval van 'n grap nie.

"Aai tog, Antie, en toe?" vra ek.

"Kindjie, ek suiker toe hier af na die Joons vrou toe met die storie dat ek graag die rokkie wil leen om vir my dogter, Timothy, te wys sodat sy iets soortgelyks vir my moet kry wanneer sy weer stad toe gaan. So kom ek by die Joons vrou aan en sy is te gretig om die blommotief rokkie vir my te leen. In dieselfde asem vra ek toe sommer of sy nie dalk 'n string krale en oorbelle het wat mooi hierby pas nie, sodat ek vir Timothy kan wys dat sy dalk so iets vir my moet kry.

Jong, vol van vreugde grawe die Joons vrou in haar kas, kry 'n string krale en oorbelle. Sy was tog te bly dat sy van hulp kan wees vir iemand, want sy was nie baie geliefd in die dorp nie en mens drink ook nie sommer tee by haar huis nie."

"Hoekom nie, Antie?" vra ek.

"Kind, dis nou nie 'n plek waar mens tee sal drink nie. Jy weet, nie so baie aan die skoon kant nie," probeer Antie Hessie aan my verduidelik dat die Joons vrou eintlik vuil is.

"Ek verstaan, Antie. Het sy toe die rok vir Antie geleen?"

"Ja, en ek suiker terug na my huis toe, bekyk die spul en spoel dit vinnig uit sodat die motbolle reuk kan uit. Toe die rok mooi droog is, bel ek vir Kloof by *Die Wit Duif* en sê dat ek 'n rok en krale het vir oorle' Donsie, hy moet dit maar self kom haal. Dis nie 'n halfuur of ou Kloof is hier om die rok, krale en oorbelle op te tel. Ek wou nog vir hom vertel wie se rok en oorbelle dit is, maar hy is so vinnig hier weg, dat ek skoon vergeet het.

"Hoe hy vir oorle' Donsie aangetrek het sonder om na haar privaat te kyk, sal geen mens weet nie, maar om drie uur toe die deure oopmaak vir lykskouing, toe is Donsie gereed om bekyk te word.

"Almal het kom kyk, blomme gebring, simpatie getoon en al daardie dinge wat 'n mens nou maar doen in so geval.

Een van die laaste mense wat kom kyk het, was die Joons vrou.

"My kind, daardie vrou het nooit iewers heen gegaan nie. Sy is vasgekluister in haar huis, wat haar besiel het om op daardie dag uit te gaan vir 'n lykskouing, iets wat sy nog nooit gedoen het nie, sal net die Vader in die Hemel alleen weet."

Ek moet inhou om nie te lag nie.

"Jy sien, die stomme ou Kloof het nie geweet dat ek die klere by die Joons-vrou geleen het nie, en toe hy die Joons-vrou by die kis sien staan, was hy skoon verbaas. Dit is net 'n 'goeie middag suster, welkom suster, vat jou tyd suster' en so gaan hy aan."

"Hierdie is my rok en my krale en my oorbelle!" skreeu sy.

"Ou Kloof het gedink dat dit van skok is, want hy het mos nou nie geweet wat ek aangevang het nie," vertel antie Hessie en sit nou skuins op die ander boud.

"Die Joons-vrou gee vir oorlede Donsie een kyk, en net daar in *Die Wit Duif* kry sy 'n toeval. Dit kos vlugsout, koue water en bloekomolie om die vrou weer by te kry."

Nou lag ek eers, want hoe kan mens so storie se lag inhou?

"En toe Antie?"

"Kind, jy sal nie glo nie. Die Joons vrou kry toe tweede asem en vra vir ou Kloof dat hy dadelik vir oorle' Donsie moet uittrek, die oorbelle afhaal en die krale ook. Sy wil dit nou dadelik terug vat."

"Haai Antie, dit moes vreeslik gewees het?"

"Dit was 'n gedoente, want toe sê ou Kloof dat dit onmoontlik is, want daar is nog baie mense wat die lyk wil kom besigtig, maar die Joons-vrou is buite haarself van woede, dreig vir ou Kloof met die vreeslikste vloeke en die hof as hy nie onmiddellik vir oorle' Donsie uittrek, die rok en krale teruggee en die kis toemaak nie. En nog steeds verstaan ou Kloof nie wat aangaan nie.

"So bel ou Kloof my en vra of ek nie maar vir oorlede Donsie kan kom uittrek nie, want die Joons-vrou gaan vreeslik te kere oor die rok, krale en oorbelle wat ek vir haar geleen het. So vertel ek vir ou Kloof van die storie en hy kry nie asem nie.

"Ek word toe warm op my bors van woede, want al wat ek wou doen is om te help. Ek gaan na *Die Wit Duif* begrafnisondernemers toe, storm by die deur in en trek vir oorle' Donsie uit, haal die krale en oorbelle af en gee dit vir die Joons-vrou."

Ek lag so dat ek sukkel om asem te kry.

"Kind, so vat die Joons-vrou die rok, krale en oorbelle, gaan na die kleedkamer van *Die Wit Duif* en trek dit aan. Sy stap toe met daardie einste doodskleed by *Die Wit Duif* uit. Sommige mense het flou geval, ander het begin bid, sommige het sommer net aan die jubel gegaan en die res het simpel geword van skok, want hulle meen toe dat dit ou Donsie is wat uit die dode opgestaan het.

Ek lag en dit voel asof 'n stuk dadelvinger in my keel vassit. Antie Hessie moes my op die rug klap sodat die dadelvinger uit my keelgat kan spring.

"Moet jy nou nie hier kom staan en omkap nie, Kind, ek gaan sowaar nie die Joons vrou se rok, krale en oorbelle vir jou leen nie."

Dit word stil in die kombuis. My lag het tot bedaring gekom en Antie Hessie staar voor haar uit.

"Kind, van daardie dag af is dit al rok wat die Joons vrou dra. As jy nou na haar huis toe gaan, sê ek jou, het sy daardie rok, krale en oorbelle aan."

"Ja, Antie, dis waar wat hulle sê, soms moet iets of iemand maar doodgaan om die mooi in ander uit te bring. Dis hartseer, maar dis soos die lewe is."

Ons moet mekaar help, al is dit op vreemde maniere.

Antie Hessie vertel die storie van Fay

2024-08-28

My mens, om vir antie Hessie Benson te hoor sê 'Ek Bid' is nie 'n ding wat elke dag in enige mens so ore kom nesskop en daar bly lê nie," praat ek die dag in my binneste.

"As antie so op die gras sit met antie se rug teen die boom?" vra ek die dag toe ek oor stap vir 'n vinnige heen-en-weertjie.

"Ek bid, Kind, ek bid," sê sy en staar my aan, so asof ek 'n spooksel of geestelike figuur is.

"Hoe bedoel antie dan nou, antie bid?" vra ek.

"Presies wat ek sê, bid ... dis al ... net bid. Kry vir jou 'n stukkie van die biltong," en sy hou 'n papiersak half-vol met klam biltong vir my.

"Dankie, Antie, is hierdie die biltong van Attie se slaghuis af?" vra ek.

"Ja," en sy herkou aan nog 'n stukkie.

"Dan gaan ek hierdie biltong stadig eet en afsuig soos 'n tandlose mens, so op die gums, antie weet?" sê ek.

"Kind, moenie dat hierdie stuk sening biltong nou dwars in my keelgat gaan vassit nie," lag antie Hessie. Maar ja, Kind, Attie is nie sleg op die oog nie, kom vat nog 'n stuk."

Ek druk my hand in die papiersak, klou aan 'n klossie biltong vas en gaan sit langs Antie Hessie.

"Kind, vandag sit en dink ek aan 'n ding wat jare gelede hier in die distrik gebeur het. My oorlede niggie het daar naby Ficksburg se wêreld gewoon. Sy het 'n losieshuis gehad. Daardie jare was daar nog niks soos gastehuise en hotelle nie.

Net oorkant haar het 'n aangetroude niggie of 'n ding gewoon. Haar naam was Fay. Ek wonder wat van Fay geword het?" en Antie Hessie kyk die verte in en druk haar rug stywer teen die boomstam vas.

"In ieder geval. Niemand op die dorp of selfs die distrik het van Fay gehou nie. Sy was vreemd. Sy het gedurig in die tuin gegrou, bossies aangeplant wat sy gesê het medisyne is en met niemand gepraat nie. 'n Alleen mens.

"Weet jy, Kind, ek moet in skaamte ook nou maar erken dat ek ook deel van die mense was wat nie baie van haar gehou het nie, maar dis te danke aan pure onkunde, sê ek jou, onkunde." Dit lyk asof antie Hessie sommer in die gras wil insak tot daar waar die aarde ophou.

"Hoe meen Antie dan nou, onkunde?" vra ek.

"Kyk, die hele dorp wou die stomme vrou in die kerk kry sodat sy die bossies en satansgoed moet los en tot bekering kom. Maar geen dominee, pastoor of priester kon dit regkry nie.

"Dit was daardie jaar toe hulle dorp 'n nuwe dominee gekry het, dat hy na my niggie toe gegaan het en gevra het of sy nie maar saam met hom na Fay se huis toe wil gaan sodat hulle die vrou tog maar tot bekering kan kry nie.

"My niggie was 'n moeilike vrou en wou eers niks weet nie, maar die Godsman was so knaend dat sy nou maar ingegee het om saam met dominee te gaan.

"My niggie het my vertel dat hulle daardie deur behoorlik uit die kosyn geklop het voordat sy oopgemaak het. Sy vertel my dat dominee se senuwees op was en hy het net aan Die Woord bly klou, totdat sy vir hom gesê het om nou tot bedaring te kom, hy staan nie voor die hekke van die hel nie."

Antie Hessie hou die papiersak met biltong vir my. Ek vat nog en sy vertel verder.

"My niggie was toe goed warm onder die kraag en skreeu toe sommer so by die skreef van die deur in dat Fay moet oopmaak of sy wat Niggie is skop hierdie deur haarself moertoe."

Ek bars uit van die lag.

"Kind, dis nie 'n saak van lag nie. Na 'n rukkie kom maak Fay die deur oop, haar hare deurmekaar en in 'n bolla soos 'n vinknes en die Godsman weet nie waar om die eerste woorde te vat nie.

"Na 'n lang gewoed, stap hulle toe deur die huis na Fay se tuin toe en daar begin dominee met sy teksversies, gesange en gaan draai sommer by die Heidelbergse Kategismus. Dis toe dat Fay opstaan, reg voor die dominee gaan staan en sy begin die Psalms van die Heilige Woord uit haar kop opsê, soveel so dat Dominee die ritteltit gekry het. My Niggie sê toe vir Dominee dat hy nou maar moet skrik en klaar skrik, want hy sal moet sterk staan voor Fay. Hierdie vrou het hulle in 'n hoek. Dominee prys vir Fay hoog en laag omdat sy Die Woord kan aanhaal, sonder enige foute of om vas te haak

"Soos 'n priester in die hoogste banke staan Fay daar en sê..."

Antie Hessie skuif haarself regop soos sy plat op die gras sit, druk haar rug nog effens stywer teen die boom en sy praat met toe oë met my.

"Kind, Fay sê vir die Godsman en vir my niggie om hulle oë te sluit en na die geluide te luister. Luister na die katlagter, die blinkogie, die eenbeen tinktinkie en selfs die duiwe. Luister na die wind in die blare. Luister na jou eie asemhaling. Luister na jou hartklop, dit alles is die kerk, vertel Fay toe vir Dominee en my niggie.

"Kind, dit was 'n gedoente, want Dominee voel toe skaam omdat hy die vrou sommer so van kyk beoordeel het, sonder om behoorlik oor die saak te bid. My niggie voel skaam omdat sy nooit geweet het dat daar so kant aan die stomme Fay is nie.

"Jy weet, en daar sit die drie van hulle in Fay se tuin. My niggie het gesê sy kon sweer dis die Tuin van Eden en dat sy nog vir Adam en Eva ook gesien het. Maar ek glo nou nie daardie deel nie," praat antie Hessie met toe oë.

"Kindjie, toe gebeur daar 'n ding. Fay kyk die dominee vas in die oë, soos in eyeball to eyeball, en Dominee kry nie weggekyk nie. Sy sê vir Dominee 'n mens hoef nie na elke priester of iemand met 'n naam wat so hoog is soos die toring van Babel te gaan om antwoorde te kry nie. Al wat jy moet doen, is om op plat op die gras te gaan sit, jou rug teen 'n boomstam te sit en vir Moeder Aarde te vra om te help. Sien, bome doen dit. As een boom so bietjie af of moedeloos is, dan kry hy weer sy antwoorde by ander bome, want onder die grond loop hulle wortels almal saam, en hulle groei sommer so saam. Dis waar die antwoorde lê."

My mond hang oop omdat Antie Hessie hierdie storie so mooi en diep gaan uithaal en vertel.

"Kind, in tye waar my lyf sukkel om regop te bly en my dink opgeraak het, kom sit ek plat op die grond, hier onder my boom. Ek druk my rug teen die boomstam en vra vir hulp. Dan kom die antwoorde, geduld, liefde en vrede sommer so van die boom af, en klim in my ruggraat op om my weer regop te laat staan."

"Aai, Antie, dis so mooi," sê ek.

"Dis nie net mooi nie, dis die waarheid."

Vir 'n paar minute sit ek en antie Hessie so onder die boom en luister na die duiwe, vinke, blinkogies en die katlagter. Ek luister na die wind en my eie hartklop. Dis so mooi.

Toe ek my oë oopmaak, staan daar die mooiste boom voor my wat ek nog in my hele lewe gesien het. 'n Boom mooier as die priester van alle bome.

"Antie Hessie is die mooiste boom wat ek nog ooit in my lewe gesien het. Mag ek met my rug so effens teen antie se rug sit?" vra ek.

Antie Hessie glimlag en sê, "Dankie, Kind, ons is mekaar se bome."

Sy draai stadig om, en daar sit ek en antie Hessie in diep dankbaarheid, rug teen rug onder 'n groot boom in haar tuin.

Die Kyk van die oog
2024-10-28

My mens, in my lewe het ek nooit gedink dat my twee oë gaan sien wat hulle vandag sien nie.

Ek loer deur my kombuisvenster, kyk en kyk weer, trek die kantgordyn effens weg om net seker te maak dat ek nie verkeerd kyk nie.

My oë sien tog reg.

Net oorkant die straat sien ek vir antie Hessie op haar voorstoep sit. Dis iets wat mens nie sommer sien nie, want sy sê dat dit net 'n skinnerbek is wat homself gaan plant om permanent op 'n voorstoep te sit.

Ek kyk vir 'n laaste keer deur die venster om seker te maak dat my oë my nou nie bedrieg nie, maar so waar as my moeder, daar sit sy.

"As Antie dan vandag op die voorstoep sit?" vra ek sommer reguit toe ek by haar tuinhekkie instap. Vir antie Hessie moet jy 'n ding reguit vra, dan kry jy 'n reguit antwoord. As jy 'n ding met 'n draai vra, dan kry jy 'n antwoord met 'n draai.

"Ja, kind, vandag sit ek op die stoep. Hierdie seilstoel was oorle' oom Charles se stoel wanneer ons by Kroonstad gaan kamp het. Hy was tog so lief vir hierdie bont stoel met die springs hier agter 'n mens se rug. Ek het nog altyd gesê dat as een van daardie springs moet losskiet, hy sy stuitjie morsaf gaan val."

'n Man stap op die sypaadjie verby. Hy kyk na antie Hessie, lig sy arm maar traag op om te groet en stap verder. Antie Hessie knik net haar kop terwyl die man verder stap.

"Ja, so is die mensdom nou maar," sê sy.

"Dit lyk vir my so asof die wêreld verkeerde kant toe vir antie draai," sê ek en loer na haar uit die hoek van my oog. Ek het sommer op die rooi-gepolishde stoepmuur gaan sit.

"Solank hy net draai en nie loop stilstaan nie," sê Antie Hessie.

Dis goed somer en Antie Hessie se vrugte bome dra mooi. Veral die kweperboom wat hier voor die stoep staan en 'n paar van sy takke oor die draad gooi, sypaadjie se kant toe.

"Gaan Antie weer kwepers inlê?" vat ek die gesprek 'n ander rigting in.

"Nee wat."

Dis al. Net "nee wat" sonder enige stertjies agterna.

Antie Hessie staan van die seilstoel af op en kyk agter by die rugkant of die springs haar darem nog sal kan dra.

"Nee wat, hulle is besig om einde se kant toe te staan," sê sy

"Antie sal maar net stil moet sit."

Sy gaan sit versigtig op die stoel, kruis haar bene en kyk so regs af in die pad. Onder by die draai kom Druppeltjie aangestap.

"Siestog, die arme man," sê antie Hessie.

"Is dit nie ou Druppeltjie wat daar aangestap kom nie, Antie?"

"Die einste. Die stomme man."

"Hoekom noem die mense hom Druppeltjie?" vra ek.

"Kind, kyk na daai man. Kyk na sy loop. Kyk na sy skouers, sy arms, sy bene. Kyk mooi. Dit lyk of 'n donker wolk oor die stomme man hang. So asof hy ietwat vertraag is. Kyk hoe hang sy kop op sy skouers wat soos 'n ou draadhanger aan sy lyf vas is. Kyk na sy arms wat net hang ... hulle beweeg nie saam met die lyf nie. So asof die lyf en arms 'n lewe van hulle eie het," verduidelik Antie Hessie. "Niemand hou van die man nie. Hy praat nie. Lente wat by die apteek werk, het al vir my gesê dat sy gehoor het dat die dokter gesê het dat die man doof is."

"Haai, Antie, dink Antie tog nie dat Druppeltjie doof is nie?"

"Daar is niks met Druppeltjie se gehoor verkeerd nie. Dit is maar soos hy is."

Ou Druppeltjie stap op die sypaadjie verby die stoep waar ek en Antie Hessie sit. Hy draai sy kop regs en kyk vir Antie Hessie vas in die oog. So 'n verlang kyk het ek nog nooit gesien nie.

Toe praat Druppeltjie so waar as my moeder met Antie Hessie.

"Antie Hessie, mag ek maar 'n kweper vir my pluk, asseblief?" vra Druppeltjie so op sy eenvoudige manier en hy lig sy hoed op as teken van groet.

"Ja, my mens, pluk gerus. Pluk sommer so twee of drie vir jou."

"Dankie Antie en die Here seën vir Antie." En Druppeltjie bedank vir antie Hessie met al die teksversies in die Bybel, tot by Amen verby, sodat jy net mosterdsaad sien trek.

"God sal vir Antie en antie se huis seën en die engel van beskerming sal altyd by antie wees..." en so gaan hy aan.

Druppeltjie pluk drie kwepers, kyk vir my en antie Hessie en stap verder.

"Die Here seën julle" sê hy weer.

Man, en dit is net 'n geseën en bewaar van die donkerte en jy sal nie jou voet teen 'n klip stamp nie, totdat ou Druppeltjie by die eerste straat regs afloop.

"Ja, my Kind," sug antie Hessie.

"En nou, Antie?" vra ek verbaas.

"My kind, die mensdom kan darem maar wreed wees. Jy weet, Kindjie, die mense kyk met hulle twee oë, maar ons moet leer om met ons binne-oog te kan sien," verduidelik antie Hessie en voel-voel weer na die stoel se springs hier agter in haar rug.

"Ons moet met onse binne oog sien ... dis wat ons moet doen."

Die Doop
(die wat my ken sal die storie begryp)
2024-11-03

Jong, klein dorpies het 'n lewe van hulle eie.

As dit nie die ouderlinge is wat met die diakens vassit nie, is dit die melkboer wat met die skaapboer vassit. Dis altyd 'n oor en weer gevassittery.

Aan skinnerbekke is daar ook nie 'n tekort nie. Veral onder die skoner geslag. Ek het die anties al so bekyk. Die een klou aan 'n handsakkie vas, die ander een is toegeknoop tot by die ken.

Maar hoekom ek vandag die storie oor klein dorpies, kerke, ouderlinge en diakens aanvat is dat ek aan ou Toontjies dink.

Sien, Toontjies is die seun van Kappertjie en Karee Vilje.

Kappertjie is 'n snaakse vrou. Sy wil altyd goed en mooi lyk voor mense. Dis daai soort wat altyd sê, "Nee, moenie dit doen nie...wat sal die mense van ons sê?"

Karee was meer bekommerd oor die kerk as iets anders. Ouderling, sien. In die voorste banke gesit.

Toontjies is die seun en niemand sal ooit weet of Toontjies nou regtig Kappertjie en Karee Vilje se seun was nie. Dis 'n lang storie wat nie vandag vertel mag word nie.

Die ding met Toontjies het vir my opgevreet tot op 'n rou senuwee, maar die res van die dorpsmense het hulle nie baie aan Toontjies gesteur nie.

Terwyl die res van die dorp en die kontrei aan die stry was oor kerk, politiek en ander mense, het Toontjies altyd kaalvoet iewers in die veld gaan dwaal. Soms die hele dag weggebly en so op 'n manier dink ek dat Kappertjie en Karee maar te bly was om die kind onder die voete uit te kry, praat nie eens van die oë van die ander mense nie.

Toontjies was anders. Ek het hom verstaan.

Kappertjie en Karee is toe al dik in die kerk, Bybel en geloof, toe Toontjies op 'n dag net weggeraak het.

Dit het nie gelyk asof Kappertjie en Karee te veel bekommerd was nie. Kappertjie het net so nou en dan (so in die publiek), wanneer mense van Toontjies praat, 'n traan uit die hoek van haar oog gevee. Tot vandag sal ek sweer dat dit net 'n aansitterigheid was. Daar was geen traan of berou nie.

Toontjies is toe al 'n maand weg, en niemand vra iets of praat weer oor Toontjies nie.

Ek sit die dag nog so in die Kafee se teekamer, toe ek vir Toontjies by die toonbank sien staan. Siestog, kaalvoet en stil. Maar in sy staan is daar iets anders.

Ek stap nader.

"Toontjies, is dit sowaar jy?" vra ek.

"Ja, dis ek," sê hy.

Net dit. "Ja dit is ek."

"Waar was jy dan al die maande?" vra ek. "Die mense was bekommerd oor jou."

Toontjies kyk my in my oë met 'n kyk wat ek nog nooit in iemand gesien het nie.

"Stap saam met my, dan kan jy vir jouself sien," sê Toontjies vir my en ek verbeel my dat daar 'n glimlag in sy oë sit.

Ons stap in die stofpad af, verby die waterstroom en die ry peperbome, tot by 'n eenvoudige plankhuisie wat weggesteek tussen 'n klomp bome staan.

"Bly jy hier?" vra ek.

"Ja, al vir baie lank. Kom kyk hier."

Dit is asof my oë nie wil glo wat hulle sien nie en my kyk nie regtig 'n kyk is nie. Ek moet kyk om te sien en sien om te kyk.

Toontjies stap by die houthuis in, trek sy hemp uit en vou dit netjies op. Hy sit dit op die houtkatel neer.

My woorde is min.

Toontjies kyk my vas in die oë en gaan sit op 'n ou houtstoel, by 'n houttafel wat ook maar net op Godsgenade staan.

Vir die eerste keer in my lewe sien ek dat Toontjies heel aansienlik is. Meer as aansienlik. Baie mooi, sou ek sê.

Op die tafel lê 'n sketsboek. Op die voorkant van die boek is daar met 'n stomp potlood die volgende woorde geskryf:

"My doop."

Genade, mens, ek weet nie of ek die boek moet oopslaan sodat ek die binnekant moet bekyk nie, en of ek liewer maar moet loop. Uit nuuskierigheid uit maak ek die boek oop.

Dis asof die asem uit my longe val tot in my keel en daar voel dit asof my asem skoon toegedruk word. Die boek is vol van potloodsketse wat Toontjies geteken het, met datums, byskrifte, notas en what-have-you by die prente.

"Here, Toontjies, sien ek reg?" vra ek.

"Jy sien reg," en Toontjies vat aan my hand om te wys dat ek moet omblaai.

Ek blaai om.

Nog 'n skets.

Nou is die asem in my lyf weg en ek moet aan 'n slagaar of 'n ding vat om te voel of ek nog lewe en of die lewe uit my getrek het die ewigheid in.

"Toontjies, wat is dit?"

"Ek het weggeloop..." begin hy vertel. "Ek het 'n plek gaan soek waar die Hemel is en ek het daardie plek gekry.

Dis glad nie ver nie. Net hier," en hy wys na sy hart. "In die hemel is dit mooi. Daar ontmoet ek 'n man met die naam van Muruti. Hy vat my toe na 'n ander Hemel toe. Sy hemel."

Terwyl Toontjies hierdie stories vir my vertel, blaai hy deur die sketsboek en wys na sketse wat hy van sy Hemelpad gemaak het.

"Op 'n baie warm dag kom ek en Muruti by die groot watergat aan. Ek was bly, want die son het soos hel gebrand. Muruti sê dat ons moet gaan swem, want hierdie is heilige water.

"Muruti trek sy skoene en hemp uit en hardloop by die dam in. Ek doen dit ook. Dit was lekker." En Toontjies wys weer na die skets waar hy en Muruti swem.

"Muruti sê toe vir my dat ek my hand op my hart moet sit en na my hartklop luister. Niks anders nie. Muruti begin in 'n baie diep stem sing, kliphard sodat ek kon sweer mens hom tot aan die ander kant van die wêreld kan hoor. Uit die bosse kom daar ses olifante gestap, reguit die water in, na ons toe. Ek wou nog bang word, maar toe sê my hart vir my dat daar nie iets soos bang is nie."

Toontjies wys na die volgende skets.

Vir lank sit ek en Toontjies in stilte en kyk na die skets, want daardie skets het nie woorde nodig nie.

"Die Hoof-Olifant kom na my aangestap, kyk my in die oog en ons staan net so vir mekaar en kyk," vertel Toontjies met toe oë.

"En toe?" vra ek.

"Muruti sê vir my dat ek moet doen wat die olifant vra ek moet doen. Ek vat met my twee hande aan sy massiewe tande en klou styf vas. Ek trek my bene op soos wat 'n mens sal bid. Die Hoof-Olifant se oë blink en hy draai sy kop met krag wat ek nog nooit in my lewe gevoel het na regs. Ek swaai aan sy tande, laat los en val soos 'n klip in die water. Muruti sê dat ek dit weer moet doen.

"Die olifant gaan staan, ons kyk na mekaar, ek vat sy tande en hy doen dit weer. Presies dieselfde, drie keer."

Toontjies bly vir lank stil, en stap op en af in sy houthuisie. Hy gaan sit op die bed, dan gaan staan hy in die deurkosyn en sê vir my om die bladsy om te blaai.

Ek blaai om. Daar sien ek vir Toontjies reg voor die Olifant staan, arms in die lug en hy lag.

"Olifant het sy slurp vol water getrek en oor my geblaas, drie keer," vertel Toontjies.

"Mens?" is al wat by my mond kon uitkom.

"Blaai om," sê Toontjies.

Ek blaai om. Daar staan Toontjies by die groot Olifant en hou aan die reuse dier se slurp vas, so asof hy nooit weer wil los nie.

"Muruti het gesê dat ek vir Olifant moet gaan dankie sê vir die water. Ek doen dit en Olifant hou sy slurp na my uit. Ek vat aan sy slurp en saggies laat sak hy sy kop en ek staan in 'n plaasdam en hou aan Olifant se slurp vas vir dankie sê."

"Dankie vir wat?" vra ek vir Toontjies.

"Dankie vir alles. Dankie vir die water. Dankie vir die doop."

"Die doop?" vra ek verbaas. Nou skiet die nuuskierigheid deur die are in my kop.

"Ja, op daardie dag is ek gedoop. Regte, egte doop. Daar was nie 'n man met 'n swart jas, of kleed of rok of 'n hart vol van homself nie. Daar was ook nie 'n lieg-glimlag op 'n gemeente se gesigte nie, nog minder 'n lieg uit 'n priester, dominee of pastoor se bek nie, net 'n eerlike asemhaling van 'n olifant," vertel Toontjies.

"Olifante is die draers van die waarheid. Hulle kan nie lieg nie. Hulle is die draers van onthou, hulle sal my nooit vergeet nie," praat Toontjies verder.

"Glo jy dat jy… ek meen nou… dat jy gedoop is?" vra ek met woorde wat sukkel om by my mond uit te kom.

"Ja, ek glo. Drie keer onder die water gedompel en drie keer besprinkel. Nou kan niemand meer stry nie. Die hele wêreld stry oor 'n ding wat nie gestry wil word nie. Groot doop, klein doop, kop onder die water druk, waterdruppels, wit rok en 'n priester of 'n ding wat daar staan en God speel oor jou. Die een het 'n lisensie om jou te doop, daardie een mag jou nie doop nie want hy het nie gaan leer nie..." en Toontjies bly tjoepstil.

"Die waarheid van alle waarhede het my gedoop," sê hy.

Toontjies draai om sodat sy hele lyf voor my staan en hy kyk my aan. Dis 'n ander soort kyk.

"Toontjies, kan ek iets vra, asseblief?" begin ek versigtig.

"Vra"

"Ek wil ook gedoop word."

"Jy kan, want jy is nie soos al die ander nie. Ons sal môre vroegdag begin stap, dan sal ons teen middag daar wees."

Die volgende dag is ek deur 'n olifant gedoop. Drie keer.

Die Kyk
2024-11-06

As ek hierdie storie nie met my eie twee oë aanskou het nie, sou ek sowaar gesê het dat dit 'n lieg is. Net so... 'n lieg.

Man, my mens, dit was hier 1985 se Paastyd rond. Die kerk het dan elke aand 'n diens gehad, dominee het pragtig gepreek en die gemeente het dan 'n geleentheid gehad om op te staan en sommer ook te bid.

Jaap Kotze was gewoonlik eerste op die agterbene om die gemeente-gebed te begin.

Dan het Karee Vilje gevolg en daarna het die gebedslys maar so op genade aangegaan.

Dit was volmaan tydens hierdie Paastyd en dominee slaan die Groot Boek oop, lees iewers uit die boek Matteus en begin preek van wat die oog sien, maak die liggaam siek en jy moet reg kyk en die verkeerde kyke uitlos ... en so gaan hy aan.

Die gemeente is in vervoering, want net laasweek was hier weer 'n plaasboer wat se oog na 'n skooljuffroutjie gedwaal het.

Man, en Dominee sê dat die oog nou maar die lig moet raaksien en die donker laat staan.

Net bokant die preekstoel is 'n groot ronde gekleurde venster met prentjies van 'n engel, koringaar, lammertjies en 'n paar krulletjies wat ek nie kan uitmaak nie.

Terwyl dominee nog so aan die preek is oor die oog wat moet reg kyk, steek een van die vertraagde Joons kindertjies - die een met die oop bekkie - sy hand op.

"Ja, Seun, wat is dit?" vra dominee besorg so uit die preek uit.

Dis toe dat die maan reg agter daardie gekleurde venster sy lê loop kry het en die venster soos Salomo se lamp laat gloei het.

"Dominee, mag ek iets vra?" begin die Joons kind.

"Vra gerus, Seun."

Die gemeente skuif ongemaklik rond, want waar het jy nou gesien dat een van ou Joons se kinders in die kerk, gepak met gemeente, iets wil vra, en dit nogal uit die Woord uit?

"Die Woord sê dat die oog na die lig moet kyk..." begin die kind.

"Dis reg," sê dominee en haal sy bril af.

"Dominee, maar ek verstaan nie, watter oog is dit nou? Die linkeroog of die regteroog?" vra die kind.

My mond hang oop.

Dominee skarrel met die bladsye van die Woord, die kant toe en daai kant toe, maar al wat hy in Matteus raak lees is dat die oog die lamp van die liggaam is en die Joons kind staan vir dominee oopbek en aankyk, wagtend op 'n antwoord. Nêrens lees hy van die oë nie.

Na 'n ongemaklik stilte waarin Dominee nie 'n antwoord vir die kind het nie, stap die kind tot by die preekstoel, daar waar hy mooi in die weerkaatsing van die venster en die maan kan staan en hy sê, "Dominee, ek dink nie dat die linker of die regteroog is nie."

"Nou, Seun, watter oog dan?" vra Dominee en trap rond soos 'n kat op 'n warm sinkplaat.

"Dis die binne-oog dominee. Die oog in jou brein, dis die oog waarmee ons lyf die lig moet sien," sê die kind, draai om en gaan sit weer.

Dominee het die diens afgesluit met die seën wat hy oor die gemeente uitspreek, die maan het wegbeweeg van die venster af en die volgende dag was daar 'n stilte oor die dorp.

Ja, so is die lewe. Die Vader gebruik soms die vreemdste mense om die boodskap duidelik oor te dra, dink ek. Al is dit nou die Joons-kindjie.

Die Engel
2024-11-24

Dit is diep somer. Ek voel gelukkig, want die son sê dat dit amper Krismistyd is. Vakansietyd.

Ek sit op 'n stomp van 'n afgekapte boom. My voete hang los grond toe en die sit is lekker. Om my is 'n klomp mense, almal so anders, maar my oë kan sien dat hulle van dieselfde trop is. Hulle praat dieselfde taal.

Iewers rev iemand 'n motorfiets sodat die klank deur almal se lywe trek en hulle oë kyk waar die skreeu-rev vandaan kom.

"Hy vat lekker, daai een," sê 'n man wat langs my staan met 'n oop bottel bier in die een hand, nog 'n bier wat toe is in die ander hand en in die broeksakke steek net die nekke van nog biere uit. Vir later se drink, dink ek.

"Jy sit lekker op die stomp," sê die man, steek sy hand uit en groet.

Ek ken hom nie, maar ek groet terug.

Die man hou die oop bierbottel in die lug. "Cheers en veilig wees op die pad," sê hy en stap weg.

'n Vrou kom verbygestap, groot in die lyf, kaalvoet en in 'n kort broekie wat lyk asof dit een van die kinders wat in die swembad baljaar se broek kan wees. Ek skat haar so 65 jaar oud. Sy is behang met blink kettings, ringe en dan nog 'n ring deur die neusgat ook en 'n pienk-gedaaide kop.

"Dis 'n lekker paartie hierdie. Ons gaan nog goed skud vandag," sê sy en stap verder.

Na 'n ruk kom 'n lang, seningrige man na my toe. Hy wil gesels, sien ek. Hy staan voor my, druk sy een hand in sy broeksak en die ander hand hou 'n plastiekglas vas vol brannewyn.

Ek kyk in sy oë tot agter sy oogkaste, tot deur sy brein binne in sy skedel in. Ek skat hy moet dalk so 64 jaar oud wees.

"Ja, jy sien reg, jong man," sê hy vir my, en skud my hand. "Jy sien jare en jare se geluk in my oë. Agter my oë sien jy jare en jare se freedom. Ek behoort aan niks en niemand. Ek vra niemand niks en ek vra ook nie toestemming nie. Ek is happy, tjom, happy sê ek jou."

Ek glimlag en sê dat ek die geluk in sy oë sien. Ek sien dit in sy krom getrekte lyf, sy hande van jare en jare in die son wees en wat weet van werk.

"Jong man ... kom ek vertel jou 'n ding. As jy my ouderdom raak, dan gooi jy al die knope in jou lewe af. Jy leef vir lekker leef. Ek is gelukkig. Ek het 'n klein huisie en 'n motorfiets. That's it. Sien, my emosies is my leermeester. My emosies is die taal van my siel," sê die man, en hy stap weg. Sommer net so.

Vir lank sit ek net, soos 'n ding wat homself simpel kon skrik.

"My emosies is die taal van my siel," hoor ek weer die stem.

Later soek ek die ou man, ek wil nog stories hoor, maar hy is weg.

Was dit dan 'n spooksel of 'n gees of 'n ding wat hier voor my kom staan het, vra ek myself.

"Jou emosies is die taal van jou siel," hoor ek weer die stem.

Die krom man, met die ou hande, is 'n engel.

Vandag het ek 'n engel gesien.

Ek kom huis toe

"Here, Here," rol die woorde soos 'n dankgebed, amper 'n gefluister, by haar tandlose mond uit. Haar oë praat saam met haar mond en haar gees is ook by die woorde ingetrek. Haar mond sonder tande wil lag en huil, sommer alles in een. Haar wange is sag, net soos haar oë.

"Here, Here," prewel sy weer en vee die trane wat net so vanself beginne loop uit haar oë. So sonder waarsku rol die trane.

Net so, sonder waarsku, het ek by haar "hokkie" opgedaag. Die weskus wind is omgekrap, die see lê darem plat, maar my hart is aan die bruis. Soos 'n ding wat in die wind verwaai word.

"Groet Ma my nie?" vra ek.

"Here, kan dit wees?" vra sy, trek haar ou kopdoek oor haar voorkop en vou haar kamerjas stywer om haar ou lyf om die koue wind uit te hou.

"God seën vir Meneer," sê sy en hou haar verrimpelde hand na Krause uit wat my huis toe gebring het.

"Dankie, Ousus," sê Krause

Dit is 'n heilige oomblik. Ek wil dit so lank as moontlik uitrek sodat dit nie moet klaar raak nie. Ek is bly om my ma te sien.

Sy staan op die trappie wat na die voorhuis toe gaan, ek staan buite onder 'n aangelapte stoepie. Die bodeur is oop en die onderdeur is toe.

Ek maak die onderdeur oop, stap in om in haar arms te stap wat soos 'n Jesus beeld iewers op 'n stellasie staan.

"Here, Here, is dit sowaar jy, my Boerkind? Sien ek reg?" vra sy.

"Is ek, Ma."

Die huis ruik na rooibostee en Benson en Hedges sigarette.

"Ek gaan 'n draai ry," sê Krause. Hy weet dat hierdie my en Ma se tyd is. Net so, sonder baie woorde is dit uitgesort.

"Ons het vir jou groceries gebring. Rooibostee, lae vet melk en sommer Weet Bix," sê ek.

My hart vat 'n anderste soort klop vas, so asof hy saam met ma se hartklop wil inval. Daai selfde ritme. Ritme van saamwees.

Ek gaan sit op 'n ou plastiekstoel wat teen die venster staan en die oggendson val my op my rug. Sy gaan sit op 'n ander plastiekstoel en praat nie 'n woord nie. Dis ons siele wat nou die praatwerk moet doen.

Sy kyk my aan asof ek 'n spooksel of ding is. Ek los haar sodat sy kan kyk totdat haar kyk opgekyk is, dan is dit my beurt om sonder woorde te kyk.

"Ek dog ek sien jou nooit weer nie, my Boerkind" sê sy.

"Dit was lank gewees, te lank," sê ek. "Ma, hoekom het ma na die Here geroep toe ma my sien?" vra ek.

"Boerkind, my mond het die naam van die Here God geroep, maar my hart en siel het die praat gepraat wat my mond nie gepraat kon kry nie. Dis 'n dankbaar praat wat 'n mens se siel praat wat die mond nie gepraat kan kry nie," sê sy en praat baie stadig.

Ons het so vir mekaar gesit en kyk, toe maak sy tee en ek het geweet dat ek by die huis is. Haar oë het dit vir my gesê.

Vlerkie en die blokfluit

2024-09-13

(inspirasie: German Oktoberfest Pretoria)

Blossom, haar man, Dooierus, en vyf kindertjies wat soos pyporrels staan, woon in 'n spoorweghuisie in Patrys straat.

Blossom is 'n inkennige vrou en ma. Sy is so kort en gerond van lyf en kom nie baie uit nie. Sy dra graag pastel kleure en dan lyk sy kompleet soos 'n gevulde bazaar meringue. Siestog, 'n mens kan ook nie jou ewemens veroordeel nie, wie is ons dan?

Haar man, Dooierus, is 'n lang, plankagtige man. 'n Man van min woorde, maar 'n diep kyk wat binne in jou siel in kan kyk en dinge weet wat jyself van jouself nie eens weet nie. Hy is trots en lief vir sy familie.

Die mense hier op die dorp het hom die naam "Dooierus" gegee, want hy kon jou aankyk met daardie blou oë, sonder 'n woord, en dan voel mens tog so aardig op die maag. So asof die man dooierus op jou vat. Hy kyk jou aan totdat jy skuldig voel oor dinge wat jy nie eers gedoen het nie. Dis te vreeslik.

Baby by die prokureur het eendag vir my vertel dat hy die prokureur skoon stom gekyk het en om daardie prokureurtjie stil te kry, sit nie in enige iemand nie.

Siestog, dan is daar die string kindertjies. As ek hulle so bekyk wanneer hulle in die straat aangestap kom, dan wonder ek net hoe ou Dooierus en Blossom dit reggekry het om so 'n string kindertjies die lig te kon laat sien. Die een wil meer vertraag lyk as die ander een. Ek weet dat mens nie mag oordeel nie, maar die domgeit het sommer so in hulle lywe gewys.

Op 'n dag toe kom Mara na my toe. Sy werk by die apteek. Sy vertel vir my dat sy hierdie storie net gister by

Baby van die prokureurs gehoor het en sy het sommer in dieselfde asem gesê sy sal vir die mense sê dat ek lieg as ek sê ek het dit by haar gehoor.

Maar ieder geval. Mara vertel vir my dat die middelste kindjie, Vlerkie, so om en by standerd sewe moes gewees het. Vlerkie het die domste van hulle almal gelyk en heeldag so met 'n oop bekkie geloop, dan blaas hy soos 'n gans as mens met hom praat. Dit het die mense tog te aardig laat voel, maar niemand het niks gesê nie, want hulle was bang vir Dooierus.

As mens vir Vlerkie sou vra hoe dit met sy ma gaan, sal hy net so in lug in opkyk en blaasgeluide maak, kompleet soos die voorkant van 'n trompet.

Mara vertel vir my dat Baby vir haar vertel dat dit so begin somer was toe Vlerkie vir die musiek juffrou by die skool iets wou vra. Hy het soos 'n trompet gestaan, blaasgeluide gemaak en geen mens kon verstaan wat die kind soek nie. Die Juffrou het maar geduld gebruik en later kom die woord 'blokfluit' by sy oop bekkie uit.

"Wil jy blokfluit speel?" het die juffrou gevra.

Mara vertel vir my, Baby sê toe die kind die woord Blokfluit hoor, is dit asof daar 'n lig in die kind se oë aangaan. Sy vertel dat die skooljuffrou kon sien dat hierdie blokfluitspelery nie gaan deug met die kind en sy oopbekkie nie en stel toe voor dat hy liewer maar 'n snaarinstrument moet probeer.

"Blokfluit," het Vlerkie aangehou.

"Hoekom probeer jy nie kitaar nie. Kitaar is tog so mooi," het die juffrou vir Vlerkie van die blokfluit gedagte probeer afkry.

Mara sê dat Baby gesê het dat dit maklik 'n halwe dag gevat het om hierdie kind te oorreed dat blokfluit nie sal werk nie, maar Vlerkie het net 'geblokfluit' die hele tyd.

Toe lieg die juffrou maar, vertel Mara, en sê vir Vlerkie dat sy nie 'n blokfluit het nie en dat sy ook nie een in die klein dorpie sal kry nie. Speel maar liewer die kitaar, het juffrou aangehou.

"Blokfluit," is al wat Vlerkie kan sê.

Mara vertel dat die Juffrou se geduld opgeraak het en so besluit sy dat sy tog maar die kind 'n kans met die blokfluit gaan gee, dan sal hy self sien dat dit onmoontlik vir hom is om die ding te blaas.

Juffrou onthou dat mevrou Dominee 'n blokfluit het. Sy het tog so mooi in die kerk gespeel in haar jonger dae.

Sy het Gesang 33, *Sien ons ootmoedig voor U nader*, tog so gevoelvol en vol emosie op die blokfluit gespeel.

Mara sê dat Baby vertel dat die juffrou na Mevrou Dominee toe is om die blokfluit te leen. Die juffrou het maar weer 'n lieg vertel en gesê dat sy dit wil gebruik net om vir die kinders te wys hoe 'n blokfluit lyk en dat dit hierdie einste blokfluit is waarmee Mevrou Dominee so mooi in die kerk gespeel het. Die hele distrik weet tog van Mevrou Dominee se talent en dat sy *Sien ons ootmoedig voor U nader*, so mooi gespeel het.

Mevrou Dominee was baie gretig om die blokfluit vir die juffrou te leen. Sy het die fluit nog in sy oorspronklike houtboksie met fluweel uitgelê vir die juffrou gegee.

Die juffrou is daar weg, terug skool toe en vir Vlerkie laat weet om haar te kom sien.

Vlerkie het daardie dag soos 'n perd op die skoolgang gegalop musiekkamer toe, want hy het geweet dat sy blokfluitdroom waar gaan word.

"Hier is die fluit, Vlerkie. Was asseblief tog jou hande voordat jy aan die fluit vat. Vee ook jou lippe af sodat ons nie mevrou Dominee se fluit moet beskadig nie." het die juffrou gesoebat.

Mara vertel dat Vlerkie sy hande silwerskoon gewas, en sy oop-trompet-bekkie mooi afgevee het.

Die juffrou het in angs gestaan en wag om te sien of Vlerkie hierdie fluit sal kan speel, veral met die oop bekkie. Juffrou draai om om iets uit haar lessenaar se laai te haal, en die oomblik toe sy haar rug op Vlerkie draai, val Vlerkie weg en begin speel.

Mara sê dat die juffrou amper 'n toeval gekry het, want toe sy sien hoe Vlerkie daardie blokfluit bespeel, het sy gesukkel om regop te bly staan.

Mara sê vir my dat Baby vir haar vertel, en gedemonstreer het, hoe Vlerkie daardie blokfluit speel. Hy het die blokfluit by sy regterneusgat gehou, sy koppie skuins gedraai en sommer so deur sy neusgat geblaas.

Hoe hy dit reggekry het om Amazing Grace so mooi te speel het die juffrou se verstand te bowe gegaan.

So asof dit nie alles genoeg was nie, kom daar weer 'n blaasgeluidjie by die oop bekkie uit en al wat die juffrou kon uitmaak is die woord "kerk."

"Vader van Genade, spaar my dit tog," het die juffrou glo hardop begin bid, want hoe gaan sy vir mevrou Dominee verduidelik dat dit haar blokfluit is wat Vlerkie so uit die neusgat uit bespeel.

Daar was geen stop aan Vlerkie nie. Speel wou hy speel.

Daardie Sondag, net voordat die Dominee die seën oor die gemeente wou uitspreek, staan Vlerkie op en stap na die preekstoel toe en gaan staan reg voor mevrou Dominee.

Mevrou Dominee bekyk die spul, die juffrou sit op die galery en Blossom en Dooierus met al die kinders sit heel agter.

Daar val Vlerkie toe weg met Amazing Grace en nog 'n gesang. Die gemeente was in trane, mevrou Dominee het met 'n oopmond na Vlerkie sit en kyk.

Mara vertel vir my dat mevrou Dominee so liggies met 'n sakdoekie in die binnekant van haar oog 'n traan afgevee het. Mara sê dat Baby gesê het dat sy duidelik met haar eie twee oë aanskou het.

Net daar staan mevrou Dominee op, stap na Vlerkie toe, kyk die kind in die oë en vat aan sy skouer.

Al wat by Vlerkie se bekkie kon uitkom was die woord 'Dankbaarheid'.

Mevrou Dominee het net daar voor die gemeente vir Vlerkie haar blokfluit gegee en gesê dat hy tog nooit moet ophou speel nie, al blaas hy die fluit so deur sy neusgaaie.

Ons moet vir alles dankbaar wees, al blaas ons 'n blokfluit deur ons neusgaaie, niemand is perfek nie, sê ek vir Mara en kyk na die somer son wat oor die perskeboom val.

Antie Hessie vertel van die sprinkaanplaag

My niggie, Fay, het 'n probleem met handsakke, katte en kerke gehad. Haar obsessie kon nooit verklaar word nie, maar iemand moes dit stop sit. Mense was bang vir haar. Gelukkig het sy nie in Tweeling gebly nie, maar ons het altyd Paastyd na hulle plaas toe gegaan.

Sy was 'n kaalvoetkind. Heeldag in die veld agter bokke, skape en alles wat 'n pols het aangehol, selfs van die gediertes huis toe gedra. Sy het nooit hare gekam nie. Die hare het al in die nek begin koek. Sondae het sy net bolangs gekam as daar mooi gemaak moet word vir kerk toe gaan. Maar onder daardie mooi gekam, lê 'n woud van koeke.

Sy wou nie rokke dra nie. Wel, ek ook nie, maar dit het nie van ons tomboys gemaak nie. Ek was maar altyd bang die wind waai my rok op dan sien mense my pêntie. Sy wou nie 'n rok aantrek nie, want sy was bang die miere, sprinkane en allerhande gediertes loer onder haar rok in.

"Hulle kan nie sien nie. Hulle weet nie eens wat 'n pêntie is nie," sê ek.

"Hulle weet."

Dit was Augustus maand en daar tref 'n sprinkaanplaag die distrik. Almal moes bymekaar kom. Manne het in kerke, sale, skole, onder bome, langs 'n stoor, in 'n rondawel en selfs in Fay-hulle se huis bymekaar gekom om die plaag te veg.

Ek was so bang en het gesê dis die einde van die wêreld. Mense, kom vat maar alles. Fay het gesê julle kan alles vat, maar los my kat en my handsak uit en almal wat in die kerk vergader moet uit. Kry ander vergaderplek ... uit.

Toe begin die groot veg. 'n Apparaat wat soos 'n jong seun wie se hormone begin pla lyk, is op 'n bakkie vasgemaak. Lyk soos twee stewige bene wat in 'n buig posisie oop lê, en dan spuit daardie ding by 'n klein bekkie die wreedste wit poeier uit. Die bakkies het so voor die plaag uitgery en begin spuit. Teen die tyd wat die sprinkane by die wit poeier uitkom, is hulle so deurmekaar hulle weet nie watter kant toe nie.

Fay het daardie Augustus aangehou huil. Ek het net gesit en kyk. Wonder bo wonder is die plaag uitgeroei. Die boere kom bymekaar in kerke, sale, skole, rondawels, die agterjaart van die panelbeaters en in Fay se huis om te braai en fees te vier. Ek sit en kyk net. Fay huil al die tyd.

Een sprinkaan het dit reggekry om te ontsnap en die huppel na Fay se kamer toe. Hy moes geweet het sy sal hom red.

"Help my," het die sprinkaan gesê. Fay se kat het regop gaan sit, sy ruggie krom getrek en 'n blaasgeluid gemaak.

"Spaar my my lewe," smeek die sprinkaan. "Simson het die Filistyne met 'n donkie se kaak doodgeslaan. Die boere het my niggies en nefies met 'n wit poeier gespuit en dit nogal uit 'n hormoonbelaaide seun wat wydsbeen op 'n bakkie lê."

"Ek sal jou help" sê Fay en kyk na haar kat.

Fay het die sprinkaan opgetel en in haar handsak gesit, vir Kat onder haar arm gesit en weggeloop.

Baie jare later, ek was al getroud en Fay ongetroud, hoor ek 'n koor voor my venster sing. Oom Charles wou weet wat aangaan. Toe ek by die venster uitloer, staan daar 'n sprinkaan en 'n kat en hulle sing *Balad of the green berets*.

Dis toe dat die kerkklok 12 uur slaan en ek weet dat Fay weer nie kan slaap nie.

Vandag
Die Stem

Soos jy by Hartswater in ry, sien jy aan jou linkerkant 'n groot rooidakhuis. Dis waar ou miesies Smallpenny bly.

Miesies Smallpenny is oorspronklik van Engeland af, maar bly al vir jare in Hartswater en sy praat Afrikaans met 'n moeilike aksent. Jy moet met 'n baie goeie ingestelde oor luister wanneer sy praat en haar lippe fyn dophou, anders gaan jy so verlore raak dat geen mens jou ooit weer gaan kry nie.

Miesies Smallpenny se stem was so mooi soos 'n laatmiddag reënbui op 'n sinkdak. Ek sê tot vandag toe nog dat dit nie haar stem was nie, maar 'n engel se stem. Wanneer sy met mense oor die telefoon praat, eet hulle uit haar hande uit. Sy kon telesales doen soos geen ander vrou nie.

"Soet soos heuning," "Strelend soos lentereën," "Pragtig soos 'n liefdesverhaal," is van die komplimente wat sy kry. Die probleem kom in wanneer mens die vrou agter daardie soet, strelende, pragtige stem sien.

Sy is ongelooflik lelik. Ek weet 'n mens mag nie sê dat 'n maaksel van God lelik is nie, maar ek sal vergewe word vir hierdie oortreding.

Sy is vet. Miesies Smallpenny het neushare wat slap uit haar neusgate hang, skurwe hakke en sweterige armholtes. Dis 'n treurige gesig. Saans, as dit donker word, sal miesies Smallpenny buite in haar tuin stap en dan gesels sy maar so met al wat plant, struik en boom is. Die bure sit op hulle stoepe om die soet stem te hoor, solank hulle haar net nie hoef te sien nie.

Sy was verwerp. Sy was alleen. Sy het agter toe deure gesit en gewag om te vergaan.

127

"Here, vat my maar. Ek wil 'n engel word. Ten minste gaan mense my hoor en nie sien nie," het sy gebid.

"Nee!" het die gesiggies in die tuin gepraat. "Hou moed!" het die akkerboom gesê. "Ons sal jou help," praat die kannas soos 'n spreekkoor.

Op 'n dag beland miesies Smallpenny agter 'n houtmuur. Sy wou so graag die buurman ontmoet en so steek sy haar hande in twee opgemaakte popkouse en praat oor die muur.

"Goeie dag."

"Hallo," sê die buurman.

"Kan ek vir koffie kom?" vra die pop .

Daardie dag het 'n nuwe maan vir miesies Smallpenny opgekom. 'n Nuwe ster het begin skitter, want voor sy haar kon kry doen sy 'n poppekas in die biblioteek.

Dit het net eers Maandae oggende begin, maar sy was so gewild dat sy elke dag haar poppespel gaan doen het.

"Ja, so het ons elke een 'n plekkie in die son," sê die Kannas een laatmiddag vir haar.

Ja, so het ons elke een maar iets … net 'n klein ietsie wat mooi is.

Die Leuen
2023-05-06

"Wanneer jy by die kruispad kom, sal ek lig op die pad gooi wat jy moet vat," sê die volmaan vir my. "Ek sal dan twaalf klein maanstraaltjies afgooi tot op die pad. Jy moet hulle optel en 'n kroon daarvan maak. Sit elke straaltjie soos 'n diamant in die kroon," verduidelik die maan vir my.

"Ek verstaan nie," sê ek.

"Volg die tekens, jy sal verstaan. Vat net een treetjie op 'n slag, totdat jy by die woud uitkom. Daar sal jy die Koningin kry. Sy sal ook 'n kroon dra met 12 sonstraaltjies in. Haar rok is versier en mooi gemaak met borduursels van granate. Gaan sit by haar voete sodat sy vir jou die storie kan vertel van die man met die swaard," sê Maan.

Ek stap die woud in en kom by die kruispad. Daar val die 12 maanstraaltjies op die pad neer. Ek tel hulle op en maak die mooiste kroon vir my. Ek kry 'n jakkals langs die pad en hy sê dat alles oraait is... vat net die pad. Verder in die pad kry ek 'n hondjie en hy sê ook dat ek die pad verder moet vat.

"Hou aan met loop tot daar by die rivier. Jy sal klomp mense sien wat stry. Gee vir elke een 'n stukkie van die Maanstraaltjies, sodat hulle in vrede kan saamleef," sê Maan.

Daar kronkel 'n paadjie deur twee berge tot by 'n rivier. Daar kry ek die koning wat op 'n granietblok sit. Hy glimlag vir my en sê dat die vrou met die mooi rok aan die ander kant van die berg is, maar ek moet eers die kant van die berg oornag. Ek kan môre daarheen gaan. Hy ken 'n kortpad oor 'n rivier, tot by die koningin.

Ek gaan sit op die groen gras en 'n koel windjie waai my koud. Dis lekker.

Die maan kom op.

Die kroon op my kop glinster soos kristalle.

Daardie nag verskyn 'n engel aan my.

"Jy is gekies om die Koningin te gaan ontmoet" sê die engel. Sy gooi fontein water van een emmer na die ander en dan <u>weer</u> terug in die eerste emmer. Dit klink soos musiek. Dis mooi.

"Dit is soos jou gedagtes moet wees. Laat die liefde vloei, soos die klank van water. Laat die lewe hardloop soos die klank van 'n fontein," praat die engel in my drome.

Die volgende oggend vertel ek die storie aan die koning.

"Ek ken daai engel. Jy moet na haar luister," sê die koning. "Kom ons drink van die fontein se water, dan moet jy aanstap. Die Koningin wag vir jou."

Ek drink van die soetste water wat ek nog in my lewe geproe het, tel my sak op en stap verder. Toe ek by die rivier kom, wag daar 'n baie ou man vir my met 'n bootjie. Hy sê dat ek moet inklim, hy sal my na die Koningin toe vat.

Ek klim in. Saam met my sit 'n kind en sy ma.

"Waarheen gaan julle?' vra ek.

"Na die Koningin toe," sê die vrou.

"Ek ook."

"Ons gaan almal saam."

Toe ons by die koningin kom, hoor ek die geluid van vlerke wat klap soos 'n arend s'n. Ek hoor 'n rivier. Ek hoor die wind. En daar, voor my sit die koningin, met die twaalf maanstraaltjies in haar kroon.

"Jy is gekies," sê sy. Sy gee 'n swaard vir my en sê dat ek die leun middeldeur moet gaan sny.

"Watter leun?" vra ek.

"Stap terug na die begin, daar waar die pad kruis. Jy sal die leun daar kry. Kap hom in die helfte, dan sal die son oor ons almal skyn."

Vir drie dae stap ek terug, kom by die kruispad en ek kry die leun daar.

"Die koningin in die bos het gesê ek moet jou middeldeur kom kap, sodat die son oor ons almal skyn," sê ek vir die leun.

"Jy lieg vir my," sê die leun.

"Dis waar,' sê ek.

"Die koningin lieg vir jou," sê die leun.

Toe kap ek hom in die helfte deur.

Die jakkals kom aangehardloop en vreet die een deel van die leun op, en die hond vreet die ander deel op.

Op daardie dag, toe word alles weer die waarheid.

Die Deur

Die mense hier in Tweeling praat van die "T-Junction" hier bo in die pad. Ek praat van die draai in die pad, want dit is presies wat dit is, 'n draai. Ek sien geen "T" in hierdie hele affère nie, maar ons los die storie van die pad eers, want ek wil aan 'n ander storie vat.

So in die draai van die pad staan die eenvoudige Joons vrou se huisie. Jy kan dit nie mis nie, want sy het die mooiste rose in haar tuin. Al die kleure onder die son, en die bedding is netjies met 'n graaf styf gekap so al om die rante. Dis pragtig.

Die man wat in die tuin werk ry gewoonlik met sy fiets verby my huis as dit by uitvaltyd kom. Dan stap ek nader om te groet.

Hy stop gewoonlik sy fiets, klim af, haal sy hoed af en groet, vra hoe dit gaan en praat sommer die kant toe en daai kant toe. Hy praat maar min oor die Joons vrou en ons bly nuuskierig. Dit maak nou nie saak hoe jy uitvra nie, hy lag maar net, klim op sy fiets en ry verder.

"Nee, Oumiesies is oraait. Die rose gaan mooi blom die jaar," is maar al wat hy sê.

Ek stap oor na antie Hessie se huis toe en hoor of sy nie vir my 'n koppie suiker het om te leen nie. Ek het nie nou die krag om na Costas se kafee toe te stap nie en dit net vir 'n bietjie suiker.

Antie Hessie se tuinhekkie skreeu soos 'n vark ter slagting as jy die ding oopstoot. Dit is van destyds wat Oom Charles secondhand skarniere daarop gesit het en nie nuwes, soos sy gesê het hy moet doen nie.

Oom Charles het 'n wil van sy eie gehad en was boonop nog ouderling in die Moedergemeente, maar antie Hessie het haar maar min aan die ouderling storie gesteur. Sy het al tyd gesê hy is maar net deel van die geldmaak spul.

"Hallo Antie, hoe gaan dit met antie? Ek gaan nie lank bly nie, ek wil net hoor of antie nie vir my 'n koppie suiker het nie asseblief en baie dankie?" praat ek alles sommer so in een sin.

Antie Hessie sit onder die seringboom en staar diep die verte in.

"Middag, Kind, ja jy kan leen, dis daar in die kombuis. Jy moet nog laas week se koppie terug bring toe jy ook kom leen het. Dis 'n set daardie. Ek het nou net tee gemaak. Kyk in die kombuis, die ketel is nog warm. Gebruik sommer die teesakkie wat ek gebruik het, hy lê in die bont piering. Daar is genoeg tee vir nog 'n koppie. Mens kan nie vir elke mens 'n sakkie gebruik nie, dinge het verander, alles het verander...tot die kamerdeure," praat Antie Hessie so in een asem en sy beduie met haar hande.

"Hoe bedoel Antie tot die kamerdeure het verander?" wil ek nou nuuskierig weet.

"Gaan maak jou tee en kry jou suiker, dan kom sit jy hier," sê sy, en trek haar rok mooi reg so van die skouers af, oor die buuste tot by die soom.

Die teesakkie lyk maar flou, maar ek druk die laaste bietjie tee uit hom uit laat hy soos 'n pruimedant beginne lyk. Die ding lê nou vaal in die bont piering.

Ek gaan sit by antie Hessie onder die boom en wag vir die storie. Sy staar nog lank na die blommetjies in die boom, dan na haar Impatience blomme. Hulle staan goed in blom, die ene pers, rooi en oranje. Dis pragtig.

"Antie se Impatience is mooi die jaar," begin ek sommer woorde so uit die lug uit vat.

"Ja, die geheim is dat jy koeksodawater oor hulle gooi, maar die mense glo my mos nie, wat weet ek?" en ek kan hoor daar is 'n ding wat vir antie Hessie pla.

"Hoe klink antie so beswaard en swaarmoedig vandag?" vra ek

"Kind, ek dink aan oorle oom Charles. Die ou man het sy streke en maniere gehad, maar hy was 'n goeie man. Hy het vir my 'n goeie lewe gegee, en vir Timonthy, 'n goeie lewe sê ek jou. Maar as dit by sy gewoontes kom, was dit 'n ander storie. Hy het die gewoontes alles by sy ma gekry. Soms dink ek so by myself, dit is net deur Vader se genade dat ek maar vrede kon maak met daardie gewoontes. Hy was ook tog so lief vir die kerk.

"Kind, ek onthou daardie een jaar toe ons dorp die nuwe dominee gekry het. Dit was 'n gedoente soos die susters gebak het en die broers karre blink gevryf het om die dominee buite die dorp te gaan inwag, met 'n hele stoet en kattebakke vol eetgoed.

"Maar die storie gaan nie nou oor die dominee nie, dit gaan oor ons kamerdeur. Daardie deur het stories om te vertel, en wanneer ek daardie deur aankyk weet ek nie of ek moet ween of lag nie," praat Antie Hessie my kop skoon deurmekaar, want my kop is nog by die dominee en sy trek nou al by die kamerdeur.

"Haai Antie, het antie-hulle dan so wild onder die lakens gewoel?" vra ek met 'n lag.

"Kind, hou jou tog in. Dit het niks met die gewoelery te doene nie. Dit is 'n ander saak. Dit het met die deur te doen," praat sy ernstig verder.

"Was die deur te dun en het antie se lekker-kry-kreet deur die huis getrek?" wil ek nou sommer aspris parmantig weet.

"Sal jy nou vir jou hier in my jaart kom staan en slim hou met oumens-dinge? Ek vat sowaar as die Vader daardie koppie suiker terug en jy sal vir my 'n nuwe teesakkie bring as jy so aangaan," vererg sy haar.

Ek kan sien dat hierdie ergernis maar net bo-langs is, dis net praat.

"Man, Kind, oom Charles wou 'n spesifieke deur vir die kamer gehad het. Daardie deur moenie soos die ander deure in die huis wees nie. Hy moet 'n sekere pattern op hê en dit moet presies uitgekerf wees. Ou Langhans by die koöperasie moes omtrent rondtrap om die regte deur vir om Charles te kry. Dan bel hy Villiers se koöperasie, dan weer Petrus Steyn se koöperasie en so word daar die hele Suid-Vrystaat vol gebel opsoek na 'n deur.

"Uiteindelik kry hulle so deur iewers in Ladybrand of Clocolan se distrik en die deur moet nou Tweeling toe kom. Ek was pal op my knieë in gebed dat dit die regte deur moet wees, want so kan mens nie nag in en nag uit slaap met 'n man wat grootoog na die deur lê en kyk, dan sug hy diep, staan op, bekyk die deurkosyn, lê weer, sug weer en so woed hy heelnag voort, tot dagbreek toe.

"Ek durf nie iets te seg nie, dan vererg hy homself en gaan sit in die sitkamer. Dit was 'n groot gewoel oor die bleddie deur en ou Langhans by die koöperasie was warm op sy bors van ergernis oor oom Charles se onmoontlikheid oor die kamerdeur." vertel antie Hessie.

Soms weet ek nie of alles die waarheid is, of dit maar net 'n storie is of dalk min of meer die waarheid, maar ek gee nie om nie. Ek luister.

"Nee alla-magtig, Langhans, jy kan mos sien dat hierdie deur se ses vierkant nie presies is nie. Die panels is nie gelyk nie. Kyk die boonste een is skoon uit waterpas uit. Ek soek nie die deur nie, stuur die ding terug en vra 'n ander koöperasie," het oom Charles dag vir dag aangewoed.

"En sowaar, op daardie Vrydag kom die regte deur hier aan. Oom Charles bekyk die deur. Bo, onderkante, vryf sy hande oor die 6 vierkante wat in die deur gekerf is, kyk of die vierkante aan die voor- en agterkant dieselfde lyk. Ek bid net in my binnekant en dank die Liewe Vader dat die regte deur hier is."

"Haai, Antie, toe oom Charles die deur insit en toemaak, kon antie seker toe lekker keel oopmaak en 'sing', as antie weet wat ek bedoel," lag ek.

"Kind, jy spot, daardie dag het ek my kop in skaamte laat sak, en dit gebeur bitter min dat ek my kop laat sak. Want sien, ek vra toe vir oom Charles, ' Charels Benson, is jy nou bleddie tevrede met hierdie verdomde deur en gaan jou siel nou vir eens en altyd tot ruste kom?' Kind, oom Charles haal sy bril stadig af, en kyk my met 'n kyk wat ek nog nooit in hom gesien het nie."

"Antie, was die deurgedoente dan regtig so belangrik?"

"Meer as belangrik. Dit was 'n saak van Bybel en geloof," praat antie Hessie sagter en laat sak haar ken. "Sien, daardie aand voor ons inkruip en oom Charles maak die deur toe, sê hy dat ek hier by hom moet kom staan en na die deur kyk. Ek gaan staan toe in my nagrok by hom, en daar voor my twee oë lê hy hande op die deur en hy bid vir die deur. Ek wou nog iets sê, maar dis asof 'n groot hand my mond toedruk. Hy bid toe vir die deur," vertel antie Hessie.

"Hoe meen antie dat hy hande vir die deur oplê?"

"Hessie, my liewe vrou, ek het hierdie deur net vir jou uitgesoek, hy moet perfek wees. Sien, as jy mooi na hierdie deur kyk, sal jy weet wat ek meen."

"Maar Charles, hierdie deur lyk maar soos baie deure wat ek al gesien het, so met die 6 vierkante en panels op. Dis mos fêsion deesdae," sê ek vir oom Charles.

"Nee, Hessie kyk mooi. Die boonste deel van die deur is die kruis, die onderste deel is die oop Bybel. Kyk mooi. Die dag wanneer ek nou nie meer hier is nie, sal hierdie deur al die bose uithou."

"My kind, ek bekyk toe daardie deur en voor Vader sien ek die kruis en die oop Bybel. Dis asof ek 'n stilte kry wat ek nog nooit gekry het nie."

"Antie, ek wil nou nie spot of uit die wil uit klink nie, maar hoe doen 'n mens dan nou daardie skurwe kamerdinge agter 'n deur wat 'n kruis en Bybel op het?" vra ek stuitig.

"Los daardie dinge, Kind, en kom, dan gaan wys ek jou," sê antie Hessie.

Ons staan op en stap gang-af na haar kamer toe. Sy trek die deur stadig toe, 'n skarnier kerm so bietjie, maar toe die deur toe is, staan ek en antie Hessie voor die mooiste kruis en oop Bybel in die wêreld.

Toe smile sy en sê dat ek maar 'n vars koppie tee kan gaan maak.

Kunsprofeet
2022/10/03

Kunsprofeet, woord-profeet van eeue sê, weet
jaag bont-besies in die Vrystaatse soetgras
Mensprofeet, Gee-Profeet gee die oophand
vir verlore siele, oophand vir almal tot die gras

Soos die gedonner van Oos-Vrystaat storms
roep hy ou woorde nader vir vandag se saak maak
Soos die geroggel van donderweer oor die sandklip
maak hy liefde bymekaar tussen heuwels en berge

Oophand soos 'n Sjamaan roep hy na die volmaan
voorspel soos 'n woord van jare en tye gelede, ja
Oopkeel soos 'n Arend, dis sy stem, Daai's sy stem
hy is die klip waarin die eeu-oue diamant slaap.

In sy tye vooruit voorspel hy 'n hand op 'n skouer
die skouer van sy kind, sy bloed, sy mens, sy stem
In sy tye ver vooruit voorspel hy 'n plek onder 'n vlerk
soos sy seun se vlerk ingekerf, ingeink op sy arm

'n vlerk waarin elke veer sorgvuldig ingesny is,
ingekerf is, ingedruk is, God help die een wat dit pluk
'n vlerk vir elke mens, elke taal, elke siel, 'n
engel op elke aanloopbaan, tot by Jacobsbaai

Versigtig vertel hy sy hart-storie in woordkuns, versigtig,
maar dof vir die blote oog en helder vir die sielsoog
elke woord versigtig gekies uit Profeet se hart, om
'n boodskap vol heiligheid en liefde vir verlore siele te bring
Sy woorde word waar wanneer hulle gepraat word,
soos kindersprokies van engele, drake en spoke

Sy stem is mooi en sag, sy woorde hard en oop
Daai is die kuns van die profeet, die diamant in klip

Maar nou is sy voetval sag tussen Buffelsgras en sandpad
sy hand oop met Granaat-pitte wat blink soos smarag
Hy word die Hart van die granaat, hy is die granaat
gewortel in moeder aarde, geanker in liefde aarde.

Profeet staan op sandklip, by Paul Roux en Marquard
en belowe hierdie land aan elke kind, elke hart
Profeet draf-stap deur die hoëveld se somerstorms
en hy skreeu: "My hart klop Halleluja, iemand sê Amen."

Ouma en die showcase

My ouma het nooit daardie showcase in die sitkamer oopgemaak nie. Wel, nie waarvan ek weet nie. Dalk het sy dit oopgemaak as ons nie by was nie.

Toe ek so tussen 8 of 9 jaar oud was, het ek vir ure voor hierdie groot bal en klou showcase gesit en staar na al die beeldjies, poppies, pierinkies en blink goedjies wat daarin is.

Die groot glasdeure was netjies toegesluit met 'n goue sleuteltjie. Die kante van die kas was van glas sodat mens mooi al in die ronde kon stap en alles mooi bekyk. Daar was 'n boonste rak. Ek moes altyd maar op 'n stoeltjie staan om die boonste rak te bekyk. Dan die middelste rak. Darem kon ek op die vloer staan en as ek op my tone staan kon ek die middelste rakkie bekyk. Dan die onderste rak. Ek het op my hurke gaan sit en alles bekyk wat blink.

"Ouma, kan ouma nie asseblief van die goedjies wat in die boonste rak is op die onderste rak sit nie?" het ek eenkeer gevra.

Ouma het net so na die boonste rak gekyk, en dan na die onderste rak geloer, en geglimlag.

Op die boonste rak was sulke ronde glasballe gevul met water of iets. Daar het 'n mannetjie en vroutjie so op 'n bankie
gesit. As mens die bal skud het klomp blinkertjies so in die bal gedans. Dit was so mooi. En dis daardie einste bal wat ek op die onderste rak wou hê.

Die volgende dag toe ek weer by die showcase kom, het ouma sowaar die glasbal op die onderste rak gesit.

"Ouma, kan ouma nie asseblief die bal uithaal en vir my skud nie?" het ek gevra.

Ouma het dan die bal uitgehaal en op die riempiestoel gaan sit. Sy het dit geskud en daar dans al die blinkertjies in die bal rond. O, dit was so mooi.

"Nou kan jy skud, dan moet ons hom bêre," het ouma gesê.

Ek het dan die bal geskud en die blinkertjies het die hele bal vol gedans.

"Sien, dis sneeu," het ouma gesê.

Ek het vir ure met daardie prentjie in my gedagtes geloop.

"Kom my kind, jy moet nou buite gaan speel, voordat jou ma raas en sê ek hou jou in die huis."

Ek het dan sleepvoet by die deur uitgeloop en onder die groot Pride of India gaan sit. Daar was so sementbankie. Op daardie bankie het ek drome gedroom van silwer sneeuvlokkies wat op my neerval.

Die volgende dag was weer dieselfde. Ouma het die kis oopgemaak en die bal geskud. Dan weer vir my gegee sodat ek dit kan skud en dan het ek onder die boom gaan sit en droom.

"Waar kom hierdie balle vandaan?" het ek eendag vir ouma gevra toe sy vir my melk en soetkoekies gee.

"Van 'n baie ver land af. Oorsee. Daar waar dit Kersfees sneeu," het ouma dan gesê.

"Kan ek eendag na daardie land toe gaan?" het ek gevra.

"Natuurlik kan jy. Jy kan enige iets doen wat jou hart begeer"

Daardie aand het ek van 'n oorsese land gedroom met 'n koue Kersfees en fyn blink sneeuvlokkies.

Op 'n dag toe ek weer voor die showcase gaan hurk om die ronde bal te bekyk en vir ouma te wag sodat sy dit kan oopmaak, kom my ma by die vertrek in.

"Kom, ons gaan ry. Ouma is nie hier nie," het my ma gesê.

"Waar is ouma?" wou ek weet.

"My kind, die engele het haar kom haal. Sy is weg."

"Na daardie land waar dit Kersfees sneeu? Waar die sneeuvlokkies blink?" wou ek weet.

"Nee, hemel toe, Kind," het my ma gesê.

Ek was hartseer.

"Kan ek net onder die Pride of India gaan sit?" het ek gevra.

"Ja, ek sal jou roep as ons moet ry."

Ek het onder die boom gaan sit, op die sementbankie. Daardie bankie was kouer as altyd. Die boom was vol pers-pienk blommetjies. Ek het opgekyk en toe ek weer sien, begin die wind waai en al die blommetjies val op my neer. Net soos daardie bal met die blink sneeuvlokkies.

My Ouma moes seker met my gepraat het, want baie jare later, toe ek al mooi grootmens is, gaan ek na daardie oorsese land waarvan Ouma my vertel het. En daar in 'n winkelvenster sien ek net so bal soos ouma s'n.

Ek stap in en vra vir die vrou hoeveel dit kos. Ek betaal en vat die bal. En toe ek dit skud, sien ek vir ouma en die Pride of India met die sement bankie.

Toe hoor ek ouma vra: "My kind, het jy al ooit na die klank van sneeu geluister?"

Lydia en die bednatmaak

My mens, ek praat nie juis oor ander mense se kwale of ongesteldheid nie. Dis nie in my aard nie. Ek sê maar altyd 'n mens se kwaal is jou eie hart se ding en niks met ander te make nie.

Maar so op 'n dag hoor ek 'n gedoente in die straat. Iets wat net soos 'n fietsklokkie klink en iemand wat ANTIE, ANTIE skreeu. Ek pes mos so 'n gegaai voor my hek en daar erg ek myself net daar.

Maar wie sal dan nou met 'n fiets by my voorhek kom staan en uit die wil uit wil wees? vra ek myself verwonderd af. Dis dan so 'n lekker stil Vrydag agtermiddag. Agtermiddag is tyd vir stil word.

Julle sal my nie glo nie. Daar by my tuinhekkie staan die posman homself met sy bakbene wawyd oor die fiets. Ek maak maar eers of ek nie die wye bene sien nie.

Daardie bak-bene het al so baie moeilikheid onder die skoner geslag in die dorp veroorsaak. Siestog, ek voel ook maar jammer vir die klong.

As dit net lyk of die dorp 'n nuwe jongejuffrou kry of 'n meisie lyk net effens alleen sal hy altyd sê, "Ek is 'n man wat 6 voet hoog staan, jy sal nie sommer weer so iemand hier rond kry nie."

Dis toe daardie dag toe hy homself met die Meyer meisiekind styfloop, want die kyk hom toe so op en af en sê, "Ja, as jou bene nie so krom was nie, was jy dalk 6 voet lank, maar daai krom bene maak jou maar so by die vyf voet," en sy stap weg.

Haai tog my mens. Het ek jammer gevoel vir die krombeen man. So ver kan 'n mens ook nie gaan om iemand sleg te sê nie.

Die stomme posman was so in die gesig gevat en weke kon hy nie pos aflewer nie. Glo te skaam om van huis tot huis te gaan om die pos af te lewer. Die krom bene het soos 'n las om sy nek beginne hang.

Maar nou dwaal ek en die posman se krom bene het niks met my of die storie te make nie.

Daar staan die krom-been-posman toe mos voor my hekkie met 'n brief in die hand. Dit laat my toe skoon special voel.

'n Brief, in 'n regte koevert met my naam daarop en nogal 'n *mevrou* voor my naam. En dit afgelewer *voor* my hek. Dit moet 'n dringende saak die wees. Dis mos nie aldag dat ek so 'n brief kry nie.

Ek hou die koevert eers so sonop, dalk kan ek deur die koevert sien.

Toe ek daardie brief oopmaak en lees, skrik ek myself lam in die knieg en ek het 'n slegte knieg aan my. Dis 'n brief van iemand wat in die buurdorp bly. Die vrou het van my te hore gekom en die sit met 'n geweldige probleem met haar oudste seun van twaalf jaar oud.

Ek kon my oë bykans nie glo toe ek die brief klaar gelees het nie en ek roep die oom nader om te vertel. Jy weet, die oom traak hom nie veel aan sulke gedoentes nie, maar hy luister geduldig.

Ek skryf toe terug en stem in dat hulle my maar kan kom haal en dat ek na die kind sal kom kyk.

Hoekom ek nou juis daarheen moes gaan, weet ek tot vandag toe nie. Dit het net onnodige bang in my kom sit. Ek hou nie daarvan om van die huis weg te wees nie.

Daardie dag breek aan en die mense kom by my huis aan om my op te laai en ons ry na die buurdorp toe wat, ek skat, so twee-en-twintig kilometers weg is.

Daar aangekom kyk ek die kind van kop tot tone en ek kan nie glo dat so 'n mooi, gesonde jong so 'n probleem kan hê nie.

Bednatmaak. Te vreeslik.

Ek sê toe vir die mense, ja, ek sal kan help, maar is hier 'n ashoop iewers buite die dorp.

Die kind se ma skrik haarself skoon slap.

"Nee, mevrou, ek wil nie die kind loop weggooi nie, vat my net daarheen," sê ek toe ek die groot skrik op die stomme ma se gesig sien. Ek wil nie hier met iemand wat 'n toeval kry nog op my gewete sit nie.

En so vat hulle my na die naaste asgat toe. Doppiesdorp noem hulle die plek.

Ek grou toe daar tussen die geroeste blikke, wilde bossies en gemors deur en kry wat ek soek. Ek pluk 'n paar blare van 'n brandnetel af en gaan weer terug. 'n Brandnetel is 'n lelike ding as jy nie weet hoe om hom reg te pluk nie.

By die huis aangekom sê ek vir die vrou om solank die ketel te kook, want hierdie brandnetels se blare moet getrek word soos wat jy tee sal trek.

Die vrou kook die water en toe die water goed by die ketel se tuit uitstoom, beginne ek om die tee te brou vir die kind.

Ek jaag die kind toe 'n koppie of twee in.

Toe gebeur die vreeslikste ding. Toe hulle my moes terugvat huis toe, wou die kar nie vat nie en dit gebeur toe so dat ek daar moes oornag want hulle kon eers die volgende dag die kar weer reg kry.

Ek kry mos swaar om in 'n vreemde bed te lê en so staan ek toe so elf uur se kant op en gaan sit op die stoep. Toe ek so deur die stoep se venster kyk, terug huis-in, sien ek 'n ding. Daar, in die kombuis, staan 'n wit gedaante en gloei in 'n helder lig. Dis asof die lewe uit my uit vloei. Ek is skoon lam van skrik.

Sal hier nou nog 'n spooksel in hierdie huis wees? Ek moes my klossie salie saamgebring het om die huis skoon te kry van spooksels en geeste, dink ek so in my binneste.

Ek wou nog 'n versie van die Psalmdigter opsê toe ek sien dat dit sowaar die bednatmaakkind is wat voor die yskas staan.

Sy bekkie kompleet getrek soos die tuit van 'n melkbekertjie en daar staan hy en drink skelm melk, in die middel van die nag.

Te vreeslik.

Die volgende dag kon ek nie gou genoeg gaan verneem of die bednatmaak opgehou het nie.

Die ma sê toe, skoon vol moedeloos, vir my dat sy alweer 'n plassie op die matras gekry het. Ek glimlag toe maar vir die ma en vertel haar van die skelm melkdrinkery.

So twee, nee drie weke, later hoor ek dat die kind heeltemal opgehou het om bed nat te maak. Ek weet toe nou nie of dit die brandnetelaftreksel is nie en of die ma die yskas snags toegesluit het nie. Maar ek weet daai brandnetelaftreksel het goed gehelp vir my niggie se dogtertjie wat so met die bednatmaak gesukkel het.

Soms gaan soek mens mos 'n ding op heeltemal die verkeerde plek, net om later te sien dat die probleem net hier op jou voorstoep vir jou lê en wag.

Die Uil
Antie Hessie

Ek moes geweet het daardie uil in die akkerboom is net moeilikheid.

"Hessie, los die uil daar. Dis 'n nonnetjies uil. hulle doen niks," het oom Charles altyd gesê toe hy nog gelewe het.

"Ek hou nie van die uil nie. Laas toe het daar 'n uil op die Slabberts se dak gesit en daardie week is die skoonma oorlede. Ek gaan daardie uil wegjaag," het ek gedreig en Oom Charles het net kop geskud.

Sowaar is Oom Charles toe al dood en die vieslike uil het bly sit, nag in en nag uit. Met daardie groot, blink oë van hom en 'n net wat soos 'n garingtolletjie op 'n naaimasjien al in die rondte draai. Om en om en om net om moeilikheid te maak.

Vandag is die dag wat ek met 'n besem daardie uil gaan beetkry.

"Tannie kan nie die uil met 'n besem jaag nie. Dis darem maar heksery," het my buurman gesê.

"Stanley, wat weet jy van uile en heksery af? Daardie uil gaan my nog graf toe stuur," sê ek vir my buurman.

Goeie kind, die Stanley kind, maar vreemde idees.

Met skemer daardie Woensdag besluit ek om onder die boom te gaan sit met 'n besem in die hand en my groot strooihoed op. Ek het gereken dat die uil my nie sal ken as ek 'n hoed op het en dan sal hy nader kom.

Eers kom daar 'n sproei verbygevlieg, toe 'n katlagter, toe en muisvoël en heel laaste kom die houtkapper verby. Geen teken van die uil nie.

"Tannie Hessie!" skreeu die buurman vir my.

"Wat is dit, Kind? Ek wag vir daai uil."

"Tannie kan nie die uil wegjaag nie. Dis soos om vir honger mense weg te jaag wat wil eet. Dis 'n sonde."

"Wat weet jy van uile en sondes af? Dis nie in jou jaart wat die uil sit nie. Dis in myne."

"Kom kyk, Tannie, kom kyk wat in my jaart aangaan."

Ek staan toe maar op en toe ek oor die heining loer, sien ek 'n groot wit tafel gedek en duisende voëls om die tafel. Uil sit aan die kop van die tafel en draai sy nek soos 'n garingtolletjie. Langs hom sit die katlagter en al om sy stoel dans die mooiste, Silky hoendertjies.

"Dis mooi," sê ek toe vir Stanley.

"Kom eet, Tannie, hier is nog baie kos. Ek nooi nie mense vir ete nie, hulle kom net en eet en dis wat my geluk bring. Kom eet, toe."

Daar sit ek toe langs die uil, met katlagter oorkant my en wit hoendertjies by my voete. Dit was mooi.

Die Klam vrou

Iewers op 'n verlate plekkie genaamd Concordia, woon die ellendigste mens wat ek nog ooit in my lewe gesien het.

As jy met die teerpad aankom en die eerste afdraai vat, Kalksloot toe, kry jy 'n eenvoudige huisie met 'n dak wat lek, 'n kat wat in die vensterbank sit en skreeu en 'n budgie wat lamlendig in 'n hok op die stoep hang.

Iewers in die huis drentel 'n man wat soos 'n tweedehandse French Polonie lyk. Sy vrou kruip agter 'n gordyn weg. Sy het groot skrik gevang met die laaste reën en van daai dag af bly sy klam. Geen mens kon haar droog kry en die ou man word al pienker.

Op 'n dag kom daar 'n grysbaardman om sensusopnames te doen.

"Naam?" vra die sensusman.

"Barend," sê die man.

"Jy lyk nie soos 'n 'Barend' nie," sê die sensusman.

"Barend Babbelas," sê die man weer.

"Jy lyk soos 'n Babbelas, maar Barend pas jou nie. Waar's jou vrou?"

"Agter die gordyn."

"Ons hou nie konsert hier nie. Waar is jou vrou en wat is haar naam?" vra sensusman.

"Agter die gordyn in die spaarkamer."

"Dis nie 'n grap hierdie nie, kry haar, ons wil haar sien."

"Vinkie, kom. Hier is mense wat jou wil sien," roep Barend.

"Dis regeringsake!" sê die sensusman.

"Ek kan nie kom nie. Skryf maar net neer as Vinkie," roep Vinkie van agter die gordyn.

"Die vrou is skaam. Sy is klam," verduidelik Barend.

"Klam van wat?" vra die sensusman.

149

"Die laaste reën het haar klam gemaak."

"Reën kan nie 'n vrou klam maak nie," sê sensusman, nou baie vies.

So kom Vinkie by die deur ingestap. Barend is rooi van woede. Sy maag bult soos 'n Bloedrivier heuwel. "Vinkie, wat gaan aan? Gaan klim terug agter die gordyn. Jy is te klam om hier uit te kom."

Toe Sensus haar sien, val die potlood uit sy hand en hy bars in 'n lagbui uit. "Ek ken jou. Ek het jou al gesien. Jy is mos Lewersmeer le Roux?"

En daar droog Vinkie op en die Polonieman kry spatare in sy enkels.

Toe tel die sensusman sy aktetas op en stap weg.

Calvinia en espresso

In Calvinia woon Babs en haar suster Espresso. Nooit het hulle geweet dat Espresso eintlik 'n tipe van koffie is nie.

Babs en Espresso se Ma, dis nou voor die geboorte van Espresso, het eendag in 'n restaurant gesit en op die spyskaart lees sy toe die woord Espresso.

"Dit gaan my kind se naam wees," het sy vir Koot gesê.

"Jy kan nie 'n kind se naam van 'n spyskaart af kry nie. En hierdie is nog 'n Portugees se restaurant. Wat gaan die mense sê?" het Koot probeer keer.

Sy wou niks weet nie. Espresso sal dit wees, of dit nou Portugees of Grieks is, so sal dit in die boek geskryf staan.

Dis nou jare later en Moeder is al dood, maar haar dood bly 'n raaisel vir die hele Calvinia, Ceres tot in Vredendal. Tot op daardie nagmaal aand wat Espresso opgespring het.

"Wat het die stomme vrou oorgekom?" wil almal weet.

Babs het altyd gesê, "Dis privaat. Ons praat nie uit nie." Dan het Espresso net voor haar uitgestaar soos iemand wat geskrik het.

Die mense het nog so gepraat en gewonder toe Espresso woedend opspring en die ding begin vertel. Dit het alles gebeur tydens 'n nagmaal diens. Dominee Peet het so geskrik dat hy die trouformulier gelees het in stede van die nagmaal formulier.

"My ma is dood aan 'n koffiekoppie se oor," het sy geskreeu.

Die orreliste begin 'n gesang speel, Babs hardloop die paadjie af tot in die moederskamer en Mevrou Dominee gryp haar bors vas. En daar, in die kerk, by die nagmaal, voor al drie wyke, kom die waarheid toe uit.

"Dit was 'n Sondagmiddag. My ma-hulle het soos oudergewoonte 4 uur koffie gesit en drink. Daardie tyd was hier 'n hittegolf gewees. Niemand kon dit hou nie. Maar koffie drink om 4 uur moes daar gedrink word soos elke middag, elke week, elke maand, elke jaar. Terwyl oorle Ma nog so met die koppie koffie in haar hand sit, begin haar vinger te swel. Hy swel homself vas aan die oor.

'Breek die koppie!" het Pa geskreeu.

"Oor my dooie liggaam sal ek dit nie doen nie!' het Ma geskreeu.

Later is haar vinger potblou en die bloedsomloop is gestop. Sy gryp toe 'n naald en druk 'n gaatjie in haar vinger om die bloed uit te laat loop. Daar het net so twee druppeltjies bloed uitgekom en die vinger het aangehou swel.

"Jy sal die koppie moet breek, Vrou," het Koot weer gesê.

"Ek moet eers al die koffie opdrink. Ek kan nie die beker hier breek nie. Kom ons gaan doen dit dan onder die Lukwartboom."

So is Ma en pa Koot na die Lukwartboom toe, maar toe hulle by die radysbedding verby hardloop, val Ma morsdood neer. Dit was 'n hartseer gedoente."

Vergete is die hele nagmaal en die 3 wyke asook die res van die gemeente sit domverstom.

"Espresso, is jy seker dis wat gebeur het? Yl jy? Het jy koors? Is jy in 'n oorgangsjaar?" het almal die stomme kind met vrae oorval.

Ma is toe net so begrawe, met 'n koffiekoppie wat aan haar vinger vasgeswel het.

Die res van die koffiestel staan in Espresso se kamer. Babs wil dit nie sien nie.

"Hierdie koppies is beter as enige Testament," het Espresso gesê.

Jare later toe die twee suster in 'n ander huis moes intrek, het Espresso die koppies versigtig in 'n kissie gesit en daardie nagmaalaand het sy dit langs haar Ma gaan begrawe. Sy het ook haar naam laat verander en 'n Moslem geword. Fatima. En so staan dit in die boek geskryf. "Espresso" met ink en "Fatima" met potlood.

"Hoekom dan Fatima?" Wou Dominee Peet weet.

"Dis mos so onnodig," het Mevrou Dominee gesê.

En al wat Fatima kon sê is, "The word Fatima mens THE ONE WHO WEANS. En Fatima was die dogter van Profeet Mohammed."

Dis al...

Kareltjie en sy brandblusser

So twee huise van ons af het Kareltjie en sy ma-hulle gewoon. Na skool het Kareltjie altyd na my toe gekom, dan maak ek vir ons visvingers, kaasbroodjies en aanmaak koeldrank. Ek het gesorg dat ons die rooi aanmaak koeldrank het. Dit was Karetljie se gunsteling.

Kareltjie was een van daardie kinders wat goed was met alles - rugby, krieket, atletiek en paalspring. Ons moenie van landloop en spiesgooi vergeet nie.

Ek het 'n dodelike spanning ontwikkel en dan in 'n yskoue sweet uitgeslaan as ek net die woord 'atletiek' of 'rugby' hoor. Terwyl Kareltjie en sy vriende soos bang hoenders al om die rugbyveld gehardloop het om vir die interskole te oefen, het ek klavier gespeel, koor gesing en myself verbeel dat ek op 'n groot verhoog staan met regte, dik gordyne wat kan optrek tot bo teen die dak en dat duisende mense van oor die hele wêreld vir my hande klap, foto's neem en handtekeninge vra.

Op 'n dag, na skool, kom Kareltjie weer by my visvingers en kaasbroodjies eet. Hy vra toe of ek nie saam met hom wil swem nie. Hy het 'n ding met water, swembaddens en riviere gehad. Ons huis het die mooiste swembad so onder die akkerbome gehad. Kristalhelder water waarin ek vir ure kon staar en myself verbeel daar iewers tussen die kristal en die blink van die water, is my ster.

Ek sê toe, "Nee dankie, dis net my sussies wat oor naweke swem wanneer hulle seunsvriende met stywe, klein broekies en lywe wat enige hormoonbelaaide tienerseun soos ek na malligheid en sinneloosheid sal dryf, hier kuier. Maar jy is welkom om te swem. Ek sal kyk," het ek geantwoord.

Kareltjie trek sy hemp uit, hy lyk soos 'n ding wat uit 'n mode tydskrif geklim het. Ek weet hoe daardie modelle lyk, want ek koop die tydskrif elke maand en lees dit skelm.

Kareltjie duik in die swembad en dis asof my hele lyf 'n lewe van sy eie begin kry. Dis nie net die randjie om die swembad wat nat geword het nie.

Ek het op 'n seilstoel gesit en my verkyk aan Kareltjie in die swembad. Hy was so gemaklik in die water. Hy was mooi. Hy het 'n gesig gehad wat sê "kou toe mond" en 'n lyf wat sê "sluk my maar heel in."

Hy het 'n paar keer vir my gevra om ook te swem, maar ek het gesê as ek 'n kortbroek moet aantrek en my hemp moet uittrek, gaan hy sy kop drie keer onder die water druk en net een keer uithaal van skrik, want toe mooi lywe uitgedeel is, was ek seker in die badkamer of toilet.

Hy het na die kant van die swembad geswem en met sy mooi, gespierde arms homself uit die water gedruk tot op die rand van die swembad, na my toe gestap en drup-drup langs my gestaan. Hy het vir my diep aangekyk en gesê: "Maak nie saak of jou neus krom is, jou bene bak of jou boude plat, dis die mooi gedagtes en dink wat by jou oë uitkom wat jou beeldskoon maak. Die mooi wat binne in jou hart is, dis die mooi wat saak maak, die ander dinge is maar net 'n bargain of 'n bonus," en hy glimlag soos 'n katjie wat room gekry het.

Daardie dag het dit gevoel asof ek hom oopmond kon kou en heel in te sluk. Niemand het nog ooit sulke mooi woorde vir my gesê nie.

Kareltjie het op 'n dag vir my gevra, "Wat wil jy word as jy groot is?"

"Ek weet nog nie. Ek het nog nie so ver gedink nie," het ek skaam gesê.

"Ek wil 'n brandweerman word." het hy trots gesê.

Ek wou nog iets oor die brandweerman en die brandblusser sê toe ek na sy nat swembroek kyk, maar besluit om stil te bly. Ek het vroeg in my lewe geleer om stil te wees. Iemand het eendag vir my gesê dat stilte 'n mens sterker maak. Ek het dit nie heeltemal verstaan nie, maar dit het mooi geklink.

"Jy moet in die kunste gaan," sê Kareltjie vir my.

"Ek sal daaraan dink."

"Nee, jy moet dit doen. Moenie dat hulle vir jou iets anders vertel nie. Word 'n akteur. Moenie jou steur aan die ewige hel se vlamme wat jou gaan brand nie. Ek het gehoor toe die dominee dit vir my ma gesê het. Hy was by ons vir huisbesoek en kollekte, toe ek dit hoor. Die dominee het jou glo eendag in jou ma se rok sien stap, al om die swembad," het Kareltjie aangehou.

My mond het oopgehang. Hierdie keer nie vir die gespierde lyf en mooi glimlag nie, maar vir die storie wat by Kareltjie se mond uitgekom het. Die storie het nie net in sy mond gesit nie, maar tot in sy oë gekruip en daar bly lê.

Weereens het ek geleer om niks te sê nie.

Daardie woorde het deur my hele hoërskoolloopbaan in my kop vasgesteek. Veral die ewige helse vuur wat my gaan bykom. Ek het geglo dat ek vir ewig gaan brand, want die dominee het dit vir Kareltjie se ma gesê. Ek wonder tot vandag toe nog hoekom Dominee dit vir haar gesê het en nie vir my nie. Dalk was hy bang.

Jare later tydens my universiteitsdae, toe ek vreeslik gewaagd was met my kleredrag en met make-up ge-eksperimenteer het, loop ek vir Kareltjie by die kantien raak. Die meeste studente het altyd by die kantien rondgehang opsoek na iets om te kou of vir 'n laataand afspraak.

"Jy het sowaar kom kuns swot," het hy gesê, my omhels en gelag.

"Drama." sê ek.

"Dis goed, ek het jou mos gesê" rammel Kareltjie die woorde af.

"Wat doen jy?" vra ek.

"Ek is 'n brandweerman. Ek het mos op skool gesê dis wat ek gaan word, en ek het. Vertel my alles van jou. Waar bly jy nou? Nee, ek sal vir jou toebroodjie en koffie betaal. Ek skuld jou in elk geval vir al daai lekker visvingers en kaasbroodjies wat jy gemaak het toe ons op skool was."

Ek het vir 'n oomblik gedink die hemel het 'n engel afgestuur om langs my te kom staan. Weereens het dit gevoel of die res van my lyf 'n lewe van sy eie begin kry. Dis vreeslik as die bewe in 'n mens se lyf kom klim en jy kan dit nie stopsit nie. Soos 'n klein hondjie wat se maag gekielie word.

Ek en Kareltjie het mekaar weer so paar keer gesien en hy het al mooier geword in sy Brandweermanklere. Ek het al vreemder geword.

Tot op 'n dag.

Ek en Kareltjie was weer by die kantien. Ek het ekstra swart aan my ooglyn gesit. Dit was vreemd dat universiteit seuns make-up dra, maar ek het van kleintyd af al teen die sisteem gegaan.

"Mense soos jy moet in die ewige vuur brand" het iemand agter my gesê. Dit was 'n teologie student. Ek dink sy naam was Markus.

"Dis 'n sonde in die oë van die Here. Die helse vuur gaan jou beetkry en vir jou brand tot in alle ewigheid," het die ander teologie student gesê. Ek dink sy naam moes Lukas gewees het.

Ek het stil gebly.

Kareltjie het na my gekyk, geglimlag en gesê, "Kom ons eet gou ons broodjies dan gaan wys ek vir jou iets."

"Nee, ek kan nie," het ek gesê.

"Jy gaan saam met hom brand as jy met mense soos hy meng," sê nog 'n ander teologie student, sy naam moes seker maar Matteus gewees het.

Ek bly stil

Kareltjie bly stil.

Die teologie student het nog 'n paar woorde oor die hel en die vuur gesê, toe Kareltjie opstaan en wegstap. Ek bly alleen by die tafeltjie sit met 'n prekende teologie student. Dis die eensaamste en bangste wat ek nog ooit in my lewe gevoel het.

Maar toe gebeur 'n wonderwerk.

Kareltjie kom om die hoek gestap, bloedrooi uniform, harde hoed op sy kop, handskoene, groot skoene en 'n groot, rooi brandblusser in sy arms. Hy hou daai brandblusser so in sy arms vas soos wat 'n bruidegom sy bruid oor die drumpel sal dra.

Teen hierdie tyd is ek so deurmekaar, ek sluk my toebroodjie heel in, gooi die laaste koffie in my keel af en net voordat ek wou opspring en weghardloop, spuit Kareltjie vir my met daai brandblusser. Dis net wit skuim waar jy kyk. Oor die tafel, oor my gesig, oor my pikswart klere, my mooi skoene, my hare, my gesig tot op my hande. Alles toegespuit in die witste wit skuim. Amper soos die wit skuim van branders wat op die strand breek. Ek wou vir 'n oomblik soos 'n bruid gevoel het met 'n spierwit trourok aan.

Net voordat ek kon kwaad word, sê Kareltjie, "Moenie worry nie. Daardie helse, ewige vuurvlamme sal jou nooit bykom nie. Ek het hulle geblus," en hy vee met sy hand die meeste skuim van my gesig af.

Hy kyk my diep in my oë wat soos pierings deur die skuim loer en sê, "Ek sal uitkyk. As daar 'n vlammetjie is sal ek hom blus. Jy hoef nooit vir die vuur bang te wees nie, want nou is jy 'n engel. Kyk hoe mooi wit is jy."

Kareltjie het my hand gevat en ons het deur die tuin gestap. Ek, spierwit geskuim, en Kareltjie met 'n bloedrooi uniform en 'n brandblusser in sy arms.

Die Huiskonsert

By die hoekhuis in Heidestraat hoor 'n mens stemme en meubels wat skuif. 'n Opgewekte klank.

Die wilgerboom gooi 'n lang skadu oor die vensters van die sitkamer om die ergste warmte van die middagson uit te hou.

Trek en stoot, vashaak, stoot en trek word 'n lazyboy by die deur uitgedra. Tot die bank met die houtpote en blomkussings word na 'n ander hoek getrek. Die koffietafel word uitgedra en gaan staan maak op die stoep. Die ding is net oorbodig. Hy maak die plek onnodig vol. Hy moet plek maak vir nog 'n lyf.

Dis volmaan en die maan lyk donsig tussen die takke van die slap wilgerboom.

Meteens kry die donker lewe, die slap takke praat 'n taal wat net hulle verstaan en iewers breek 'n takkie af met 'n string grasgroen blare daaraan.

Die vrou met die wye rok wat tot op die grond sleep, bind die klossie groen blare om haar kop vas. Dis so mooi. Die man wat agter haar stap pluk 'n geel blommetjie en druk dit in haar hare, so tussen die klossies groen blaartjies.

"My blomtuin," sê hy vir haar.

Hulle loop hand aan hand. Hy dra 'n paar boeke in sy linkerhand en sy 'n handsak van die mooiste bont lap.

Langs hulle is nog 'n paar mense. Agter hulle staan 'n paartjie teen die ou Escourt se bonnet en soen 'n laaste soen voordat hulle nader staan.

Heidestraat word lewend, want dis Vrydagaand.

Presies om agt uur is die sitkamer vol mense. Mense wat lag, praat en sommige wat net sit en luister.

'n Man met 'n wilde snor sit ingedagte en druk sy duim in sy pyp om die tabak net so bietjie stywer vas te kry sodat die pyp kan lekker kool.

Die mense se stemme maak die vertrek vrolik, die fyn pienk roos muurpapier kleur die plek in en die groot blommotief gordyne maak almal se harte mooi bont.

In die hoekie staan 'n paar hout tamatiekissies teenmekaar gepak en hier en daar 'n bierkrat om hom stewig te maak. 'n Tafel met die mooiste kerse en 'n glaspotjie met blomme staan langs die ou mikrofoon, en teen die muur rus 'n kitaar. Die tamatiekissies is pikswart geverf en die flits wat aan die dak vasgemaak is, maak 'n helder lig op die swart kissies. Dis net die woorde, LION LAGER, wat mens so tussen die kissies deur kan sien.

Die vertrek ruik na sigaret rook, na Springbok tabak en kromsteelpyp wat met die soet blomreuk parfuum van die vrouens meng.

Die ouer mense drink sjerrie, die man met die bruin crimplene broek ruik na Old Spice en nog iemand ruik na Charlie parfuum. 'n Soet reuk.

Meteens gaan die ligte van die sitkamer af en al wat mens kan sien is die flitsliggie wat sy kol op die tamatiekis verhoog gooi en 'n man met die mooiste stem lees 'n gedig voor.

Toe hy klaar is klap die mense hande en vra of hy dit nie net weer een keer kan lees nie. Hy skink 'n glasie water, trek aan sy sigaret en lees dit weer. Die vrou met die wye rok en wilgerblare in haar hare gaan staan langs hom en speel op die kitaar.

Gert stop sy pyp.

Bees Belofte gooi nog 'n brannewyntjie.

Karel van Kalklaagte hou sy bruid se hand vas en hulle glimlag vir mekaar.

Die donsige maan loer ook deur die venster in.

En daar in die sitkamer met die mooiste muurpapier en blomgordyne hou ons huiskonsert. Die woorde gaan sit in die mure en klim by elke een se hart in, want ons is almal hier saam.

"Nooi volgende keer nog mense," sê die man wat die gedig voorgelees het. "Want ons woorde moet in harte ook kruip. Kom lê jou kop hier op my skouer, dan luister ons na die gedig wat die vrou met die kaal voete vir ons lees."

Toe klap ons hande. Die muurpapier klap hande, die Springbok tabak klap hande en die brannewyn klap ook saam. Die maan klap. Die vrou wat na Charlie ruik klap en die man wat se Old Spice reuk tot anderkant die pad trek, klap ook saam. Ons almal is nou saam. Ons almal is mos maar bont.

Soms moet ons net die selfone, tablette en goeters by die deur uitdra en op die stoep gaan staan maak, want dis oorbodig, ons moet plek maar vir meer lywe..
Soms moet ons die sigarette wat met batterye werk op die stoep gaan staan maak, want dis onnodige, sodat ons weer na pyp en tabak kan ruik. Ons moet weer bont word.

Tannie Hessie en die koorsblare

My mens, ek en ou mister Babinski wat die antieke winkel het daar tussen die sentrale en die poskantoor, sit nou die dag op sy rooi stoep en gesels. Ek het weer op die lekker leunstoel gesit wat ek baie eerder in my voorkamer sou wou hê, maar hy wil heeltemal te veel vir die ding hê.

Die ou man het so skelm streek in hom. Hy loer orals op die klein plekkies waar hy rondkerjakker na die mense se antieke meubels. Ewe hulpvaardig verneem hy of hulle van die meubels wil verkoop. As hulle wil, bekyk hy die stuk van bo tot onder terwyl hy deur sy dik snor brom. Dan sê hy met groot spyt in sy stem dat dit nie veel werd is nie, maar hy sal uit die goedheid van sy hart vir hulle 'n goeie prys gee. Mense trek maar swaar na die droogte en die peste en enige onverwagte geldjie is welkom want kinders moet eet en nuwe skoolklere kry. Hy koop dit dan by die stomme mense teen 'n appel en 'n ei en verkoop dit ten duurste aan die ryk boere in die omgewing.

Mister Babinski bly vingeralleen in die woonstelletjie bo op die winkel. Hy het blykbaar 'n vrou gehad, maar die het hom gelos en met die ryk Griek wat die kafee op die hoek gehad het, weggeloop.

Siestog, mister Babinski is eintlik 'n goeie mens, ek veronderstel business is business. En vol wyshede.

"Miesies Benson..." sê hy die dag vir my en hy trek sy bo-lip op sodat sy dik snor tot so teen sy neus gaan. Dan byt hy weer sy onderlip vas en speel met so met sy bolip op die baard.

Met die sien ek dat daar op sy bolip 'n koorsblaar sit wat hy kort-kort nat lek. Dis 'n aardigheid om te aanskoue. Lyk kompleet soos een van daai oerdiere.

Ek hoor hulle sê om 'n man met 'n snorbaard toe soen is om soos sop met 'n vurk te eet, jy kan net nie genoeg kry nie. Ek weet darem nie... Met daai ding op sy bolip...

"...hierdie nuwe teachertjie in die dorp is net moeilikheid," sê hy.

"Haai oe, mister Babinski. Hoe bedoel jy? Ek hoor dan sy doen sulke knap werk. Sy doen niemand kwaad nie en sy doen so goed met die Rudolph kind wat so sukkel om te spel."

Mense, ek moet sê, ek hou nie daarvan om na stories te luister nie, maar hierdie storie kan vir my vat, ek sien hom.

"Yes, sy stap altyd hier verby met daai mooi rokkies aan. Sy kyk dan so onder haar kuifie deur na my kant toe. Dit laat my mos vreeslik ongemaklik voel. Party kere kom sy hier in en kyk na my ou meubels, maar nog niks gekoop nie. Loop van vertrek tot vertrek, beloer, begrou en bekyk. Dis 'n ongemaklikheid, miesies Benson."

Dat die ou Jood vir my miesies Benson sê is 'n aardigheid. Hoekom noem hy my nie maar net Hessie nie?

"Mister Babinski, hoe weet jy dat sy onderlangs loer? Hou jy haar dan so fyn dop? "

"No, no, miesies Benson. Ek sien wat ek sien. "

Ek besluit om die ding te los en nie verder met die ou Jood te stry nie. Dit raak soms net 'n onaardigheid.

"Miesies Benson, ons moet so thankful wees," praat hy in 'n ander rigting. "Kyk hoe mooi sit die wolke in die hemel en daai blitse sê dit gaan enige oomblik reën. Die boere het dit so nodig..."

Mister Babinski was nog aan die praat toe is ek af met die stoeptrappies huis toe. Ek wou nog raad gee met die seertjie op sy lip maar die reën wat aangerol kom het toe my kop heel oorgevat. Hy roep nog agterna, maar as die reën eers val dan kan ek maar al my gedroogde perskes wat op die sifdraad in die son lê, weggooi. Hulle is so amper-amper droog.

By die huis gekom, help die oom om die sifdraad onder die dak te kry.

Hierdie jaar is 'n wonderlike jaar vir perskes. Ons lê behoorlik in, kook konfyt, droog uit en eet sommer net so vars. Veral daardie rooiwang perskes is heerlik vir konfyt. Almal wat perskes werk maak vir my pitte bymekaar. My oorle ma het altyd gesê 'n mens gooi niks weg nie. Alles het 'n doel en kan gebruik word.

Toe die sifdraad veilig onder die afdak is en ek besig raak met aandete, beginne vreet die juffroutjie wat so vir mister Babinski loer. Sy is 'n mooie jong dametjie wat enige man kan kry en ou Babinski ... wel laat ons maar net sê hy is nie 'n oil painting nie.

'n Paar weke gaan verby, die perskes is mooi gedroog en verkoop op die dorpsmark, toe ek een Vrydagmiddag toevallig die skoolklok hoor lui vir huis toe gaan. Die kinders stroom uit soos beeste wat vir weke lank op kraal gestaan het en nie nat of droog oor hulle lippe gehad het nie.

My tuinhekkie is nie te ver van die skool af nie en as ek mooi staan kan ek die skool sien. En net soos ek sit met 'n koppie tee, om asem te skep voor die brode in die oond gaan, kom die juffroutjie ook uitgestap.

Mens, te pragtig en so fyn. Sy het 'n bont sonrokkie aan met 'n mooi kragie, 'n stylvolle hoed met 'n slap rand wat so oor die een oog hang en plat toe toon skoene. Netjies. Prentjiemooi. Lyk soos 'n filmster soos sy stadig straat af stap onderdeur die peperbome.

Toe sy voor my plekkie verby gaan, groet sy vriendelik met 'n, "Middag, Mevrou."

"Middag, Juffrou," groet ek terug. Sulke mooi maniere.

Terwyl ek gou gaan kyk of die plante by die hekkie nie aan't verdroog is nie, kyk ek agter die oulike kind aan soos sy in mister Babinski se winkel se rigting stap.

My mens, daar aanskou ek 'n ding. Mister Babinski vlieg by daai deur uit asof die duiwel self agter hom aan is.

Soos die juffroutjie nader aan die antieke winkel stap, staan mister Babinski al nader aan die kant van die stoep. Dan kom die juffrou nog nader en hy gaan sit eintlik met sy een boud op die rooi muurtjie van die stoep en leun na die blombedding se kant toe aan die agterkant van die muurtjie.

Juffrou kom aangestap en mister Babinski loer.

Die juffroutjie kyk nie eens links of regs nie, sy stap net aan en teen hierdie tyd lê Mister Babinski behoorlik agteroor en loer so aan die agterkant van die sement hoekpilaar verby.

Haai tog, dat my oë tog nou dit moet aanskou, sê ek so in my binneste. G'n wonder die man het sere op sy lip nie. Dis sy hormone wat hom jaag. En net daar stoot ek my hekkie oop.

Die hekkie skreeu met die oopmaak en skreeu met die toemaak.

Ek suiker toe in die grondpad af, verby die perskebome en dan die peperbome tot ek by mister Babinski se winkel kom. Teen die tyd wat ek daar aankom sit hy ewe onskuldig op my stoel en lees kamstig 'n Engelse koerant.

"Afternoon, middag miesies Benson," groet hy, sit die koerant op sy skoot neer en haal sy bril met die halwe lense af.

"Middag, mister Babinski," groet ek. "Hoe is besigheid, mister Babinski?" vra ek.

"Oh, very quiet. Dis vreeslik stil." So asof ek nie Engels kan verstaan nie.

Terwyl Mister Babinski nog so praat oor sy winkel wat stil is sien ek daardie rooi kol en die blasie op sy bolip. Die ding lyk soos iets wat op sy gesig aan't groei is en ek kan dit deur die baard sien. Dit trek my oog soos 'n hond se slagyster op 'n sementpaadjie.

"Why are you looking at me like that? As miesies Benson nou so vir my kyk?" vra hy ongemaklik.

"Mister Babinski, ek wil my nou nie bemoei by jou dinge nie en ek is ook nie iemand wat ongevraagd raad gee nie, maar daai seertjie op jou bolip beteken jou binneste is nie lekker nie."

"Nooit, never. My insides are fine. My binnegoed makeer niks."

As mister Babinski op sy senuwees raak praat hy eers Engels en sê dan dieselle ding weer in Afrikaans. Dit het net my vermoede bevestig dat die juffroutjie se verbystap sy kliere skoon opgeklits het.

"Ek ken 'n koorsblaar as ek hom sien. Wag net hier ek kom," sê ek toe.

Ek stap vinnig terug huis toe en kry 'n paar perskepitte wat ek in 'n ou koffieblik in die stoorkamer hou. Die blou botteltjie met my "natuurmiddel" soos ek dit nou maar noem wanneer ek die oom se natuur so bietjie moet afbring, staan altyd gereed. My mens, ek wil nou nie graag sê wat daarin is nie, maar ek sal dit noem, ter wille van ou Babinski. Ek trek 'n blikkie doepa en duiwelsdrek op 'n bottel kookwater en dit word ingegee, 1 eetlepel 3 keer per dag, voor maaltye. Ek kry ook die bottel kasterolie in my kombuiskassie en daar stap ek terug na mister Babinski se antieke winkeltjie toe.

"Kom, mister Babinski, kap hierdie pitte vir my oop. Ek wil so drie of vier pitte hê. Moenie hulle fyn kap nie, maak net seker dat jy die binnekant mooi uithaal." order ek die man.

Mister Babinki kap perskepitte en ek maak die binnekant van die pitte fyn. Ek meng dit 'n enamel skotteltjie saam met 'n bietjie kasterolie en sit dit in 'n klein botteltjie vir hom.

"Ditsem. Nou vat jy hierdie salf en smeer dit aan op jou nugter maag, elke oggend!" beveel ek hom. "En dan vat jy twee eetlepels van die natuurmiddel drie keer per dag voor ete, gemeng met bietjie lou water en bietjie bruin suiker vir jou binneste."

"Moet ek dit op my maag smeer," vra die man vir my.

"Nee man, moenie stuitig wees nie. Die smeer jy aan die koorsblaar maar op 'n nugter maag. En die drink jy vir jou … ." Ek moet eers dink aan die woord … insides. Jy moet eers aansmeer en drink, dan kan jy ontbyt eet," probeer ek die storie verduidelik. Ek wou dit nog in Engels doen, maar ek weet nie wat 'nugter maag' op Engels is nie.

Ek los die mengel by hom en toe ek so met die 4 trappies afstap, kom juffroutjie die trappies op. O mens, dis asof daardie mister Babinski 'n toeval kry.

Ja, mister Babinkski, dink ek so in die wegstap. My populierblaarmengsel wat in die bokvet gemeng is het genoeg skop om jou klier onder beheer te kry. Jou emosionele senuwee het 'n goeie ruskans nodig en dalk koop die juffroutjie iets as jy nie heeltyd vir haar loer nie.

Halfpad huis toe het ek begin giggel en teen die tyd wat ek in die kombuis kom het ek 'n maag wat behoorlik pyn van die lag.

Oom Boek Joons

Die Joons-Familie in die dorp is maar, soos my Ouma van ma se kant af sal sê, bietjie aan die eenvoudige kant. Met eenvoudig bedoel sy nie in 'n sin van "hekelwerk is eenvoudig om te doen of om 'n groentetuin te maak is die eenvoudigste ding op aarde nie." Nee, sy bedoel eenvoudig amper soos 'n agterlik of onderdorps.

Gideon Joons het 'n neef, Boek Joons, wat die klein boekwinkeltjie in Kortstraat het. Die oom het die boekwinkel nou al vandat ek verstand gekry het en dis nou al seker 46 jaar.

Die boekwinkel het nie 'n naam gehad nie. Dis doodeenvoudig net Boek Joons se winkel. Dis al. Niks fieterjasies en dinge met stertjies bygelas nie.

Tot vandag toe nog koop ek boeke by oom Boek Joons. Hy ken sy winkel, hy ken sy boekrakke, boeke en skrywers uit sy kop uit. Sonder om nog op 'n masjien of elektroniese gedoente rond te tik nie. Daar bestaan ook nie woorde soos, "Jammer ons sisteem is af nie" of "Jammer, die krag is nou af of daar is nie netwerk nie."

Nee, in Boek Joons se winkel koop jy boeke, die ou manier.

Oom Boek Joons se winkel het 'n spesiale reuk. As ek dit in eenvoudige taal kan stel, dis die reuk van ou boeke en potlode gemeng met die reuk van 'n kromsteelpyp.

Oom Boek Joons se kromsteelpyp het heeldag so luierig in die hoek van sy mond gehang en wanneer hy regtig aan die stook is, het die steel na die middelkant van die mond te beweeg en dan blaas hy regte tabakrook die winkel vol. Daar is dae wat ek sommer 'n boek gekoop het, net omdat die boek na Springbok tabak of iets geruik het.

Oom Boek Joons se boekrakke was vol van liefde stories, opmaak stories, Afrikaanse gedigte, kinderstories, grootmens-boeke (soos hy dit genoem het) en dan was daar nog Adoons-hulle, Bollie en inkleurboeke.

Op 'n dag vra ek vir oom Boek Joons hoe het hy dit reggekry om al die boeke se name so te onthou en nogal die skrywer ook. Hoe weet hy waar is die boeke in die rakke? Hoe weet hy wat in die boek aangaan, so asof hy elke boek in daai rakke al 4 keer deurgelees het?

Op my vraag antwoord hy maar net, "Kind, omdat boeke nog boeke in my hande is."

Ek het nie mooi verstaan nie.

Op my volgende vraag hoekom sy boeke almal so lekker ruik, antwoord hy, "Oorlat boeke 'n mens se reuk aanvat."

Oom Boek Joons sê vir my dat daar in die linkerkantste hoek, heel onder, baie mooi boeke is, ek moet daardeur kyk.

Ek stap deur die rakke tot agter in die hoek, gaan sit op 'n baie ou houtkissie en blaai deur die boeke. Ek verkyk my aan die woorde. Ek vryf oor die voorblad, bekyk die agterblad tot die nek van die boek. Ek hoor hoe oom Boek Joons 'n vierietjie trek om sy pyp brand te maak. Ek sien die rookbolle bo die rakke soos reënwolke hang en tussen die klomp boeke in die hoek kry ek 'n skryfblok. In die houtkissie waarop ek sit is 'n paar potlode, 'n skerpmaker en ekstra tabak. Ek maak die dekseltjie van die kissie oop en haal 'n potlood uit. Dit ruik hout, lood, boek en tabak.

Ek gaan sit plat op die vloer en gebruik die houtkissie as 'n tafeltjie en begin skryf. Nadat ek 'n paar blaaie vol geskryf het, maak ek die houtkissie se deksel oop, sit die potlood terug, trek 'n paar boeke uit die rak en steek die skryfblok agter al die ander boeke weg.

"Kom jy reg?" vra oom Boek Joons.

"Ja, dankie Oom."

"Gaan jy iets koop?"

"Nie vandag nie, Oom."

"Nou maar goed, kom môre weer."

Ek groet en stap by die winkel uit.

Net om die draai is daar 'n koffiewinkel. Ek besluit om daar in te gaan en koffie te bestel. Die tabak en boekreuk sit aan my klere vas. Ek kan dit ruik. Reuk het mos maar 'n manier om aan 'n mens vas te kleef.

Die kelner wys vir my 'n sitplek aan en bring my koffie in 'n mooi koppie. Met koue melk.

Toe ek om my kyk, sien ek mense wat met elektroniese goeters in hulle hande sit. Sommige mense praat nie met mekaar nie, maar ruk en pluk en vroetel met die elektroniese ding. Sommige mense sit en suig aan 'n ding wat soos 'n sigaret lyk, maar hy werk met 'n battery. Ek verkyk my aan die bolle rook wat hy blaas. Maar dit ruik dan nie na oom Boek Joons se pyp nie.

Die elektroniese goetertjies ruik ook nie soos oom Joons se boeke nie.

Ek roep die kelner nader en vra of ek gou kan uithardloop. Ek sal nou terug wees. Hy sê toe heel beleefd ja.

Ek sit die piering op my koppie sodat die koffie darem nog warm is teen die tyd wat ek terugkom.

Ek draf by oom Boek Joons se winkel in.

"Kan ek asseblief 'n boek leen, Oom?" vra ek.

"Jy kan. Watse boek?"

"Die een wat die meeste na Oom ruik."

"Dis hierdie een wat ek nou lees, bring hom maar later terug."

Ek vat die boek en hardloop terug koffiewinkel toe.

Daar in die koffiewinkel maak ek die boek oop, druk dit teen my neus vas, trek die reuk in tot diep in my longe, proe aan die koffie en vergeet van almal om my.

Die volgende dag gebeur alles weer dieselfde. Nadat ek 'n paar bladsye in die skryfblok geskryf het, leen ek weer die boek by oom Boek Joons, koffie winkel, ruik, proe die koffie en gaan huis toe.

So het dit aangehou vir maande en op 'n dag sê oom Boek Joons, "Jou gedigte is mooi. Jou gedigte ruik na tabak en potlood. Jou gedigte ruik na my winkel. Jou gedigte ruik na boek. Jou gedigte is mooi."

Nooit het ek geweet dat oom Boek Joons weet dat ek gedigte skryf nie en nooit het ek geweet dat hy dit lees nie.

"Kind, vat maar hierdie boek wat jy altyd by my leen. Dis joune. Bêre hom mooi"

Ek het daardie boek op die houttafeltjie langs my bed gesit en hom laat ooplê sodat ek die boek kan ruik. Daardie aand toe ek die lig afsit en ek lê in die donker en ruik oom Boek Joons se boek, wonder ek of die mense wat so besig is met ander goetertjies ook nog boeke ruik? Dalk nie.

Maar snags as die dorp stil word en almal gaan slaap, steek oom Boek Joons 'n kers aan, dan sy pyp en gaan sit in sy boekwinkel, in die agterste linkerhoek en lees my gedigte.

Op 'n dag toe ek weer by oom Boek Joons wou gaan kuier, is die winkel toe. Die Indiër wat langs hom die materiaalwinkel het, vertel vir my oom Boek is laasnag dood. Sommer hier in sy winkel, agter in die linkerkantste hoek.

Ek skrik.

"Mag ek ingaan?" vra ek.

"Ja, ons kan by die agterdeur ingaan. Ek het nog 'n sleutel daarvan wat hy vir my gegee het vir 'in case.'"

Ons stap in en ek ruik vir oom Boek. Ek ruik sy pyp. Ek ruik sy boeke. Ek ruik hom. Agter in die linkerkantste hoek waar hulle hom dood gekry het, lê my skryfblok vol gedigte met 'n nota wat hy geskryf het. Die nota lees dat as hy die dag nie meer daar is nie, dat ek die Boekwinkel moet vat.

Ek rook regte tabak.

Ek rook regte pyp.

Ek skryf met 'n regte potlood, net soos oom Boek Joons.

En soms, net soms, sien ek vir oom Boek Joons tussen die rakke en hy wys met sy ou krom vinger na 'n boek wat ek moet lees. Dan staan ek op, haal die boek van die rak af en lees. So leef oom Boek Joons in my voort.

Pluk vir my 'n ster

'n Storie van twee verskillende harte wat aanmekaar vasgeknoop is, maar wat nie weer kan loskom nie.

My mens, dis nou al drie jaar wat ek by die Smaailie-kind werk. Hy is seker al so in sy dertigs, maar vir 'n vrou van 63 jaar oud, is dit mos maar 'n kind. Sien? Ek kan nog so goed onthou hoe ek hier by hom beland het, soos gister sit dit nog in my gedagtes vas.

Daai dag, in Dorothy se winkeltjie wat aan die onderpunt van die stofpad staan, toe hierdie snaakse mannetjie by die winkel ingekom het om nogal garing-goed te koop, was die dag toe die Here Homself vir ons twee, onwetend, aanmekaar kom vasknoop het.

Ek het hom maar Smaailie begin noem. Hy het daardie dag sy regte naam vir my gegee, maar ek kon nie daai naam onthou nie. Een of ander Engelse naam en ons hier op die Namakwalandse Weskus kan mos glad nie Engels praat nie. Ons ken net van yes en no. Ons is gewoond daaraan om mense byname te gee. Koos Vis, Langpiet Lekkerlag. Dis omdat hier so baie Kose en Piete is dat mens maar aanlasname of byname gee.

Toe vat ek maar die naam Smaailie en so sal dit wees. Hy het mos daai manier van smile wat mens se hart sommer saf maak. Saf soos 'n ma se hart.

Soos dit die Here se wil is, het ek by hom begin werk. Maar net skottelgoed, bietjie huis regtrek en klere opvou. Dit was darem 'n ekstra geldjie in die blik.

Ek het hom op 'n keer gevra, toe ons in die kombuis gesit het, wat hy nou juis hier op die vissersdorpie kom doen het. Dis dan so alleen en afgesonder hier. Die naaste groot dorp is omtrent twee ure se ry hiervandaan, en dit nogal grondpad. Hy het stoksielalleen hier opgedaag. Geen ander asem saam met hom nie.

Ek onthou dat ek hom sommer so reguit in sy gesig gevra het, want die nuuskierigheid het my klaar. Dit het aan my bly klou, soos wanneer mens aan 'n sopbeen sal sit en suig.

"Kyk hier, Smaailie, sê nou vir my hoekom het jy nou juis hier in die baai kom bly?" het ek versigtig gevra. Sommer daar in die kombuis. Ek het my hande met my voorskoot en kopdoek besig gehou om die senuwees stil te kry. Mens vra mos nie 'n vraag sommer so uit die bloute nie. Jy vat hom stukkie vir stukkie. Mens, het ek die kind jammer gekry toe dit lyk of sy oge vol trane wil skiet.

"Ag my liewe engel, ek het sommer kom sterre pluk," was sy antwoord, toe smile hy.

"Nou wat maak jy nadat jy daardie ster gepluk het?" wou ek weet en ek sou aanhou karring met die ding totdat ek die antwoord kry wat ek wil hê.

"Ek vryf hom blink, dan bêre ek hom onder my kussing," het hy gesê.

Dis asof die kind 'n antwoord vir alles het. En daai antwoorde kom so sonder dat hy eers dink. Ek verwonder my daaraan.

"En dan as die ster onder my kussing lê, droom ek soete, blink drome. Drome van jou," het hy gesê voordat ek nog verder kon vra.

Mens, ek het op die kombuisstoel gaan sit en hom aangekyk soos mens vir 'n spooksel in die donker sal aankyk. Ek het my hande so in my voorskoot gevou en toe my kopdoek dieper oor my voorkop getrek.

"Maak daar vir ons 'n koppie rooibostee, toe man, Smaailie," het ek toe maar gevra. Dis asof ek klaar die antwoord gekry het op die vraag van hoekom hy hier kom bly het. Sien, ek het geweet wanneer om te praat en wanneer om nou maar die ding te los.

"Maak jy vir ons tee, toe my ou engel. Jou tee proe moes so lekker soos wyn."

"Sal jy nou 'n duiwelsding oor my kom uitspreek?" het ek kamma geraas met hom. Mens kan nie vir die kind kwaad word of raas nie.

"Watse duiwelsding?" het hy gevra met oë wat soos pierings lyk.

Ag vadertjie tog, dis asof ek my eie tong kan afbyt as ek 'n ding aanpraat wat liewer kon bly. Ek weet mos dat Smaailie-kind altyd agter 'n storie aan is.

"Ag nee, Boerkind, ek praat sommer. Sit daar die ketel aan, dan maak ek die tee. Kyk hoe mooi lê die see daar agter. Vandag kom die skuite weer leeg in," het ek die ding anderpad toe gepraat.

Ek het hom begin Boerkind roep. Die hele gemeenskap het al begin prate en sê dat ek hom soos my eie kind behandel, en hy vir my soos 'n ma. Amper soos daai *Fiela se kind* storie.

"Hoe weet mens wanneer die snoek loop en wanneer nie, Lydia?" het hy aan die ander ding begin krap. Ek het toe maar besluit om die vraag oor die see en snoek te los en te vertel van my vervalling in die wynbottel.

"Nee man, lank terug, toe my man nog geleef het, het ek mos verval in die bottel," het ek begin vertel. Mens, ek praat mos nie eintlik oor hierdie ding nie, maar ek praat voor Smaailie asof dit die regte ding is. So sonder om skaam te wees. Sien, soms weet 'n mens net dinge.

"Haai, Lydia my engel. Hoe bedoel jy dan nou?"

"Ja, ek was diep in die bottel gewees," het ek so in die teemaak vertel.

"Haai, my liewe engel. Gelukkig is dit verby. Dis gister-dinge," het hy gesê en my hand gevat. Op daai dag was dit asof daar 'n ketting aan ons harte vasgemaak is. 'n Ketting wat nie losgemaak wil word nie. Dis 'n vir-altyd-ding.

"Jy weet, my oorlede ou man het al baie keer sy klere gevat, weggeloop net om later weer terug te kom. Maar ek het in die bottel gebly."

"Wanneer het jy toe die bottel gelos?"

"So paar jaar nou. Dalk so ag jaar wat ek hom nie meer vat nie. Dis nou net die rook wat my nog vashou, maar hy is bietjie beter as die wyn."

Smaailie het toe by die kombuistafel langs my kom sit. Hy het 'n slukkie van sy tee gevat, by die venster uitgekyk en die beskuitblik nader getrek.

"Ag nee, Lydia, kyk, die blik is dolleeg. Wanneer het die beskuit dan opgeraak?" Net soos sy maniere maar was. Hande en arms in die lug met 'n stem wat te hoog is vir 'n man van sy ouderdom.

"Dis jy wat die beskuit so eet. Ek weet mos dat jy in die nag opstaan en die beskuit saam met melk eet," het ek gesê.

"Hoe weet jy dit?"

"Dis wat die 'wit-vergeet-bossie' vir my gesê het," het ek sommer so aspris gesê net om die aandag af te kry van die leë beskuitblik, want 'n leë beskuitblik beteken dat daar vandag geknie moet word en my elmboog is reeds nie lekker na laasnag se koue wat oor die baai kom lê het nie.

Ek kon sien dat hy die storie van die wit-vergeet-bossie soek.

"Lydia, my geliefde engelmens, wat vir 'n ding is die wit-vergeet-bossie?"

Jong, ek kon nog nooit verstaan hoekom hy altyd ge-engel en ge-darling het nie. Ek het mos 'n naam, maar sien, dis die eerste keer in die 64ste jaar van my lewe dat 'n witmens my so engel en darling. En om by te sê, die ander bruinmense in die baai was dik jaloers.

"Boerkind," het ek begin en hy het geweet as ek eers "Boerkind" dan kom daar 'n storie. "Die ou mense het geglo dat as mens daardie spesifieke bossie in die veld pluk, hom fyn druk en dan kou, het mense geglo wat jy praat. Soos as jy moet hof toe gaan, kou jy die wit-vergeet-bossie sodat die smaak in jou mond sit. Of as jy stout was en jy moet 'n storie maak vir jou ma, kou jy vir wit-vergeet-bossie."

"Maar my darling, dis mos klomp snert daai."

"Dis die Godsewaarheid. Daai bossie groei hier agter in die veld as jy Doppieskraal se kant toe stap. Hy het sulke fyn blommetjies wat lyk soos katoenklossies. Ons het hom dan gepluk en gekou. Daar was die tyd toe ek en my broer van daai geel appelkosies by ou Cohen se winkel gesteel het en ons gevang is. Daar was nie tyd om nog Doppieskraal toe te hardloop om die bossie te pluk nie, toe sê my broer dat hy nog 'n takkie van gister se pluk in sy sak het. Ons het sommer so kop onderstebo op pad kafee toe aan die ding gekou. Ou meneer Cohen was streng en ons was so bang dat hy vir onse ma en pa sou vertel. Dan wag daar 'n helse pak by die huis vir ons. Meneer Cohen vra toe of ons die appelkosies gesteel het en ons sê uit een mond nee. Toe sê hy ons lieg mos nou dik. Hy het hulle getel en toe ons by die deur uit is was daar vier weg. Waar is hulle heen?" vertel ek die storie, maar ek las maar stukkies by om die storie dikker te maak.

"Haai nee, my darling, het hy toe vir jou ma vertel?"

"Wag eers, moenie die storie daar voor loop haal nie. Ons sê toe vir hom dat ons regtig nie die appelkosies gevat het nie, toe sê hy vir ons dat ons maar daardie bossies kan uitspoeg, dit werk tog nie."

"En toe? Vertel nog."

"Ek kyk toe vir my broer en sien hoe hy daai bossie afsluk. Ek sluk toe ook maar. Ons was skoon bewe-bang. En daar gaan meneer Cohen aan die lag en sê dat as mens die wit-vergeet-bossie insluk, jou derms gaan knoop."

"Het jou derms toe geknoop, Lydia?"

"Nee wat, maar meneer Cohen het gesê dat net kasterolie ons derms weer gaan loskry. Toe jaag hy vir ons drie groot poedinglepels vol van die bittergal in."

Toe ek weer sien, is Smaailie van die stoel af, staan op sy knieë voor die kombuiskas. Ek dog eers dat hy van die stoel afgeval het van lag, maar nee, hy grou in die kas rond.

"Wat maak jy nou?"

"Ek soek die meel en suurdeeg. Ons moet knie. Hier is nie brood in die huis nie," het die kind die ding sommer so in die lug loop vang.

"Jy gaan knie, nie ek nie. Ek het 'n elmboog aan my."

"Ek sal knie, maar dan gaan jy die oond dophou as ek middagslapie gaan vat."

"Ek sal die oond dophou." Man, die kind het mos die manier om in die middae te slaap. So van twaalfuur se kant af tot drieuur. Hoe hy nog slaap oorhou vir die nag, verstaan ek glad nie.

Daar sit ek toe en kyk hoe Boerkind die meel beginne meng en dit toe knie, net soos wat ek hom geleer het. Dit smaak my sy knieëry maak die trane in my los.

"Jy knie daai deeg te droog en te styf," het ek sommer gesê om die trane te keer.

"Issie, Lydia my darling, jy het vir my geleer dat ek hierdie deeg so moet oorvou en hom dan uitknie sodat dit soos 'n bul se kop met horings lyk. Kyk, so ..."

Genade, mens, ek het sommer hartseer gevoel. Dis mos die einste hoe ek vir hom geleer het. Dit smaak my dat die broodbakkery nog 'n ketting was wat ons aanmekaar vasgeknoop het. Ek vat toe maar die broodpannetjie en beginne hom met botter uit te smeer. Stadig van hoek tot kant, veral in die hoekies. My hande het geblink van die botter. Ek vat toe die bak waarin die brood moet swel, spoel hom uit en droog hom goed af. Ek skud toe die plastieksakkie uit waarmee ons hom gaan toedraai. Toe vat ek die kombers, stap tot by die kombuisdeur en skud hom uit.

My mens, toe die kind die deeg klaar geknie het, vou hy hom in. Hy gee dit vir my aan en ek sit dit mooi netjies in die skottel om te rys. Ek bind die plastieksakkie om hom vas en vou hom in die kombers toe.

"So, nou kan hy maar op sy tyd rys," het ek gesê. So vat Smaailie die toegevoude deeg en stap kamer toe.

"Wat gaan jy met die deeg maak?" het ek verbaas gevra.

"Ek gaan hom in die bed sit sodat hy sommer lekker kan rys. Dis mos warm so onder die komberse van 'n kooi."

Ek het darem wonderlike goete by Boerkind gesien. Iets wat ek gedink het ek nooit in my hele lewe sou sien nie. Hy het by my kom sit. Sy voete in die son wat deur die kombuisdeur val. Ons het vir die see gesit en kyk, maar in onse gedagtes was daar baie prate wat gepraat is.

"Lydia, my darling, daai blinkgevryfde ster wat ek onder my kussing sit, is 'n ster vir die wynbottel waarin jy verval het, maar uitgekom het. Dis 'n ster vir die wit-vergeet-bossie toe jy die appelkosies gesteel het. 'n Ster vir die deeg in die kooi, 'n ster vir die brood wat jy my leer bak het. En 'n ster, net vir jou..."

Die Koms van die dominee

My mens, dit was so paar jaar gelede. Ek kan nie presies onthou nie, maar dit moes dalk drie of vier jaar terug gewees het.

Ek onthou...dit was daardie Woensdag toe al die vrouens in die dorp hare wou kom doen het. Tot die wat nie eens genoeg hare gehad het om te doen nie, het sommer net gekom vir 'n shampoo en rinse.

Want sien, ek kom toe te hore dat die dorp 'n nuwe Dominee gaan kry. Dis mos 'n groot gedoente as 'n dorp 'n nuwe Dominee kry. Ek kon nie wag om daardie middag na uitval-tyd, by Ouma uit te kom om te hoor van die Dominee storie nie. Oupa is mos dik in die gemeente en hulle behoort te weet wat aangaan.

Jong, en Ouma vertel...

Daar gebeur dit toe dat die Dominee uittree en die dorp sit sonder 'n Godsman, Oupa wat sy ouderlingplig moes nakom en Ouma wat hom bystaan. Siestog.

Jorsie Verwey, wat toe die hoofouderling was, neem die diens waar. Sy vrou, Ella Verwey, sit in die voorste ry, soos gewoonlik.

Nou kyk, ek het nie baie vattigheid aan ou Ella Verwey nie, want sy doen haar hare by die buurdorp, oor ons hairdressertjie eenkeer te lank die perming lotion aangehou en haar kopvel gebrand het. Die Ella was maar 'n snaakse vrou.

Ouma vertel toe dat hulle daai Sondag in die kerk sit en sy wat Ouma is, druk haarself so effens regop en rek haar nek om vir Ella mooi in die oog te kry.

Mens, ek kan al sien hoe sit Ouma soos 'n nuuskierige Karoo-volstruis in die plek van aanbidding.

Ouma draai haar kop klein bietjie links en trek haar skouers af, want dit help om haar so bietjie langer te laat voel.

Ella het 'n duur rok aan, sykouse (in die middel van die somer), hoëhakskoene, wat haar soos 'n pasgebore kalf laat loop en 'n handsakkie oorgetrek met dieselfde lap as die skoene. 'n Mens kon sien dat sy daardie Saterdag by die haarkapster was, wat natuurlik in die buurdorp is (ek het mos gesê), want haar hare is styf gespuit en agtertoe geborsel met 'n effense kuifie wat netjies tot by haar oogbroue kom. Daai kuif is daar net om 'n paar fronsplooie weg te steek. Sy het 'n groot hoed op, met 'n mooi lint al om die bol gedeelte geplak. Hoekom jy 'n hoed opsit as jy jou hare laat doen, sal net Ella alleen weet.

Ella se bene was netjies oormekaar gekruis, met 'n voet wat liggies op en af beweeg en dan weer in sirkels en dan heen en weer, het Ouma vertel.

Ek kon sweer as Ouma daai dag toe sy die storie by die hekkie vir my vertel het, 'n stoel gehad het om op te sit, sy plotseling sou gaan sit en aan die beduie gegaan het.

Ouma kan haar so inleef.

"Kan die vrou nie net stilsit nie?" het Ouma my vertel en ek kon sien dat sy haarself sommer van voor af erg, maar ek los haar.

"Wyk Satan," het Ouma geprewel, met lippe wat beweeg, maar met geen klank, kyk sy toe maar liewer preekstoel se kant toe.

En dis toe Jorsie Verwey die aankondiging maak dat die dorp 'n nuwe Dominee gaan kry, dat daar 'n roering in die gemeente is. Sommige van die vrouens oe ... en ... ah ... hoorbaar.

Ella kruis haar bene anderkant toe oor en 'n afdraande glimlaggie kom sit op haar gesig.

Noudat Ouma van ou Ella se afdraande glimlag praat, moet ek sê dat dit die waarheid is. Daai vrou het nogals afdraand gesmile.

"Suster Ella Verwey bied aan om die verrigtinge te help beplan, in samewerking met die Kerkraad, om 'n verwelkomings komitee bymekaar te sit, sodat ons die nuwe dominee kan verwelkom in ons dorp en gemeente," maak Jorsie die aankondiging en hy en Ella kyk vir mekaar en glimlag.

Mens, toe Ouma Ella se afdraand glimlag namaak, het ek my klaar gelag.

"Suster Ella het voorgestel dat elke suster in die gemeente iets moet maak om te eet of drink, of al twee. Ons kan dan komende Vrydag almal net buite die dorp bymekaar kom en in een stoet ry. Net so vier kilometer buite die dorp waar daardie lang bult is met die ry Populierbome aan die linkerkant, daar sal ons dan vir Dominee inwag. Dit sal 'n goeie idee wees as al die Susters in die week 'n vergadering hou en dit dan onder mekaar bespreek," kondig Jorsie verder aan.

Weet jy, dié Jorsie kon darem maar aansitterig praat. Veral as dit by die kerksake kom. Maar anyway, Ouma vertel toe verder.

Ouma, wat kruisbene gesit het, laat sak haar regterbeen en met al twee hakke trap sy in die kerkgebou se vloer vas. Met haar linkerhand vat sy die bank se handvatsels vas en trek haar effens vorentoe sodat sy haar regterboud mooi kan lig en bietjie vorentoe kan neersit. Haar lippe saamgepers soos 'n jaffle. As sy nie in die Kerk was nie, het sy sowaar haar hande in haar sye gedruk. Sy kruis haar regterbeen weer oor die linker een en sit.

Toe Ouma hierdie storie vir my vertel, het sy die hekkie se kante vasgegryp, asof dit die kerkbank homself is, net om te demonstreer. Ek het my klaar gelag.

Anyway, Oupa kyk om en sien die ongeduld en irritasie in Ouma.

Ek glo nie hierdie deel so mooi nie, want ek weet Oupa is nie die soort wat in die kerk sal omkyk nie, maar ek vat maar Ouma se woord vir die storie.

"Die nuwe dominee sal van Paul Roux af kom." het Jorsie verder gesê.

Jorsie se woorde is nog skaars koud met die laaste gedeelte van die Heidelbergse Kategismus, daar waar dit van die wederopstanding en ewige oordeel staan, toe Ouma opstaan en uitstap. Sy beplan dit haarfyn, sodat wanneer Jorsie AMEN sê, sy haar handsak kan vat en loop.

"Dis nie in my aard om by 'n kerkdiens uit te loop nie, ek weet van beter," het Ouma gesê..

Ouma gaan sit in die veertien honderd bakkie en wag vir Oupa totdat die diens verby is.

Wat na 'n ewigheid voel, kom Oupa aangestap met groot stadige tree, klim in die veertien honderd en ry.

Ouma vertel toe dat hulle in doodse stilte tot by die huis gery het.

"Ek het nie tyd vir hierdie konsert nie." sê Ouma en klim uit toe Oupa voor die huis stil hou. Sy gryp woes na die gekrulde handvatsel van die hekkie, druk hom oop en daar skreeu die hek soos die varkie wat geslag word. Oupa kom agterna en druk die hekkie toe.

"Dis uitspattig my man," gaan Ouma toe nou voort, voordat sy die rooi trappies opklim tot op die rooi stoep.

"Vrou, ek is altemit 'n ouderling, hoe gaan dit lyk as ons skeef trek?"

"Het jy die huis se sleutel?"

Toe wikkel Ouma daardie sleutel met mening in die gaatjie en wikkel links en regs met die sleutel. Eers trek sy die gaasdeur oop en dan so met die heup stoot sy aan die houtdeur.

Die res van die Sondag verloop lekker rustig, maar so met sononder, toe Ouma by die hekkie gaan staan om die wêreld weer te bekyk, sê sy:

"Nou goed Daantjie, ek sal dit doen, maar ek doen dit nie vir 'n dominee, Jorsie of Ella nie, ek doen dit vir jou, omdat jy ouderling is. Klaar."

Volgens Ouma het Oupa sy kop tevrede geknik, maar ek weet darem nie so mooi nie.

"Dankie vrou..." is glo al wat Oupa gesê het, maar ek is seker daar het nog baie ander woorde in sy kop gesit.

Ella het daardie Maandagoggend reeds al vir almal laat weet dat hulle die volgende dag bymekaar kan kom en alles bespreek. Op haar versoek het sy ook sommer gesê sy dink dit is beter dat almal by die kerk ontmoet en nie, soos afgespreek, buite die dorp nie.

Soos Ouma nou vertel, was hierdie Ella se presiese woorde,...

"Ek as hoofouderlingsvrou, het dit tog maar goed gedink, dat ons as geheel en gemeente tog maar hier by die kerk ontmoet en dan dorp uitry in 'n stoet, om die dominee te gaan verwelkom. Dit sal tog so mooi stemmig wees, en lyk."

Toe Ouma hierdie stukkie van ou Ella vertel, trek sy haar mond so op 'n plooi, lyk amper vir my soos 'n speldekussing.

Die susters van die dorp het glo vreeslik begin bak, vertel Ouma.

Daardie Donderdag, so in die laatoggend, skreeu die hekkie en toe Ouma by die venster uitkyk, is dit die vrou van die Tuisnywerheid.

Die vrou het nog nie eens drie kloppe aan die deur gegee, of Ouma was al daar om oop te maak.

"As jy dan nou hier rondloop, wie kyk na die winkel?" het Ouma opreg gevra. Ek dink tog dat Ouma en die Tuisnywerheid vrou oor die weg gekom het.

Die Tuisnywerheid vrou was blykbaar baie ontsteld oor haar rakke wat leeg is, oor al die dames wat vir haar bak, nou vir die nuwe Dominee se aankoms bak.

Nou dat ek so dink, dit moes 'n verskriklike ding gewees het, want ek weet die skool en die vrouesendingbond bestel elke tweede dag iets by die tuisnywerheid.

Die groot dag breek aan.

Die gemeente, soos afgespreek, kom eers by die Klipkerk bymekaar. Dis net mense en karre. Ouma is nog steeds goed omgekrap, omdat Ella besluit het dat almal nou by die kerk moet bymekaar kom en nie buite die dorp nie.

Jorsie Verwey lei die stoet met sy Fastback, die dorp uit. Oupa en Ouma net agter hom met die veertien honderd.

Ouma maak of sy nie die grêndgeit in die Verweys sien met hulle mooi kar nie. Ouma is in elk geval nie iemand wat haar aan karre en goeters steur nie.

Ouma vertel vir my dat sy so opgewerk was, dat sy sommer gevoel het om in die ry uit die bakkie te klim en terug te stap huis toe. Vir wat moet hier so ophef wees?

"Aai my ou Vrou, los nou maar die buierigheid net vir vandag," het Oupa gesoebat.

"Ek is nie lus vir hierdie sirkus nie en ook nie vir 'n Dominee nie. En nog minder vir 'n Dominee wat 'ja Suster, nee Suster, goed so Suster.' Hierdie gedoente maak my nou eers warm onder die kraag."

My mens, ek kan myself net indink hoe Oupa se senuwees hom geknaag het oor Ouma en haar ewige ongeduld.

"Wil Ella Verwey nie maar Palmtakke ook bring en dit in die pad gooi soos met Jesus daardie tyd nie?" het Ouma aangehou.

Ek ken vir Ouma, as sy eers op dreef is met 'n ding, los sy nie sommer nie.

Toe Ouma hierdie woorde vir my sê, is dit asof ek in haar gesig kon uitbars van die lag.

Ek ken ook nou al vir Ouma as sy warm onder die kraag raak, dan praat sy al vinniger, so asof sy afdraande praat en dan bewe haar wange so asof hulle 'n lewe van hul eie het.

"Stadig nou vrou. Jy raak nou Godslasterlik," sê Oupa kalm.

"Hierdie hele konsert is Godslasterlik, maar ek gaan nou maar swyg," sê Ouma en hulle ry in stilte tot so vier kilometer buite die dorp op die bultjie, met Soutkop aan jou regterkant en die Populierbome links.

Heel voor in die stoet bring Jorsie sy Fastback tot stilstand, gevolg deur Oupa en Ouma en dan die res van die gemeente.

Ella Verwey is die eerste wat uitklim en die kattebak oopvlek soos 'n honger dier wat na 'n prooi gryp.

Sy haal 'n deftige tafeltjie uit, spesiaal gaan koop vir die dominee, en sy begin mandjies, bakke, flesse en bokse uitpak.

Dis eers die Jode tert wat in 'n geblomde bak is. Toe die klomp vleispasteitjies wat in 'n plat blik is met hartseer katjies daarop. Nog 'n blik klim by die dier se bek uit en dis 'n drielaag koek beplak met icing sugar en bont van die hundreds and thousands in 'n koekblik met 'n prentjie van 'n hondjie en 'n hasie in 'n mandjie.

Daar is geblomde servette, gekleurde flesse met koffie, warm water en melk. Regte koppies met pierinkies vir die koffie.

Dan is daar nog 'n souttert in 'n Pirex bak, wat seker yskoud is teen die tyd wat hierdie dominee sy verskyning gaan maak.

Toe Ouma vir my van al hierdie eetgoed vertel, kom sit daar sommer so honger gevoel op die holte van my maag.

Ou Ella het gesien hoe Ouma haar aangaap oor die eetgoed-vir-Afrika, toe sê sy so in die uitpak, "Joey, ek weet Dominee sal nie alles kan opeet nie, maar ek het dit alles ingepak, net om my tafel voller te laat lyk en dan vir na die tyd vir die pastorie. Dominee kan nie so in 'n leë pastorie instap nie, jy weet?"

Weer het Ouma haar mond soos 'n speldekussing getrek. Ek wou nog lag, maar lag toe maar binnekant toe.

Ella het 'n eenstuk rok aan. Sagpienk, met 'n spierwit belt. Moue wat tot oor haar elmboë kom en versier met 'n wit kantlappie. Dan het die eenstuk rok nog 'n kraag wat hoog in haar nek sit, met spierwit knopies tot by haar kuiltjie. Sowaar het sy nog 'n Cameo op haar bors vasgespeld en 'n hoed ook nog op.

Die rok kom tot net onder die knieg, betaamlik. Sykouse met spierwit hoëhakskoene.

"Jy weet Danie, Ella het haarself so uitgesmeer met die duurste rok en skoene. Ek vra nog altyd waar daai geld vandaan kom. Dit laat my nou sommer so dink aan daardie een dag toe ek kerkkantoor toe gegaan het om 'n nuwe kalender te kry. Ella was besig om die kollekte geld te tel en netjies in banksakkies te sit. Toe sy my gewaar, het sy daardie kyk in die oë gehad net soos wanneer 'n klein hondjie in die gang gepiepie het en skuldig voel daaroor. Jy weet dáárdie soort kyk," en Ouma probeer 'n skuldig-lyk gesig opsit.

Jy kon my met 'n snoek omklap toe Ouma dit vertel. Ek glo darem nie ou Ella sal so ver gaan nie, maar ek het geleer om nie met Ouma te stry nie.

"Dis belaglik," dink Ouma en Oupa gaan staan met sy voet teen die veertien honderd se wiel en steek sy pyp op.

Sykouse in die warm son. En daardie rok wat toe is tot by die kuiltjie, nee, dis darem uitspattig. Praat nie eens van die hoëhakskoene nie.

Ouma haal die karavaan opvoutafeltjie wat hulle altyd gebruik as hulle Kroonstad toe gaan om by die rivier te gaan kamp, van die bak af.

Sommer 'n plastiek tafeldoekie wat sy iewers gekry het en 'n paar koekies in 'n tupperbak. Aanmaak koeldrank in 'n leë Oros bottel.

Sy het darem hierdie koekies self gebak. Peanutbutter koekies, want haar kleinkinders is so lief vir dit. Hierdie is maar net oorskiet van die baksel.

Ouma het 'n plein sonrokkie aan met 'n pastel blommotief en die soom hang tot net onder die knieg, Skaflik.

Ek ken daardie rokkie. Sy dra dit altyd as sy die dag dorp toe gaan.

Oop toon plathak sandale wat sy by Foschini se uitverkoping gekry het met 'n ligte leerbandjie wat om die enkel vasmaak. Niks uitspattigs nie.

Ouma se bewegings is stadig. Sy stap stadig, kyk stadig, druk haar hande in haar heupe, bekyk die wêreld, haal haar bril af en wasem die lense in haar mond en dan vee sy dit af met die punt van haar rok. Dis alles Ouma se maniere as sy goed befoeterd is en ongeduldig raak met 'n ding. Sy praat min en loer net met skrefies oë.

Sy mik-mik om in die veertien honderd te gaan sit en die radio aan te sit, want dis haar storie tyd en dit nogal die laaste episode van die storie.

Nou moet sy hier in die son op 'n bult vir 'n dominee wag waarvoor sy glad nie lus het nie. Oupa sien dat sy al halfpad in die bakkie is en die radio wil aansit toe hy haar stop.

Dit gaan mooipraat kos. Hy haal sy voet van die veertien honderd se wiel af en druk die pyp in sy hempsak.

"Ag vrou, hou nou maar net terug."

Sy buk effens met haar nek soos sy deur die veertien honderd se deur loer, sit die radio af en klim stadig, uit.

"Ek sal ja. Ek gaan my nie belaglik maak soos Ella nie, maar onthou een ding, Danie, ek doen hierdie net vir jou. Vir geen dominee, gemeente of Ella nie," het Ouma gesê en maak die ou karavaan seilstoeltjie oop en gaan sit, bene gekruis. Sy kruis eers links oor regs, dan weer regs oor links. Dan skuif so haar gewig na die een boud, dan weer na die ander boud. Sy begin alles van voor af, regterbeen, linkerbeen, regterboud, linkerboud. So gaan dit aan totdat sy voel daar gaan 'n uitbarsting in haar binneste wees.

Ouma sê dat sy nuuskierig en ontsteld op dieselfde tyd is, maar nuuskierigheid kry oorhand en sy loer weer na Ella se kant toe. Dié pak nog steeds eetgoed uit en Jorsie knyp al sy oë skrefies om te sien of die dominee nie al oor die bult op pad is nie. Paul Roux is mos ook nie so ver nie.

Dit voel asof Ouma 'n toeval kan kry toe sy sien Ella Verwey mik na haar kant toe, maar sy sal inhou.

Aai my mens. Ek probeer nou al vir hoe lank om my lippe so op 'n speldekussing manier te trek, soos Ouma altyd gemaak het as sy vir Ella naboots. Dis net Ouma wat dit kon doen.

"Middag Joey, hoe gaan dit?" vra Ella vir Ouma en haar mond is pure speldekussing.

"Ja, goed Ella. Dis darem maar warm vandag," en Ouma kyk so af na Ella se bene om te sê, "Trek uit daai sykouse dis te warm vir die goed..."

"Is dit al eetgoed wat jy gebring het?" vra Ella en kyk met 'n opgetrekte oogbank en stywe lip na Ouma se tafel.

"Ja Ella. Dis al," sê Ouma en sy sê die "DIS AL" so met gevoel dat Ella moet voel dat hierdie gesprek verby is.

Ella Verwey dink sy is die bobaas bakster in die distrik net omdat sy twee jaar terug kook en bak klasse vir minder bevoorregtes gegee het in Bloemfontein, het Ouma nou bygelas.

Oupa staan met sy regtervoet op die veertien honderd se wiel gestut en wys net vir ouma om stil te bly. GROOTASSEBLIEF staan in sy oë geskryf.

"Watse koekies is dit daardie?"

"Klein koekies." het Ouma aspris gesê.

"Aai, Ouma, antie Ella was seker goed opgetrek met ouma?" het ek versigtig gevra.

"Wag jy nou, Evelyn, die storie raak al beter."

Ouma vertel toe verder.

Ella draai om en stap verder met die stoet af tot onder en weer terug. Bekyk, beloer en vra uit oor al die eetgoed.

"Myne is die mooiste," het Ella sag gesê maar hard genoeg vir Ouma om te hoor.

Ella gaan sit by haar tafeltjie en Oupa en Jorsie gesels.

Die groot wag begin.

Ella is die eerste wat luidkeels aankondig en opspring toe sy 'n beweging op die bult sien.

"Hier is die dominee!" het sy geskreeu , maar toe sy mooi na die kar kyk, sien sy dit is 'n klein geel Volkswagen Beetle.

"Kan dit wees?" dink sy, of het sy nou 'n fout gemaak.

"Laat hy maar kom," het Ouma gesê.

Oupa haal sy voet van die veertien honderd se wiel af. Jorsie gaan staan met sy hande agter sy rug en kyk stip na die aankomende Beetle.

Ella staan kiertsregop met haar voete teen mekaar en wag met 'n breë glimlag, wat nog altyd ondertoe hang, vir die Godsman.

Die Beetletjie stop en toe daai man uitklim, staan Ouma op en kyk hom stip aan en druk haar bril met haar middelvinger op.

Die man lyk dan glad nie soos 'n dominee nie. Gewone denim broek en nogal met 'n leerbaadjie daarby, wit hemp, sonder das en 'n gewone pet op die kop. Ouma skat hom so vroeg veertig se kant.

My mens, is die dominee 'n aantreklike man. Hy kom altyd hairdresser toe vir daardie short back and sides sny. Maar dan kom sit hy by die wasbak en ek kan sien dat hy die shampoo en kop massage geniet. Hy druk altyd so ietsie ekstra in my hand. Goeie man. Maar in elke geval, Ouma vertel toe verder.

Is jy seker dat dit die dominee is, het Ouma vir Oupa gevra.

Oupa, nog steeds op sy senuwees oor Ouma wat dalk 'n uitbarsting kan hê, sê toe maar stadig... "JA VROU."

Die Dominee groet vir Jorsie met die hand en glimlag.

"Ek is dominee Jonkers, Schalk Jonkers," het dominee gesê en steek sy hand uit

"Broer Verwey en dit is suster Verwey," het Jorsie gesê. Ouma is stil.

"En dit is broer Danie," stel Jorsie sommer vir Oupa ook voor.

"Middag, maar hierdie is darem 'n groot verrassing," het dominee met 'n vriendelike stem gesê en volgens Ouma nou, het dominee reg by Ella se tafel verby gestap, reguit na Ouma se tafel met peanut botter koekies.

My mens, Ouma het altyd soos 'n broeis hen geraak as sy hierdie storie vertel het.

"Middag Mevrou, ek is Schalk Jonkers. Hoe gaan dit?"

Hy staan kiertsregop en hy kyk met 'n wakker kyk in sy oë. Hy vat sy pet so aan die voorkant en lig dit op. Mooi breë skouers, lyk of die man rugby speel of iets, lang bene, breë glimlag. Dit is baie opmerklik dat die dominee 'n netjiese man kan wees. Mooi hande en skoon vingernaels. Dit is maar 'n ding waarna Ouma kyk. Vuil naels en hande beteken vuil huis en vuil vadoeke.

Ouma bly sit en meteens kom daar 'n kalm-soet gevoel oor haar. Daardie gevoel wat jy kry wanneer jy vir die eerste keer 'n nuwe koek resep probeer en jou senuwees knaag aan jou want jy weet nie of die ding gaan platval of glad nie eers rys nie, maar wanneer jy hom uit die oond haal en uit die pan skud en hy is perfek. Dit is daardie gevoel. Daai gevoel van vrede. Dis al wat nou in haar is. Vrede.

"Middag, Dominee, ek is Joey," sê sy en steek haar hand uit en in dieselfde beweging probeer sy opstaan. Sy druk so met haar regterhand op die armleuning van die stoel en skuif-skuif vorentoe.

Soos Ouma die dag hierdie storie by daardie tuinhekkie vertel het, gryp sy die hekkie so aan die kante vas. Sy kan haarself tog so in 'n storie inleef.

"Nee, bly gerus sit."

Ouma vertel toe baie smaakvol, en in detail hoe Dominee haar peanut botter koekies loof en prys.

"Bly te kenne Mevrou en moet asseblief nie vir my Dominee sê nie, noem my maar net Schalk. Magties, kyk hierdie grondboontjiebotter koekies. My gunsteling van kleintyd af, met aanmaak koeldrank. Tannie weet, ek het tot vandag toe nog daardie stoute gewoonte om in die nag op te staan en van hierdie koekies te eet saam met melk. Ek staan sommer so in die donker net met die yskas-liggie aan. Mag ek maar een kry?"

Ouma vertel dat Dominee so mooi geglimlag het. 'n Regte egte glimlag, nie daardie aansitterige dominee glimlagte nie. Sy vertel ook dat hy so staan en met die regterhand mik om 'n koekie te vat, met sy linkerhand in sy broeksak. Ouma het gesê sy kon daardie stout-seun-glimlag in sy oë sien. "Ondeunde kyk," was Ouma se woorde.

Jong, ek kan nou al sien hoe Ouma in daardie opvou-kampstoeltjie sit.

Sy het die gewoonte om haar bene so reguit voor haar uit te skop en dan haar bene so by die enkels oormekaar te kruis. Sy skuif dan so met haar boude effentjies vorentoe en dan kruis sy haar arms so voor haar bors. Sy sit dan haar wysvinger so gebuig op haar lippe ... en dan weet jy dat Ouma lekker sit en gereed is vir lekker praat.

"Ek hou van die man, sommer baie," het sy vertel en toe Dominee vra of hy 'n koekie kan kry sê sy, "Ja, vat maar alles met blik en al. Ek kan weer die blik by Dominee kom kry."

Ouma sê vir my dat ou Ella se oë vuur gespoeg het toe sy sien dat Ouma en Dominee so lekker gesels en dat Dominee nogal al Ouma se koekies vat en niks by haar, wat Ella is, nie.

Maar mens, ek moet ook nou bysê, ek glo darem nie dat Dominee niks by Ella gevat het nie. Hy is darem te ordentlik. Ek glo dat hy tog maar ietsie daar gevat het. Ouma kan dinge lelik aandik.

"Mevrou, maar jy ruik darem maar lekker. Dis daardie soet blomme reuk. Net soos daardie pienk pronkertjies. Ek onthou my ma het sulke blomme in die voorbedding van die huis geplant, so teen die sitkamer venster. Die hele sitkamer het daarna geruik as die wind reg gewaai het en die reuk dan by die vensters ingekom het. Hoe verlang ek nou na my Ma."

Ouma se glimlag is so soet soos daardie blommetjies se reuk toe sy hierdie parfuum storie aanvat.

"Ja, dis die einste parfuum. Ek hou van 'n blom reuk. Sommige parfuum kleef aan jou soos katpis," en toe sy dit sê hou sy haar mond vas, glimlag en sê: "Jammer Dominee, katpiepie..."

"Dit is so Mevrou," en dominee knik sy kop op en af met sy regteroog wat klein bietjie skrefie trek.

Aai my mens, ek wonder soms of Ouma nie bietjie stertjies bygelas het nie, maar wie is ek om te oordeel? 'n Storie is 'n storie.

Mens, maar toe slaan Ouma weer oor na ou Ella toe. Ek wou nog oor die parfuum uitvind, maar Ouma is klaar weer by Ella.

Ella het blykbaar vir Ouma soos 'n leeuwyf aangegluur wat haar prooi jag.

Oupa trippel soos 'n kat wat op 'n trok met warm kole staan rond van pure verligting, omdat dinge so mooi afloop met Ouma en die nuwe dominee, Oupa is verlig. Sommer baie verlig.

Oupa gaan staan weer by die ou veertien honderd so met sy regtervoet op die wiel en stop sommer sy pyp. Hy druk die tabak so met sy duim vas, dan trek hy die vuurhoutjie en maak die pyp brand. Net rookbolle wat trek. Hy kyk weer na Ouma en Dominee, haal sy voet van die wiel af en sit die ander voet op.

Ouma staan op, vat vir Dominee so aan sy baadjie mou en stap in Oupa se rigting.

"Daantjie, ons het darem 'n knap nuwe dominee. Dominee, dis my man, oom Danie," en sy vat so aan die dominee se skouer.

"Ons het reeds ontmoet, maar Oom, ek kan een ding sê, hierdie tannie kan 'n peanutbutter koekie bak. My gunsteling," sê Dominee.

"O ja, Schalk, my huis is nommer 63, die een met die mooi tuinhekkie en pronkertjies teen die draad. Daar is 'n groot klip net voor die hekkie met die nommer op, as jy wil kom vir huisbesoek of sommer vir 'n heen-en-weertjie," nooi Ouma.

My mens, ek weet nie of ek die hele storie so lekker kan glo nie, of moet ek net die helfte van die storie glo, maar een ding weet ek, Ouma kan stories vertel, en mooi stories en ek weet dat haar peanut botter koekies baie lekker is. Sy het al vir my daarvan gegee.

"Ditsem," het Ouma toe gesê, opgepak en huis toe gegaan.

Ouma vertel toe vir my die volgende dag toe sy tuisnywerheid toe gaan om mosbolletjies te koop, sy al ou Ella se koeke met hundreds and thousands daar op 'n rak sien staan. Asook die jodetert en 'n paar tertjies, en dit nogal met pryse op.

Ek lag kliphard en wou nog vir Ouma sê dit klink na tweedehandse koek, maar toe los ek maar die storie net daar. Soms is dit beter om 'n storie net te los sodat 'n mens se dink maar verder kan gaan.

Bazil en die bazaar

Dit was 'n Winter agtermiddag toe Ouma en Oupa in die sonkamer sit om die laaste stukkie warm son te vang wat skaamgesig by die vertrek inkom.

Die sonkamer het groot vensters wat op die tuin uitkyk en dan die laaste middagson vang. In die Somer dalk bietjie te warm, maar in die Winter is dit behaaglik, knus jy sien.

Die huis ruik na vars brood en sop.

Ouma is besig om 'n lappie uit te werk met die fynste garing en die mooiste gekleurde blommotief. Daar is nou al heelwat van die lappies klaar. Mooi lappies. Elke keer as sy so 'n lappie klaar het en verkoop, of vir 'n dogter of skoondogter gee, is dit of sy 'n kind afstaan. Na'and het sy maar die goeters in die trousseau kis gesit tussen 'n hand vol motbolle.

"Die lap groei aan 'n mens," het Ouma vir Oupa gesê toe hulle in die sonkamer sit.

"Hoe nou Ou Vrou? Wat groei aan jou?" het Oupa verbaas gevra.

Jy weet, Ouma kon 'n ding sommer so uit die lug vat en dan praat. Geen mens weet waarvandaan die praat dan kom nie.

"Die lappies wat ek uitwerk. Dis soos kinders, jy weet?"

Aai, mens, ek het al so by Ouma geskimp vir 'n lappie, maar niks nie, dink ek so by myself.

Anyway.

As Ouma sulke lappies uitwerk, dra sy gewoonlik die arm Jood se bril. Dis daai bril wat net 'n halwe lens in het, sodat wanneer jy afkyk jy beter kan sien en dan opkyk sonder lens. Die mense daar in die Karoo waar ek grootgeword het, praat tot vandag toe nog van "Die Arm Jood se bril."

Sy verkies hierdie bril omdat die onderste lens bietjie meer vergroot as haar gewone bril, want die steek-werkies is maar baie fyntjies.

So teen vier uur staan sy op om koffie vir haar en Oupa te maak, met 'n dadelballetjie daarby, wat sy gewoonlik by die tuisnywerheid koop. Dis nou te sê as daar is en nie een of ander ding waar alles uitverkoop word nie. Soos daardie dag met die inwag vir die Dominee.

Die ketel begin so sing op die stoof en Ouma skink baie stadig. Dis toe dat sy die tuinhekkie hoor bek en sy loer uit. Sy sit die ketel vinnig terug op die warm stoof en haal nog 'n koppie uit die rak.

"Nou vir wat sal Dominee NOU hier aankom?"

My mens, ek kan met eerlikheid sê dat Dominee sowaar nie by Ouma kon wegbly nie. Dis oor die storiemakery. Ouma is 'n regte storielorrie.

Ouma sê vir my, dat Oupa sê, dis al haar stories wat vir Dominee lok.

"Sien, ek het mos gesê dis oor die storie," wou ek vir Ouma sê toe sy die storie vertel, maar ek het geleer om 'n wag voor my mond te hou as dit by Ouma en haar stories kom. Ek los toe maar dat sy verder vertel.

Oupa het blykbaar op 'n keer vir Ouma gesê om end te kry met die storiemaak. Dit kan net 'n ingewikkeldheid veroorsaak.

Sien, Ouma kon 'n klomp halwe sinne in een asem praat, veral as sy opgewonde raak. Soos hierdie dag toe Dominee kom inloer het.

"Kom in, Dominee, dis oop..." sê Ouma toe sommer alles so in een asem.

Ouma praat sommer uit die kombuis uit en nooi vir Dominee om solank te sit, sy kom...wil hy ook koffie hê ... en 'n dadelbolletjie ... dis heerlik ... sit in die sonkamer ... die

Oom is daar voor... Alles in een sin sonder asemhaal en haar wange wat bewe van vinnig praat. Alles so op een slag.

Ouma vertel toe vir my dat sy so vaagweg kan hoor hoe Oupa en Dominee in die sonkamer gesels, wel ... as mens dit gesels kan noem.

"Middag," het Oupa gegroet. Effens bot.

"Middag Oom, hoe gaan dit hier?" vra Dominee.

"Goed, ja. Goed. Sit. Die Tannie kom," en dit lyk nie of Oupa verder gaan gesels maak nie.

"Dit ruik darem maar lekker hier, so warm en huislik," sê Dominee.

Oupa gee net so lastige hoes-hoes klankie.

Dominee staan ongemaklik rond, eers met sy gewig op die regterbeen, dan verskuif hy na die linkerbeen, dan draai hy effens na die vensters en staan wydsbeen geplant, gewig op al twee bene en kyk by die venster uit.

"Die tannie kom met koffie, sit maar op daardie stoel in die son," sê Oupa en wys na 'n riempiestoel waarop 'n kussing lê wat Ouma gebrei het.

Ouma kom by die sonkamer in, hout skinkbord, koppies met pierings en dadelbolletjies.

Dominee staan vinnig op en vat die skinkbord by haar. Hy hou eerste vir Ouma en sy gooi in en gaan sit. Dan vir Oupa. Oupa vat so bietjie langer met die ingooi, ook maar 'n moedswillige ding.

"Ag nee man Danie, jy is nou moedswillig man," en sy maak haar keel skoon. Dis meer 'n 'brul' as 'n keelskoonmaak.

"En die kuiertjie Dominee, of is dit ook maar net 'n heen-en-weertjie?" vra Ouma en sit weer mooi regop.

"Nee, Tannie, ek het net kom hoor, of liewer raad vra. Julle is nou al lank hier op die dorp en binnekort is daar weer 'n Bazaar. Ek is nie heeltemal seker hoe die reëlings werk en wat my te doen staan nie?"

Ouma sê mens kon die kommer in Dominee se oë sien. Siestog.

Ek sien sommer in my gees hoe Ouma daar sit, ewe belangrik. Sy het mos daardie gewoonte om haar jersetjie so mooi styf om haar lyf te trek, dat die twee voorpante so kruis en dan kruis sy haar bene. Dan, as sy daardie regterskouer so bietjie gelig het, dan moet jy weet sy is reg vir 'n ding.

"Ja, Dominee, dis maar 'n nare ding. Elkeen op die dorp begin mos weer bak, inlê, uitdroog en naaldwerk doen, slag, soutvleis maak, tuisgemaakte lekkers en speelgoed vir die kinders. Dit is 'n gedoente. Ons woon dit altyd by," vertel Ouma.

Toe Ouma vir my vertel van die soutvleis deel, onthou ek tog te goed hoe ons as kinders daar in die Karoo daai soutvleis geëet het saam met kool en baie aartappels. Skoon honger word ek nou.

"Ek vat maar altyd my lappies en hekelwerk daarheen. Dominee sien, ek wil dit nou nie self sê nie, maar ek kry baie komplimente oor hoe netjies my handwerk is en my tafel is altyd eerste uitverkoop," praat Ouma haarself groot.

Weet jy, ek kan daarvan getuig. Ouma se naaldwerk, veral die lappies uitwerk, is baie netjies.

"Dan weet ons natuurlik Ella Verwey bak en haar niggie lê in. Van perskes tot guavas. Dan is daar die outjie hier buite die dorp op 'n plaas wat konfyt kook," en Ouma kry nie eens hierdie sin klaar gepraat of Oupa proes van die lag.

Ek wou nog vir Ouma vra nou wat is dan so snaaks aan konfyt kook dat Oupa lag, maar Ouma praat bo-oor my en vertel verder.

Dis net rookbolle om Oupa en 'n lag wat so uit sy maag uit kom. Dis min dat ek vir Oupa sien lag, so ek kon my net indink hoe hy gelag het. As ek dit tog maar net kon aanskou. In elk geval.

"A nee a Danie, moenie nou kom staan en lag nie, hou jou in, ons het belowe om nooit die storie te herhaal nie en ek is nie 'n vrou wat praat nie," beginne Ouma.

Ouma vertel my dat Oupa so gelag het, dat dit smaak hy kry 'n aanval. Ouma probeer hom tot bedaring bring en Dominee sit gereed om van hierdie storie te hoor.

Siestog, Ouma vertel my dat daardie Bazil vent hom lelik styf geloop het met sy konfyt. Seker gedink omdat sy Pa 'n ryk boer hier buite die dorp is, hy met sy streke kon wegkom.

Ouma vertel dat Oupa net so roggelgeluidjie maak en elke keer bolle rook uitblaas van lekker kry.

Oupa was 'n man van min woorde en het hom nie veel aan stories gesteur nie, maar hierdie storie kon hy nie los nie. En almal weet dat dit sy gunsteling storie van alle stories is.

"Sien Dominee, Bazil was 'n snaakse outjie. Dra broeke wat dalk bietjie te styf sit, rangskik blomme en hy kook soos 'n droom. Die lekkerste kos. Nie boerekos nie, nee, al hierdie nuwerwetse goeters wat uit die stad uit kom.

"Sy Pa het vir hom 'n afslaan-dak kar gekoop en so ry hy die dorp vol met die kar. Ek het op 'n tyd gehoop hy sou vir my vra of ek nie bietjie wou saamry nie. Dominee weet, Bazil was maar bietjie anders en het gesukkel om vriende te maak, maar vir een of ander rede het hy nogal van my gehou, en ek van hom," en Ouma vou haar arms voor haar bors, en dan vat sy met haar hand aan haar wang.

Ouma vertel toe dat Oupa intjirp en sê dis omdat sy so stories maak en hy van die stories hou. Dit lok hom blykbaar aan net soos 'n magneet. Maar Ouma sê toe vir my dis nie waar nie. Sy het altyd vir Bazil, toe hy nog 'n kind was, pop klere gemaak. Sy ma wou nie en het vir hom karretjies, 'n kettie en kakieklere gekoop. Ek kan al sien hoe Ouma haar vir Oupa vererg.

201

Ouma ruk haar kop na Oupa se kant toe, sak haar ken effens en gluur vir hom bo oor haar brilraam. Haar lippe pers saam. Ek sê altyd dat sy soos 'n tuisgemaakte jaffle lyk as sy haar lippe so saampers van vererg. Maar as Ouma dit moet hoor, jaag sy vir my.

"Dominee, so vra die Pastoriemoeder van daardie tyd dat Bazil kan kies of hy pannekoek wil bak of konfyt wil kook vir die kerkbasaar. Hy kies toe nou die konfyt. Mevrou dominee wou toe weet watse konfyt gaan hy maak en hy sê toe appelkooskonfyt. Hulle stem toe in daarop en die reëlings vir die Bazaar begin.

"Mense kom saans bymekaar om alles te bespreek. Dominee gaan van huis tot huis om net deel te wees van die reëlings en die dorp is behoorlik aan die woel.

"So breek die bazaar-dag toe aan. Mens, dit was 'n gedoente."

Hulle hou Bazaar gewoonlik net hier buite die dorp in 'n ou gebou wat die heel eerste klaskamer in die distrik was. Mooi gebou. Dik mure, houtvloere, hoë plafon en opskuif vensters.

"Die dames het dan begin tafels indra en al teen die mure gepak. Dan het hulle begin uitpak. Van brood tot koek en tertjies.

"Die boere het vleis gebring en in sakkies gepak. Skaaptjops, wors, vetdermpies en skaapboude, voorkwarte, agterkwarte, beesstert, afval, skaapstertjies. Dis 'n gedoente, Dominee.

"Bazil het ook sy tafel gebring met die mooiste bottels met appelkooskonfyt in. Strikkies en lappies om die bottels. Krale en linte met blinkers. Sy tafel was kleurvol en versier met alle kleure onder die son se linte, blinkers, diamantjies, satyn en organza. Te mooi."

Soos Ouma hierdie storie vir my vertel, raak ek skoon lus vir Bazaar hou, moenie eers praat van daai skaapstertjies en tuisgebakte brood nie. Maar anyway, Ouma vertel toe verder.

"Buite langs die gebou het al die mans bymekaar gekom en 'n groot vuur gemaak. Die jonger boere het die braairoosters met 'n oopgesnyde rou ui begin afvee en die teiken gaan opsit vir die skyfskiet.

"Die ouer boere het oopbeen op stompe gesit en ietsie gevat so uit die fles. Hulle het gesê dis koffie, maar hoe later dit word, hoe lekkerder het daardie koffie kop toe gegaan en dit sonder dat enige iemand 'n galaanval gekry het. Dis net jagstories en wie die grootste vis gevang het. Daars sulke groot bakke vol vleis wat gebraai gaan word vir middagete.

'Mens kon 'n lootjie koop vir die skyfskiet. R2 en dan het mens so paar skote gekry om te skiet na 'n bok wat op 'n stuk karton geverf is en op die bultjie staan gemaak is."

Haai siestog, Ouma vertel dat Dominee teen hierdie tyd die ene ore is en sy kon sien dat hy hierdie storie geniet. Ek het, met alles respek, mos vir Ouma gesê dat dit klink of hierdie Dominee 'n regte storielorrie is.

Maar anyway...

"Soos dit toe moes wees, koop Bazil 'n skyfskiet kaartjie. Hy gaan staan toe op die streep wat in die sand getrek is en 'n welgeskape mooi jong boer staan so agter hom om nou te wys hoe hy daai geweer moet vashou, aanlê en skiet. Bazil, die ene konsentrasie, met die een oog toe en 'n mooi Boer agter hom.

"Bazil tree so met die een been, net 'n voet terug en verskuif sy gewig na die agterbeen toe, sodat hy effens agteroor staan. Die hand wat die sneller moet trek se elmboog stoot hy effens terug, sodat dit net-net teen die boer se bors raak. Ouma vertel toe dat Bazil vir haar gesê het, dat hy die boer kon hoor asemhaal, so naby aan hom het hy gestaan."

Aai, my mens, hoekom Ouma nou so in die fynste besonderhede oor die ou Bazil moes ingaan voor Dominee, weet ek ook nie.

Ouma is goed op dreef met die storie, en niks kan haar nou stop nie.

"Haal nou stadig asem," sê die Boer saggies. "Eers inasem, dan stadig uit en as jy uitasem, trek die sneller liggies," gee die Boer instruksies, het Bazil, dis nou volgens Ouma, vir haar vertel en beduie.

Ouma vertel my dat Oupa ook 'n straaltjie wil bypiepie en hy sê: "Ja, ek het die boer so bekyk, sy skiet-tegnieke is goed. 'n Man wat kan skiet," was Oupa se woorde, dis nou volgens Ouma se storie.

Ouma sê dat sy en Dominee maar net so vir mekaar geloer het.

Ek vat maar moeilik aan dié dat Oupa intjirp. Ek ken hom, dis nie sy aard nie.

"Danie, nee man, hou terug. Wat gaan Dominee dink?" het Ouma gesê en sy kruis haar bene oormekaar.

"Ag nee wat, Tannie, vertel verder. Dis mos pure onskuldige pret. Ek verstaan mos heeltemal."

Aai, weer wens ek tog ek was 'n vlieg in daardie sonkamer, net om die drietjies te bekyk.

Soos Bazil nou, een oog toe, daar staan met die mooi boer agter hom, praat 'n ander boer bietjie hard hier langs hulle oor hoe hulle die dag 'n Koedoe bul gekwes het en die bul die bosse ingestorm het.

Bazil draai toe daar om, met die geweer nog so teen sy skouer en een oog toe. Jy sien net hoe klomp boere met velhoedens soos een man grond toe sak en die mooi boer agter Bazil skreeu dat hierdie 'n gelaaide geweer is. Hy kan mos nie die ding sommer so swaai en slinger nie.

Bazil laat sak toe maar die geweer en los die spul. Kom ons sê maar, dit was die behoorlike afskop van die bazaar, want al wat mens is, het die stomme Bazil gespot.

"Nee man Bazil," sê die Boer geduldig. "Kom probeer weer. Moenie opgee nie."

Bazil tel die geweer weer op, wydsbeen, gewig op die agter-been, lê terug tot teen die boer en mik.

"Dis reg," sê die Boer, "... inasem ... uitasem ... korrel..." en daar trek Bazil die sneller en skiet. Mens sal nou nie weet of hy raak geskiet het nie, maar hy het geskiet.

Die Bazaar word toe geopen met gebed deur die dominee en tydens daardie gebed staan mense soos honger wildehonde wat net wil gryp, want as dominee "AMEN" sê, gryp jy van 'n tafel af wat jy nou al vir 'n geruime tyd in die oog het, want as jy nie gryp nie, gryp iemand anders dit. Binne tellings is die tafels leeg.

Bazil se konfyt is uitverkoop en almal is gaande oor die botteltjies en hoe mooi dit versier is en hoe pragtig die kleur van sy appelkooskonfyt gekom het. Mooi, donker en blink. Sommige mense het sommer die botteltjies oopgemaak en van die rooster-brode daarmee begin smeer. Hy het soveel moeite gedoen; hy het kerswas bo op gedrup sodat dit nie sandsuiker nie.

Die manne het van daardie konfyt gevat en sommer so op die wors gesit. Ook 'n nare gewoonte wat ek nie verstaan nie, vertel Ouma.

Teen laatmiddag is die bazaar afgesluit met 'n opveiling van allerlei goeters. Van tuisgebakte brood tot 'n skaap, 'n bok en selfs boerseep is verkoop.

'n Klomp geld is ingesamel en die dominee lyk tevrede. So kom die bazaar ook tot 'n einde, maar Bazil se storie bly voortleef.

Dis net wattepluisies in die ore en skietlesse voor en agter en al waaroor Bazil kan praat, is die jong boer wat hom so mooi tydens die skyfskiet gehelp het.

"Dominee, sy konfyt het so gewild geword dat die vrou by die tuisnywerheid begin aankoop het en die buurdorpe het ook bestel. Ek weet van bestellings wat tot Aliwal Noord toe moes gaan. Hy het so baie moeite gedoen en klein botteltjies konfyt gekook, net genoeg vir so twee snye boerbrood. Hy het dan 'n kaartjie opgesit, met 'n naam op wat dan na restaurante toe gaan. Tot die vakansie-oord buite Bethulie het bestel met die naam van die oord daarop. Bazil het omtrent gewoeker en goed geld gemaak.

"So vra Ella Verwey die dag tydens 'n Bybelstudie, hoe kook Bazil dan nou nog appelkooskonfyt al is dit winter. Hier is nie 'n appelkoos van 'n dag oud nie. Die bome is leeg en dit was 'n yskoue winter daardie jaar. Sneeu het geval.

"So kry almal snuf in die neus en Ella besluit toe dat sy vrou alleen die storie gaan oopkrap en op die lappe gaan bring. Sy vind toe uit wanneer die Tuisnywerheid weer 'n bestelling plaas en gaan die vorige dag na Bazil se huis toe. Sy parkeer haar kar ver en stap so koes-koes onder die bome deur om seker te maak niemand sien haar nie. Ek kan my indink; sy moes soos daardie vaal voëltjies in die Karoo gelyk het wat altyd so koes-koes onder die bossies deur getrippel het. Ons het hulle sommer die Koes-Koes vinke genoem.

"Deur die onderste kombuis venstertjie sien sy 'n ding wat haar warm onder die kraag het. Bazil staan toe mooitjies daar en maak al wat winkel appelkoskonfyt blik is, mooi oop, skep dit uit in 'n bak en druk dit fyn met 'n vurk. Hy skep eers vier eetlepels vol uit, gooi dit in die bak, draai die bak dan skuins en met die agterkant van 'n vurk kap-kap hy die konfyt totdat dit fyn is. Dan weer vier lepels vol en dan kap

kap... Net vier lepels op 'n slag sodat hy seker maak hy mis nie 'n deel nie.

Dan moet Hessie, wat in die huis werk, dit in die versierde botteltjies skep. Bazil gooi dan in elke botteltjie 'n naeltjie en so klein bietjie fyn naeltjie poeier, net vir daardie 'tuisgemaakte' smaak en reuk en die botteltjie word dan met 'n klam lappie afgevee."

Ouma vertel my toe dat ou Ella soos 'n verskrikte haan die kombuis instorm toe haar oë hierdie skelmspul aanskou. Hessie, die bediende, gaan staan voor die stoof en maak of sy die groot pot roer, maar daar is nie 'n druppel konfyt in die pot nie en nie 'n vlam op die gasstoof nie. Sy roer daardie pot asof sy in 'n roeiboot sit.

Dis net elmboog in die lug en 'n lyf wat wieg. Bazil gooi 'n lap wat oor sy skouer hang, oor die bak met fyngekapte konfyt, sit die bak vinnig op 'n stoel en so met die kant van sy voet skop hy die stoel onder die tafel in.

My mens, as ou Hessie nie aangetroude familie van my was nie, sou ek wragtag nie hierdie storie van Ouma geglo het nie, maar Hessie het dit presies oorvertel soos Ouma dit vertel. Ek wens tog so dat ek dit kon sien.

Die volgende dag weet almal van Bazil en sy Appelkooskonfyt. Die mense in die dorp was woedend.

Die man wat die groothandelaar besit was woedend, soveel so dat sy vrou hom moes vashou, anders was daar 'n moord op hierdie dorp.

"Daai mannetjie het sowaar my konfyt gekoop, dit gewerk en toe koop ek my eie konfyt by hom terug teen twee keer die prys en al my kliënte koop eerder Bazil se konfyt. Ek gaan moor!" het die man geskreeu.

Ouma vertel dat Dominee so gelag het dat hy blykbaar sy koppie koffie langs hom op die koffietafeltjie moes neersit. Tot Oupa het vreeslik gelag. Ouma het toe opgestaan om 'n botteltjie konfyt in die kombuis gaan haal.

Ouma kom terug met die mooiste botteltjie appelkooskonfyt in 'n botteltjie, versier met strikke, linte en blinkers. Op die botteltjie is 'n kaartjie geplak wat sê, "SPESIAAL VIR TANNIE JOEY'.

Dominee se lagbui het nie bedaar nie, maar eerder vlam gevat, soveel so dat Ouma gedink het dat hy gaan verstik.

"Hierso Dominee, vat maar die konfyt. Gaan proe dit, dis nogal nie so sleg nie," het Ouma laggend gesê.

"Ja wragtie," sê Oupa, "so het slim ook sy baas gevang."

"Ja, ek sal ook moet gaan," sê Dominee en staan op.

"Kom, ek stap sommer saam met Dominee uit."

Hulle stap by die voordeur uit, nadat hy vir Oupa gegroet het. Dan by die rooi-stoep uit, trappies af, sementpaadjie tot by die hekkie.

Dominee trek die gekrulde handvatsel van die hekkie en maak dit oop. Die hekkie skreeu. Hy stap deur en druk die hekkie weer stadig toe. Die hekkie skreeu weer. Hy kyk na die groot klip met die 63 daarop geverf en pluk 'n pronkertjie. Hy stap voor by die neus van die veertien honderd bakkie verby, klim in sy Beetletjie en ruik aan die blommetjie … stroopsoet.

My mens, ek moet sê dat niemand hierdie storie soos Ouma kon oorvertel nie. Ek wou nogal daai dag vir Ouma sê dat mens 'n fliek van die storie kan maak.

Die Besoek
Pretoria Kerk Plein
2023-01-17

Met elke tree wat ek gee oefen ek die woorde. Hulle moet nou netjies in my mond kom val wanneer ek by die oom opdaag. Ek weet nie eens of ek moet sê "Oom, Meneer of Meester" nie.

Ek sal daai maar uitsorteer sodra ek daar is.

Hoe maak 'n mens as jy voor so 'n Groot Mens moet kom staan en jouself bymekaar hou?

Jy hou jouself maar net bymekaar, dink ek.

Ek klim die buite trappies na die voordeur maar stadig en versigtig. Ek MOET hierdie Oom sien. Vandag nog.

Ek klop so drie sagte kloppe aan die groot, hout voordeur en hoor dat daai kloppe tot ander kant die gebou uittrek en eggo tot by al die kamers in.

Een klop trek verby die eetsaal en gaan sit in 'n groot groen stoel. Die derde klop trek tot teen die dak vas en daar gaan sit hy in die pressed ceilings vas.

My hart voel ligter. Dis omdat die kloppe netjies deur die gebou getrek het, soos soldate en grootkoppe.

Die Oom maak die groot houtdeur oop en bekyk my.

"Middag. Oom."

"Middag, Seun."

"Ek weet nie of ek moet sê Oom, Meneer of Meester nie. Dalk u Edelagbare?" vra ek.

"Noem my net Oom."

Hy steek sy ou, verrimpelde hand uit om te groet. Ek vat sy hand. Dis 'n stewige handdruk. Ek kan jare en jare se werk in sy hand voel. Dit trek deur my hele lyf. Ek kyk na sy hande.

"Ja, hulle is oud. Hier is baie gewerk, Seun, maar hulle staan nog."

Ek glimlag. Wat anders kan ek doen?

"Kom in," nooi die oom my in.

Sy stem klink moeg, so amper aan die moedelose kant, maar tog kom daardie klank van sy stem diep uit sy maag uit. Daai plek waar net 'n Groot Stem vandaan kom.

"Ons gaan hier met die trappe op. Die mat is al goed deurgetrap. Baie spore. Die hout onder die vloer praat 'n suiwer taal. Hoor net hoe praat hy," en met elke tree wat ons gee hoor ek stemme, geluide, liedere en mense wat lag.

Ons klim die eerste stel trappe en toe sê die oom dat ons by hierdie groot dubbel deure moet ingaan. Die knoppe is half vaal-koper, maar dis nog steeds mooi.

"Die knoppe moet weer gevrywe word, maar wanneer dit gaan gebeur weet die Vader in die hemel. Toe, Seun, druk die deure oop sodat ons kan ingaan om te gaan sit."

Ek verstaan niks nie.

Ek maak die twee deure oop.

Voor my is die mooiste vertrek. 'n Mens sien net sulke vertrekke in prente van boeke of op die televisie.

Ons gaan sit op groen, oorgetrekte stoele. Egte hout vir die rug en arms. Die pote ook eg.

'n Paar vlieë kom draai om my.

"Verskoon die bleddie vlieë, mens kry hulle moeilik uitgeroei," praat die oom.

"Dis reg," sê ek.

"Sien jy daardie groot stoel doer aan die ander kant van die vertrek? Daai stoel het 'n diep stem. As jy op hom gaan sit, dan trek sy stem deur die hele gebou," sê die oom.

"Wie se stem is dit?" vra ek.

"Die stem wat uit die baard uit kom. Die stem wat in die bome sit. Dit stem wat in ons harte sit, jou stem," sê die oom.

Ek verstaan nog steeds niks nie, maar my hart is sag. As my hart sag is, dan hoef ek nie te verstaan nie.

"Kom sit op daai stoel, dan hoor jy die stem," nooi die oom my.

Ek gaan sit op die stoel en deur my lyf trek 'n klank wat ek nog nooit vantevore gehoor het nie. Deur my longe trek lug wat anders is as die gewone longe-lug. Op my tong kom lê die mooiste woorde: "Ek het jou lief" en dit weergalm deur die vertrek, teen die gekleurde vensters vas, tot teen die regte, egte hout dakbalke. Die woorde gaan lê in die hoeksteen van die gebou. Die woorde weergalm by die trappe af, deur die houtvloere tot binne in die ander vertrekke.

Die Oom glimlag tevrede.

Sy oë kyk diep in my oë in en weer praat ek.

"Ek is lief vir jou," sê my stem. Die woorde trek weer by die dubbel stel trappe af. 'n Stel wat links af loop en 'n stel wat regs afloop. Die woorde gaan kruip by 'n groot vierkantige kas in, daar waar die oog moeilik kan sien.

In die kas is 'n klomp ratte wat presies in mekaar loop en in mekaar pas. As die een draai, dan weet die een regs om ook te draai, sodat die een bokant hom kan draai. Dan is daar 'n tou wat die ander rat bietjie boontoe trek sodat die ander ratte weer regs en links, regs en links, regs en links kan draai. Alles presies ordelik, soos dit hoort.

Toe weergalm my woorde oor die hele stad.

"EK HET JOU LIEF."

Ek kan my ore en oë nie glo nie.

"Hoe nou gemaak, Oom?" vra ek.

"Moet nooit moed verloor nie. Hou aan waarmee jy besig is. Die engele sien jou," en die oom staan uit die groen oorgetrekte stoel uit op en kom stap tot by my. Hy hou weer sy ou, verrimpelde hand uit, gee my hand 'n stywe druk en skud my arm vir lank op en af, op en af, net soos die ratte in die kas waar my stem gaan lê het.

Die son skyn deur die gekleurde vensters en kom val soos 'n groot lig op my.

Die vlieë het verdwyn en die vertrek is stil.

Doodstil.

"Nou gaan ons net hier bly sit, vir lank, sonder om met woorde te praat, maar ons siele gaan die praatwerk doen," sê die oom.

Ek knik my kop om te wys dat ek verstaan.

Ons sit in stilte. Dis doodstil. Doodstil.

"My naam is Hoeksteen," praat die oom se siel met my. "Ek is gebore op 6 Mei 1889."

En daar in die stilte, met 'n sonstraal deur die gekleurde vensters en ratte van 'n ou klok waarin 'n groot stem lê, sit ek en oom Hoeksteen.

"En my van is Raadsaal. Julle almal is my kinders. Kom sit hier en luister na die stilte. Die antwoorde lê net hier."

Later, so teen sonsak se kant, toe ek by die trappe afstap, verby die twee deure met die koper knoppe, oor die uitgetrapte mat tot by die voordeur, draai ek om. Ek groet vir Oom Hoeksteen Raadsaal met 'n glimlag.

So met die wegstap skreeu elke hoeksteen, elke steen elke klip en deur van die gebou... EK HET JOU LIEF...

Dis toe dat al die kranse antwoord gee en oom Hoeksteen se stem bly nog al die jare Die Stem.

Ivy, Romeo en die geel Volkswagen
2023-03-01

Ivy en Romeo is twee mense wat iewers by 'n baie warm kusdorpie bly. Die nou soos die liedjie sê, ''n plek waar die kraaie gaap'.

Geen mens sal weet of hulle getroud is of net saambly nie, maar die twee hoort bymekaar. Eenvoudig, vloekerig en vriendelik. Die lewe het hulle vir mekaar gekies.

Hulle vloek al die ou vloeke, nuwe vloeke en vloeke wat nog nie eers bestaan nie. 'n Mens wil net ore toedruk, maar op 'n manier pas daai taal by hulle. Rof. Baie rof.

Mens kan ook sien dat hierdie twee siele 'n klomp sakke sout saam gekou het. Ivy se een voortand het iewers uitgeval en verloor.

Boonop kan mens nie help dat jou oë na die gap in haar voortande staar nie. Net as jy haar in die oë wil kyk, trek die gap jou oë weer weg.

Ivy is Ingels van taal. Sy probeer Afrikaans praat, want in hierdie deel van die wêreld waar sy, Romeo en Meisiekind, die bakoor hond, beweeg, praat ons net Afrikaans. Siestog, darem probeer sy om so tussen die Ingels deur 'n Afrikaanse woord by te las.

'n Mens se oë trek nou alweer na die uittand toe. Dis hinderlik.

Haar hare is uitgedroog soos gras, sommer 'n bol soetgras. Dit lyk asof 'n laksman nes gemaak het op haar kop.

Sy staan onvas op haar bene. Ek wou nog vra wat haar makeer, maar ek los dit toe maar daar.

Romeo is haar man. Hy is in sy 40's. Hy kon dalk mooi gewees het, maar na jare se sukkel het sy mooigeit iewers agtergebly. Soos 'n mooi, leerstoel wat vir jare in die son gestaan het. Sy lyf is net vol letsels. Van kop tot toon.

Die een in sy nek kan ek sweer is die van 'n messteek, maar ek vra nie. Ek is te bang.

Hy dra 'n kort rugby broekie, plakkies en 'n T-shirt. Sy enkels is dun soos 'n sprinkaan se bene en sy maag staan groot uit soos die voorkant van 'n broodblik. Eintlik lyk hy soos 'n broodblik. Plat van agter en rond van voor.

Hy is ook Ingels van taal, en probeer maar Afrikaans praat.

Romeo drink baie. Dis daai klas van mens wat die meeste van sy lewe maar dronk is. (Ek oordeel nie!)

Meisiekind is 'n hond met regop ore wat op die agterseat van 'n VW Beetle sit. Ek is nie seker watse hond dit is nie.

"Hy het ons gekies, ons het hom nie gekies nie, sê Romeo.

"O," is al wat ek kon sê.

"He is fucking lovely," sê Ivy.

"I can see that," sê ek toe maar en buk laer af om by die venster in te loer.

Op die agterseat van 'n goud geel VW beetle wat ook sy dae geken het, sit Meisiekind tussen 'n klomp inkopiesakke, rugsakke, plastiekbakke, stink komberse en die Here alleen weet wat alles.

"Ons het in Durban in 'n caravan gebly. Dis die bure mense se hond wat weggeloop het en ons kom soek het. Hy het ons gekies, you know. We didn't want him at first, maar hy het ons getjoose," vertel Romeo.

"Dis mooi. Hy het seker maar aangevoel dat julle sout van die aarde mense is."

Op die dak van die geel Beetle is 'n klomp rakke vasgemaak, soos 'n roofrack, maar hierdie lyk soos 'n droewige hoenderhok. Romeo sê toe dis sy roofrack. Hulle sit hulle suitcases daarop as hulle travel.

Ek wou toe weet waar hulle bly.

"In a fucking caravan onder 'n tree," sê Ivy vanuit die passasiers seat. Sy loer by die venster uit.

"Thats romantic," sê ek maar.

"Romantic? No man. I hate it," sê Ivy.

Ek bekyk die Beetle en sien dat sy dashboard ook maar moeg is.

"Hierdie clock het al twee keer oorgeslaan," sê Romeo en tik op die wysertjies.

Dis Saterdag oggend en die twee vat die grondpad iewers na 'n buurdorp. Dis 'n lelike pad, man, en g'n regdenkende mens ry daardie pad met 'n kar nie. Net 'n bakkie en trekker kan hom vat.

Ivy en Romeo besluit vroeg daardie oggend om hom te vat met die geel Beetle en Meisiekind op die agterseat.

Ek kry vir hulle by 'n opdraande staan. Die enjin-kap is oop. Ek kan sien Romeo is dik bedonderd en ek stop, draai my venster af en vra of ek kan help.

Hulle ignoreer my.

"Kan ek iets doen?" vra ek.

"Pull!" skreeu Romeo vir Ivy wat voor in die Beetle sit.

"Wat?" wou ek weet.

"Pull!"

"I am fucking pulling. Jassas. It is tough. Fuck... I am fucking pulling!" skreeu Ivy vanuit die passasiers seat waar sy aan 'n stuk draad trek.

"Pull!" en Romeo vererg hom en skop die bonnet van die Beetle soos wat jy 'n motorfiets sal kiekstart. Die taal is rof, maar dit pas. Dis so asof hulle dit sing.

Ek lag myself klaar.

Ivy sit in die Beetle en het 'n greep aan 'n stuk draad beet wat by die geel karretjie se dashboard uitkom. Sy ruk en pluk daai draad asof sy 'n grassnyer wil start.

"Pull!" skreeu Romeo.

"I am fucking pulling. This wire is hard!" en sy ruk met haar hele lyf aan die draad. Dis nou nie meer 'n grassnyer wat sy wil start nie, maar 'n generator. Ek sien natuurlik 'n heel ander prentjie van 'n harde draad in my gedagtes, maar hou dit vir myself. Soms is dit beter om dinge nie te sê nie.

Ek klim toe maar uit, gaan sit in die drywerseat en begin trek aan die draad. Teen die tyd lag ek so dat geen mens weet of ek werklik 'n movie kyk, toneelstuk kyk en of ek in 'n sirkus is nie, maar dis lekker. Dis baie lekker.

Ek ruk daai draad weer. Hierdie keer baie harder.

"Pull the fucking bonnet!" skreeu ek. Dis nie in my natuur om te vloek nie, maar mens val mos maar by ander mense se liedjies in jy weet.

"Oh doll, this fucking thing is hard to pull. It is hurting my hands," sê ek.

"Fuck man. Jassas. This fucking car. Fucking pull!" skreeu Romeo weer.

Ek ruk daai stuk draad asof dit voel ek ruk die hele voorkant van die karretjie weg, Meisiekind lek my in my nek en Ivy slaan 'n sweet op haar voorkop uit. Haar oë is bloedrooi. Of dit spanning, stres, min slaap of dronk is weet ek nie, maar meteens raak ek sommer lief vir die geel karretjie, Meisiekind, Romeo en Ivy.

Daar spring die bonnet oop en Romeo gee 'n kreet. Dis daardie soort kreet van lekker kry en klaarmaak.

Hy buk om sy trofee uit die bonnet te haal. In sy hand is 'n ou, vuil lap. Hy hou dit omhoog en lyk tevrede.

"Fucking thank you," sê hy.

'n Lap. Al die moeite vir 'n lap? Ek kan nie my oë glo nie. Alles vir 'n lap.

So draai ek toe maar om, klim in my kar en ry weg. Ek kyk in die truspieël en sien hoe hy inklim, sy hande met die lap skoonvee, vir Meisiekind oor die ore vryf en vir Ivy smile. En daar vat die geel Beetle.

Die volgende dag kry ek hulle weer iewers.

"You know, a Beetle can swim," sê ek.

"You see. I told you. I told Romeo it can swim and he did not believe me. Believe you me. ... he can swim," en ons smile vir mekaar.

Dis maar net 'n stuk draad, vloekende mense en 'n geel Volkswagen wat die lewe so bietjie mooier maak.

Antie Hessie Benson en die kreef
2023-03-04

Die dag toe Antie Hessie in haar sonkamer gesit het, met 'n oop boek op haar skoot en haar oë stip in die boek, toe moes ek weet hier broei 'n ding.

"As Antie so met die oop boek sit?" vra ek daai dag toe ek middag koffie by haar gaan vat het.

"Kan jy nie sien nie, ek lees," sê sy.

"Maar antie se bril lê dan op die side-tafeltjie. Antie kan nie eers die boek raaksien, wat nog te praat van die geskryf in die boek, so sonder die bril?" vra ek.

Ek het nou nie gebedoel om lelik te wees nie, maar die antie het net bly staar na die oop boek.

"Wat lees antie dan?" waag ek 'n skoot in die donker.

"Ek lees van die Kreef?" sê die antie, en haar oë bly in die boek.

"Gaan antie kreef-kos vanaand maak?" vra ek hierdie keer met so bietjie bespotlikheid.

"Nee, Kindjie. Moet jy van alles 'n grap kom staan maak? Hierdie is 'n saak tussen my en Die Here," sê sy.

Ek wou nog vir die antie sê dat die Here niks met kreef te doene gehad het nie, maar wel met gewone lynvis en brood, maar ek los dit toe net so want ewe skielik onthou ek dat die Here iewers in die Bybel gesê het dat dit groot sonde is om viskos wat 'n dop aan het, te eet.

"Wat sê die Kreef?" vra ek en ek gaan loer so oor haar skouer om te sien of sy nou regtig oor die kreef-gedoente lees.

Sowaar, hier staan van die kreef.

Antie Hessie sit die boek stadig neer en vou haar hande voor haar bors, soos vir groot en diep dinge praat.

"Sien, 'n kreef is snaakse ding. Ek het daarvan gedroom. Dit was 'n vision gewees," sê sy en skuif op die stoel rond. "Die vision het my laat dink. Kind, jy sien...'n kreef kan 'n klou of 'n poot of 'n ding verloor maar daai klou of poot groei weer terug. Die kreef gooi ook sy skulp elke nou en dan af. Sommer net so. Ek het dit nie geweet nie," praat antie Hessie. "Kyk, dit staan daar iewers in die begin van bladsy twee."

Ek lees en sowaar daar staan dit.

"Die kreef is nou nie 'n mooi ding om na te kyk nie, praat nie eers van eet nie. Ek sal nie my lippe aan hom sit nie, maar vandag het hy vir my geleer. Gooi weg die ou goeters wat my terug hou, gooi die verlede in die see. Gooi weg, want jy kan nuwe goeters groei," praat sy soos 'n dominee, en ek wag net vir die "Amen" deel.

"Dis toe dat ek besluit het om sonder my bril te lees. My kyk het teruggegroei, nes daai kreef se poot of arm of ding. Jy moet dit gaan traai."

My mond hang oop

"Antie... " is al wat ek kan sê. "So Antie sê vir my as ek my pote of kloue verloor, ek nuwes kan groei, sommer net so?' vra ek.

"Ja," is al wat sy sê.

En daar in Antie Hessie se sonkamer groei ek nuwe kloue, nuwe pote, nuwe asem, nuwe lewe, nuwe dinge en nuwe geloof.

"Dis 'n wonderwerk, Antie."

"Ja, dit is," sê sy.

Die Ysterklip-koppie

Om 'n ysterklip-koppie in die Karoo te wil uitklim is nie sommer enige iemand se maat nie. Hy lyk nie hoog as jy so voor hom staan nie, maar wag dat jy hom begin vat, dan praat hy 'n ander taal met jou.

Laat ek nie hierdie storie bo op die koppie loop haal nie, maar by die begin beginne.

Vroegoggend staan ek voor die ysterklip-koppie in die Karoo.

"Kan ek jou maar klim?" vra ek eers toestemming.

Geen antwoord nie.

"Mag ek maar probeer om jou uit te klim?" draai ek die woorde effens vir 'n antwoord.

"Probeer maar," sê die ysterklip-koppie.

"Dis darem nie te hoog nie, en nie baie steil nie," antwoord ek. Nie parmantig nie, maar met respek. Die veld het my geleer om respek vir haar te hê, anders gaan sy jou laat kruip.

Ek vat die eerste stap. Voor my voete lê 'n geraamte van een of ander dier wat al wit gebrand is in die son. Ek wou nog vra wie en wat hy was, maar iewers in my onthou sê dit dat jy nie met die dood mag praat nie. Net so..."Jy mag nie met die dood praatjies maak nie, God straf vir jou."

Ek los toe maar eers en stap verby.

Die eerste klim is maklik. Nie voetpad-stap maklik nie, maar maklik genoeg vir my ouderdom.

Eers moet ek oor die hakiesdraad klouter. Dis 'n ander storie. Ek sal op my tone moet staan en dan meet my oë die klip aan die ander kant sodat my voet dan die klip aan daai kant raaktrap, maar ek sal versigtig moet wees vir die oopbene oor die hakiesdraad. Daai kan 'n gesteek afgee as ek nie my storie mooi beplan nie. En so begin ek klim.

Maar eers bid ek en vra dat die koppie my voeteval moet seën en die pad vir my oopmaak.

Die sleepmis hang nog oor die tip van die koppie en ek voel hoe daai sleepmis op my vel val en in my hare gaan vassit. Dis lekker.

Eers meet my oog die afstand van die dwarsklip. Dit moet mooi gemeet word, want tussen oog en voet kan daar maklik 'n fout kom.

Dan moet ek mooi vra of die klip vas is of los lê.

"Jy moet versigtig trap. Dit het goed gereën en die grond is los. As daai klip onder jou uitgly, val jy jou gat suur," praat die koppie met my.

My oë meet die afstand, eers saggies-trap dan trap ek met my volle gewig. Hy sit vas. Ek klim nog 'n stukkie. Meet, pas, trap en vra.

Die brand kom sit in my bors en steek in my milt.

Langs die aalwyn gaan sit ek op 'n plat klip en maak myself gemaklik vir 'n bietjie rus. Ek bekyk die wêreld. Sy is groen. Sy staan gelukkig van al die reën. Die soetgrasse kruip onder klip en rots uit. Ek dank God sommer daar op die plat klip vir die reën.

Nou het my lyf en voete die pas gekry om te klim, en ek vat elke tree met liefde en respek. Dis die wet van die veld.

Net voor ek op die tip van die koppie kom, gaan staan ek, draai my lyf versigtig om en bekyk die oop vlakte. My gemoed skiet oop. My dink skiet oop. My trane skiet oop.

Toe ek op die tip van die ysterklip-koppie kom, soek ek 'n plat klip om te gaan sit, my asem terug te vra en die brandsteek uit my bors te kry. Ek wil sommer net my hart oor die oopte gooi tot anderkant die horison waar 'n mens se kyk opraak.

"Julle punte is pikswart gebrand van die somerson," sê ek vir 'n klip. "Lyk of hier 'n vlammehel deur is," praat ek verder.

My woorde raak tussen die sleepmis en wind weg.

Die koppie wil nie praat nie. Dis van stil wees.

"Bly stil en luister," sê die skerppunt aalwyn.

Ek luister.

Toe kom die natuur se stemme in my ore lê en klouter in my siel in.

"JY!" hoor ek 'n roepstem agter my.

Ek draai my kop om, maar my lyf bly vorentoe kyk ... amper soos 'n uil. Daar sit klipdassie op 'n ysterklip vir my en kyk.

Ons praat met mekaar. Nie woorde nie, maar 'oog-praat'. Sy draai haar linkerkant son toe, dan regterkant, dan voorkant. Sy maak seker die son vang haar hele lyf.

Aan my ander kant hoor ek 'n stem.

"Haai jy!" Dis stokstertmeerkat. Sy is skaam en kyk van agter 'n doringtak na my. Stip in die oog.

Ek kyk weer vir Klipdassie.

"Ek bly hier tussen die twee ysterklippe se skeur. In die winter is dit lekker warm, die son bak op die klip en trek by die gleuf in. Somer kom die wind oor die koppie, slaan teen die een kant van die klipskeur vas en trek deur my blyplek ... ek is altyd tevrede," sê dassie met haar oë.

Ek is stil.

Ek staan op, sê vir die ysterklip-koppie dankie vir die sit en klim, vra haar om my voeteval te bewaar met die afklim slag en begin aanstap.

Vir die eerste keer in my lewe voel ek klippies onder my hande, klim ek oor elke klip met hande en voete vir vastrap en vasklou, kyk my oë vir los klippe - maar die grootste bang wat in my kom lê, is dat ek dalk 'n klip kan lostrap en hy rol die ysterklip-koppie af. Dan het ek, wat mens is, dalk 'n klipdassie of 'n stokstertmeerkat se huisie opgedonner ... wie is ek after all?.

Dankie Ysterklipkop

Dankie Karoo
Dankie klipdas
Dankie meerkat.

Die Blommemark
2023-02-19

Dis Vrydag-agtermiddag.

Die Blommemark in die Kaapse Plein is bedrywig van blommeverkopers en blommekopers. Dis net 'n bont gedoente. Oral op trollies staan plêstiek emmers vol kleure. Blomme van alle soorte.

"Hallo, my larney, a rose for your goose, or two?" skreeu die uittandvrou vir 'n man. Hy stop, bekyk die rooi rose in stilte en stap verder.

"Sorry ... sorry, my larney ... hier is 'n mooi angeliertjie vir jou liefie, of 'n mixed bunch somme' net vir die mêrrim."

Die man draai om en kyk vir die vrou.

"Kan ek asseblief al die blomme op jou trollie koop?" vra hy sag en beskaafd.

"Here, Meneer, is jy dan nou reg van verstand?" vra sy verbaas. Sy gaan sit op die omgekeerde verfblik waarop sy 'n geelbont kombersie gegooi het vir saf sit.

"Ja, Mevrou, ek wil alles koop," sê die man.

"Here, Sarie, hoor hier. Ek slat die jekpot. Hierdie larney wil al my blomme koep."

"Nou laat hy koep," skreeu Sarie terug. "Dis nie alledag wat jy uitverkoop gaan weesie."

Baie stadig en met 'n mooi glimlag druk die man sy hand in sy broeksak, haal 'n pak note uit en sit dit op die tafeltjie neer waarop die blommeverkoper se flask met tee staan.

"Ek glo hierdie geld is genoeg vir al die blomme?" vra hy.

"Here, Meneer, meer as genoeg. Sien my oë reg?" vra die vrou.

Toe sy die geld optel om te tel, kom die Suidooster op en hy kom haal elke blom. Een vir een uit die plêstiek emmers en waai hulle op, so hoog soos Tafelberg, oor die Kaapse vlakte, by Lavender Hill verby, oor Plattekloof tot daar waar elke blom vandaan kom.

Toe gaan sit die wind elke blom op sy eie stingeltjie terug, daar waar hy vandaan gekom het.

Meteens begin al die blomme sing en die musiek trek oor die hele wêreld.

"Nou ja toe, nou kan die blomme bietjie langer leef," sê die man vir die vrou.

"Haai tog ... die Here seën vir Meneer. Ek het nog nooit so daaraan gedink nie. Sien ek reg? Droom ek nie dalk nie? Nou kan ek vir my kinders die dikste Gatsby by Bishmillahs gaan koop. Hulle gaan tog so bly wees. Veral die kleintjie, hy laaiks van die ekstra tjips in die Gatsby."

Die man glimlag en stap in stilte weg.

'n Blom wil nie gepluk wees nie. Hy wil bewonder wees waar hy opgekom het.

Net soos ons mense ook maar.

(Inspirasie: Willem Cierenberg)

Kappertjie

Kappertjie was my beste vriendin op skool.

Kappertjie het in die onderdorp gebly. Almal wat in die onderdorp gebly het was maar eenvoudig en ons was die dood voor die oë gesweer as ons met hulle vriende gaan wees.

Ek het my nooit deur mense laat voorskryf of getraak wat hulle sê nie en besluit dat Kappertjie tog my vriendin moes wees.

"Kan jy nie ander vriende kry nie?" het my ma gevra.

"Aan jou vriende sal jy geken word," het my ouma gesê.

"Meng jou met die semels dan vreet die varke jou," het die dominee se vrou gesê.

Ek het my min gesteur aan hulle en ek en Kappertjie het oral saam gegaan. Kappertjie het my laat lag.

"Die mense praat," het Kappertjie eendag vir my gesê toe ons agter die pawiljoen gesit en rook het.

"Ek worry nie. Hulle moet maar praat."

Kappertjie het my verstaan. Kappertjie het gesukkel met haar huishoudkunde huiswerk, ek het haar daarmee gehelp, al het ek nie huishoudkunde gehad nie. Ek het weer met tegniese tekeninge gesukkel en sy het my daarmee gehelp.

"Ons het almal mekaar nodig," het Kappertjie weer eendag agter die pawiljoen vir my gesê.

"Wat wil jy eendag word as jy groot is?" het ek vir Kappertjie gevra.

"O. Ek wil met Lipizzaner perde boer," het sy gesê en in 'n graspol gespoeg. "Wat wil jy word?"

"Ek weet nie," het ek gesê.

"Jy moet gaan dans. Jy moet op die verhoog wees en stywe broeke dra," het sy gesê en weer gespoeg. "Jy moet make-up dra."

Op 'n dag het ek weer vir Kappertjie agter die pawiljoen gewag. Sy het nie gekom nie. Kortpouse het ek weer gaan kyk en Kappertjie was nog steeds weg.

Na skool het ek weer gaan kyk en al wat ek daar kon sien was 'n hoefyster. Toe ek die hoefyster optel, kom daar 'n spierwit Lipizzaner perd aangestap. Om sy nek is 'n toutjie vas en aan die toutjie is 'n briefie.

Dit was 'n hartseer dag vir my. Ek kan tot vandag toe nie sê wat in die briefie gestaan het nie, maar wat ek wel weet is dat Kappertjie in die gees van die perde gaan bly het.

Sy het haarself met 'n passerpunt doodgemaak, want net ek het van haar groot geheim geweet. Hulle het nie gekies om in die onderdorp te bly nie, die lewe het hulle daarheen gedruk. Ek wens almal kon dit sien.

Ek wil ook in die onderdorp gaan bly, in die huisie waar 'n hoefyster aan die voordeur hang.

Glenda

Glendatjie kom van Dealesville af. Sy is 'n bang kind.

"Jy moet maar die banggeit laat staan, jy sal nooit man kry nie," het haar ma altyd vir haar gesê. Sy het net haar skouers opgetrek totdat sy soos 'n Japanese sambreel lyk en dit weer plat laat val soos 'n verlepte sponskoek.

"Ek wil nie man hê nie, Ma," het sy gesê dan weggeloop.

Sy het vir ure voor die geheime venstertjie in haar dakkamer na die buurman gesit en staar. Sy het vir haar die solder uitgekies om in te bly, want, volgens haar, sou geen man dit waag om die trappe te klim nie. En as iemand die trappe klim, sou sy dit hoor en die gordyn om haar draai.

"Kind, jy moet jou banggeit laat staan," het haar pa eendag gesê.

Sy het solder toe gehardloop en haarself in die gordyn gaan toedraai soos 'n sywurm in 'n kokon fase.

Dan het sy weer by die geheime venster uitgeloer en na die buurman gekyk. Die buurman het nie man, vrou, kind, houvrou of stiefkind gehad nie. Dit was net hy en sy Franse poedel. Saterdae het hy altyd gras gesny, Sondae swembad skoongemaak en namiddae onder die groot boom gelê. Glendatjie was verlief, maar bang. Sy wou met mening weet wat hierdie buurman se naam is, want hy maak iets in haar lieste wakker.

Sy het een nag opgestaan, by die venster afgeklim met 'n leer en in sy posbus gaan grou. "Meneer Tredoux," lees sy op 'n venster koevert.

Daardie aand kon sy nie 'n oog toemaak nie. Glendatjie Tredoux... Dis mooi, het sy gedink. Met opgewakkerde lieste soos 'n trompop het sy die straat afgestap en gehoop hy sou haar sien.

"Ek is bang," het sy vir die tuinhek gefluister.

"Waarvoor?" het Tuinhek gevra.

"Vir die dinge wat hierdie man aanvang. Kyk net hoe gaan hy te kere ... hy stoot, trek en rem elke naweek dat die sweet spat."

"Moenie vrees nie, Glendatjie, die man sal niks aan jou doen nie. Hy kan blomme rangskik, tafels dek en bruide mooi maak."

Daardie nag, in die solder, met lam lieste, droom Glendatjie van ruikers wat in die pad af staan, vanaf die hoek, by die stopstraat verby, langs die akkerboom, onder die struike, by die De Villiers mense se huis verby, duskant die klimplant, by die parkie verby tot in haar kamer.

Daar tussen die ruikers staan sy, as bruid, met klam lieste en wag vir die groot dag. Meteens kom Tredoux aangehardloop met 'n grassnyer in die een hand en Kreepy Krauly in die ander hand.

Soos hy die ruikers met die grassnyer afsny, suig die Kreepy Krauly dit op, totdat die Kreepy Krauly voor Glendatjie lê en ruk en suig, ruk en suig, ruk en suig ... totdat Glendatjie ingesluk is...

En toe was dit die einde van Glendatjie en haar klam lieste.

Opsoek na iets

Almal van ons is mos maar opsoek na iets. As dit nie vir 'n brief in die posbus is nie, is dit vir 'n straatnaam. Sommige mense soek parkeerplek by winkelsentrums, sommige soek na iets wat hulle nooit sal kry nie.

Dan is daar die wat mooi huise soek met baie meubels, mooi dakke, baie kaste met honderde laai en duisende goed (net goed) wat in die laai rondlê.

Baie eenvoudige mense is gewoonlik opsoek na sleutels wat hulle iewers verloor het, tieners soek airtime, sommige simpel mense soek bokse om goed in te pak. Dan is daar die wat net niks soek nie. Hulle is net tevrede.

'n Vriendin van my ma se vriendin wat in Kloofstraat bly wou so graag 'n kind soos ek hê.

"Nou hoe is ek dan?" het ek eendag vir antie Petti gevra.

"Aai, Kind. Jy is tog so anders as al die ander kinders. Jy is anders as my eie kinders. Jy lees dik boeke, eksperimenteer met pruike en make-up en maak gewoonlik die mooiste skinkbord met teekoppies op as hier mense kom kuier," antwoord antie Petti.

"Aai antie Petti. Dis maar my geaardheid. Dalk 'n fase, mens weet nie, maar dis soos ek is."

Antie Petti het lank na my gestaar en toe het sy 'n boek gaan haal.

Lees," het sy gesê.

Ek het die FAK oopgemaak en begin lees.

Antie Petti was ongelooflik dierbaar, maar die mense van die dorp wou nie met haar meng nie. Hulle het gesê dat sy fortuin vertel en met die maan gepla is.

"Kan antie my fortuin vertel?" vra ek nadat ek op bladsy 43 in die FAK van die boerseun en plaasnooientjie gelees het.

"Fortuin is 'n lelike ding, kind. Maar ek kan sien dat jy eendag 'n toga gaan dra en dat jy gaan ballet."

"Ek ken nie die Bybel so goed nie," het ek vir haar gesê.

"Nee, jy gaan nie preek nie. Jy gaan in die hof staan. Almal wil altyd iets hê. Jy gaan vir die wat soek gee wat hulle nodig het."

Jare het verby gegaan en ek het al skoon vergeet van die toga, tot op 'n dag wat ek die mooiste rok in 'n winkel gesien het. Pikswart. Ek wou dit so graag gehad het. Ek het ingegaan en die rok gekoop.

"Is dit vir jou ma?" vra die verkoopsdame.

"Nee, dis vir my."

"Dis 'n vroue winkel," het die vrou gesê.

"Kan ek betaal?"

Ek is daar weg met die rok en by die Wimpy se toilette het ek die rok gaan aantrek. Ek kon nie nog wag tot by die huis om hierdie beeldskone rok aan te trek nie.

Toe ek daai rok oor my kop trek en by die toilet se deur uitstap, val die dik vrou se pienk milkshake op haar skoot uit. Die kind verstik aan die Smartie op die banana split. 'n Man wat aan 'n burger knaag laat 'n paar druppels tamatiesous op sy baard vassit.

Ek het by die toilet uitgestap, in die gangetjies af waar mense my aangaap. Ek het voor die flat screen TV gaan staan en gesien hoe Morné Steyn (die mooiste man op aarde) die bal oor die pale skop. Die mense in die Wimpy het geskreeu en hande geklap. Ek het gebuig (soos 'n vrou in 'n outydse musiekblyspel) en gesmile.

Op daardie dag het ek geweet hulle klap vir Morné hande, maar ek het gekry waarna ek gesoek het. Net vir 'n oomblik was dit lekker. Ek het toe vir die antie met die pienk milkshake gekyk en vir haar 'n nuwe een gekoop.

Ons almal wil so graag hê dat iemand vir ons moet hande klap ... al is dit in die Wimpy.

Sterretjie

In Koffiefontein se onderdorp, net langs die kanaal wat water vir die wingerde voorsien, woon die Oortmans. Sterretjie Oortman was saam met my in die klas. Sy was stadig en haar hare was altyd deurmekaar.

"Jy lyk soos 'n perd wat verkeerde kant toe geroskam is," het haar ma altyd gesê.

Sterretjie Oortman het haar nie gesteur nie, want sy het van haar eie bos hare gehou.

"Dis mooi," het ek altyd vir Sterretjie Oortman gesê Ek was vriende met Sterretjie. Niemand wou vriende met haar wees nie.

"Mense wat in hierdie dorp langs die treinspoor en die kanaal bly, is almal dieselfde. Los daai mense uit," het my ma altyd gesê.

"Maar Sterretjie is anders, Ma," het ek gesê.

"Ja, ons weet. Hoeveel keer het die skoolhoof nie al die byl wat sy in haar skooltas dra, afgevat nie. Sy was al amper geskors oor die byl wat sy saamdra."

"Julle sal nog sien. As dit aand word gaan dinge verander," het sy gesê en dan weer 'n byl gaan koop. "Julle dink ek speel. As die son opkom gaan alles verander. Kyk maar."

Ek en Sterretjie Oortman het altyd met ons bene in die son gaan sit by die Munisipale Swembad en na alles wat 'n stywe broekie dra en 'n pols het, gekyk. Ek en Sterretjie was baie goeie vriende. Sy het soms vir my van haar rokke geleen, dan het ek dit aangetrek en ons het foto's geneem. Sy het van my gehou nes ek is.

"Mens is soos jy is. God het jou so gemaak. As rokke vir jou mooi is, moet jy dit dra. Moenie worry oor die mense nie.

Ek weet hulle sê ek is eenvoudig omdat ek langs die kanaal bly en omdat ek met 'n byl rondloop, maar julle sal nog sien."

Ek het nooit vir Sterretjie oor die byl gevra nie.

"Dis my geheim, maar julle sal nog sien," het sy gesê. "Ek mag 'n gebreekte wilde kind wees, maar as die son môre opkom, gaan julle sien," het sy volgehou.

My ma was raadop en het my vir 'n week belet om uit die huis te gaan. "Jy los daai mense uit!"

Ek het in my kamer gaan sit en na Sterretjie verlang. Na die rokke wat sy my geleen het, na haar geroskamde kop, na haar byl, na haar lag en ons ure van lekker kry langs die Munisipale swembad.

'n Week later kon ek weer by Sterretjie gaan kuier.

"Sy's weg, en alles is jou skuld," het haar pa gesê. "Ons weet dat sy haar rokke wat ons gekoop het vir jou gegee het. Trap van ons erf af."

Meteens was ek nêrens welkom nie. Nie in my eie huis nie ook nie in Sterretjie se huis nie. Ek het in die straat af gedrentel en net vir 'n oomblik gewens ek kon vir Sterretjie weer sien. Sy het altyd die laaste druppels milkshake uit die glas geslurp en dan het die mense neuse opgetrek. Ek en Sterretjie het dan gelag.

In 'n koerant by die Griek se kafee sien ek 'n foto van Sterretjie. Sy is dood. Sy is sowaar Dood. Ek het die stukkie langs die foto gelees.

"Sterretjie Oortman is in die Wildtuin dood gekry onder 'n Mopanieboom, met 'n byl in haar hand. "

Jare later sou ek hoor dat sy Wildtuin toe gehike het, met deurmekaar hare en die byl in haar tas. In haar sak was 'n briefie wat sy vir my geskryf het. "Tokkelos," (sy het my altyd haar Tokkelos genoem, want ek kon toor), "Tokkelos, ek wou hulle almal vrek maak, net soos hulle ons bome afkap en ons renosters verwoes. Maar toe is ek te laat. Sal jy my byl kom haal?"

Ek het gehuil en haar gemis.

Ek wens daar was nog Sterretjies in die lewe om ons bome en Renosters te beskerm. Om net op te staan vir die waarheid. Om net die regte ding te doen.

('n Storie vir almal wat ons woude en renosters help beskerm. Kyk maar uit vir Sterretjie, en beskerm haar.)

Fay se bekering

Dit was op 'n Maandag toe een van die Joons kindertjies, die een met die oopbekkie, by my huis aankom en sê Ouma het hom gestuur. Ouma wil weet of ek nie net haar hare wil kom rinse nie.

Ek het sulke los werkies gedoen vir ekstra geld, maar in my binneste het ek geweet dat Ouma 'n storie het wat sy wil vertel.

Ek het vinnig klaar gemaak en die 'Jensen Violet' in my handsak gedruk.

Die tuinhekkie het nog eers nie behoorlik die toegaanskreeu gelos nie, of sy skreeu dat ek maar kan inkom, die voordeur is oop.

Sy het sommer so by die bad gebuk en ek het met 'n enamel emmertjie begin spoel.

Toe ons amper klaar is, sê ek sy moet party keer so bietjie heuning aan haar hare sit, sodat dit nie so uitdroog nie en net daar sê ek 'n ding wat haar laat lag.

Sien, Ouma het so manier dat haar skouers eers begin wip dan kom die lag later uit.

"En as Ouma nou so aan die wip gaan?" vra ek ewe onskuldig terwyl ek haar hare spoel en met conditioner invryf.

So begin sy vir my die storie vertel van Fay wat so oorkant haar bly met die droë en gekoekte hare.

Dit was weer een van Dominee se kuiers wat nie 'n huisbesoek was nie, maar net 'n heen-en-weertjie.

Ouma vertel dat hulle nog so oor die tuinhekkie staan en kuier, toe Fay Botes by haar huis uitgestap kom, 'n paar blaartjies van 'n bossie of 'n ding afpluk en vinnig weer by die huis instap.

Fay Botes bly so skuins oorkant Ouma-hulle in die eenvoudige rooi baksteen huisie.

Ouma vertel dat Dominee eers so stadig en versigtig beginne praat as hy iets op die hart het en dis hoe hy toe die ding begin vat van Fay toe hy sê, "Tannie Joey, daardie dame wat hier so skuins oor die pad bly is darem 'n vreemde mens. Ek wil so graag daar gaan besoek aflê. Ek voel dit so in my gees."

Ouma vertel vir my dat dit gevoel het asof al die bloed uit haar are loop, toe Dominee oor Fay beginne praat.

"Ja Dominee, ek verstaan dis soos daai wat hulle sê, die gees wil maar die vlees wil nie."

"'n Mens kan mos nie so eensaam en alleen deur die lewe gaan soos daardie stomme vrou nie," begin Dominee torring aan die ding en Ouma wil die ding wegpraat.

"Ag, Dominee, los maar. Die vorige dominee het ook probeer, maar sy het hom gejaag. Glo vreeslike goed toegesnou. Los maar."

"Tannie Joey, vandag staan ek as vriend voor Tannie. Hoe sal ek nou die hele ding benader as ek wil gaan huisbesoek doen?"

"Dominee, daardie vrou ken net ellende. Kyk hoe trek sy aan.

Dis nie rokke of klere nie, dis lappe. Sy draai die goed om haar middel, gooi 'n lap oor haar skouers, bind 'n lap om haar kop en dan nog kaalvoet ook nog. Winter en Somer. Daardie hakke is al so gebars soos 'n ou houtvloer wat nooit olie of polish kry nie," was Ouma se woorde.

Ek wou nog sê dat sy moet Vaseline en Grandpa meng en dit aan die hakskene sit, maar ek los vir Ouma dat sy die storie vertel, want ek weet hierdie is 'n lekker storie.

"Sy borsel nooit hare nie en as sy die dag dit moet doen, borsel sy net bolangs, maar onderlangs sit die koeke soos 'n vinknes. Daar moet nog net 'n klein voëltjie by haar kop uitloer, dan is dit sowaar 'n vinkie. En dan wil ek sommer in dieselfde asem sê, dat sy nie te skoon is nie - wel, ek sal nie daar tee drink nie, as ek dit dan nou so moet stel

"Maar die ding wat almal aan die praat het is die dat sy so vroeg, nog voor sonop, uit haar huis kom, al is dit spierwit gekapok, om met haar plante te praat. En as jy nou haar voortuin, so van naderby kyk, sal jy sien daar groei nie blomme nie, maar net groente, kruie, uintjies, bossies en al wat ding is waarmee sy toor. Dis 'n aardigheid, Dominee, dis 'n aardigheid."

Ouma en Dominee loer straat af na Fay se kant toe. So skelm loer soos wanneer 'n skoolkind afskryf.

"Niemand wil naby haar kom nie, te bang hulle word getoor. Dis net die diertjies en insekte wat oral in haar huis en tuin rondloop wat gelukkig lyk. Daar is sprake dat sy ekstra krag kry as dit volmaan is en as ek die dinge so bekyk is dit reeds nou volmaan.

Maar laat ek nie my ewemens so beswadder en beskinder nie," het Ouma gesê.

"Nee, Tannie, dis nie beskinder nie, ons moet haar help, sy moet in die kerk kom." het Dominee gesê.

Mens sal nooit weet of Dominee nou regtig wou gaan bekeer het, of net uit nuuskierigheid uit nie. Ek dink tog maar hy was meer nuuskierig.

Ouma kruis haar arms voor haar bors, vryf haar neus, trek haar oë op skrefies en beginne vertel.

"Sy is hier in die Vrystaat gebore. So kort voor een Kersfees het sy net verdwyn. Geen mens het geweet waar sy haar bevind nie. Net ek het agter gekom dat sy nooit meer uit die huis kom nie. Toe gaan kyk ek en dis toe dat almal begin soek het.

"Die dorp het 'n soekgeselskap bymekaar geroep en so soek hulle. Al wat man, hond en perd is, is ingespan en die veld in, maar Fay is weg.

"Vir wat?" het ek my daai dag vererg, vertel Ouma, en dit lyk so asof sy haarself van voor af wil vererg. "Niemand traak oor haar nie, maar nou dat sy weg is wil julle soek," het Ouma gesê.

"Op 'n dag kry ek 'n brief in die pos en dis van Fay af. Sommer so in 'n vuil koevert op 'n vuil stuk oefening boek se bladsy. Sy skryf toe dat sy daar iewers in die Moordenaars Karoo is en dat die grootste ellende die wêreld gaan tref. Sy skryf toe verder dat ons onsself moet regmaak, want die einde is in sig, sy sien dit. Sy het die in die blare gelees, teeblare... Maar dis 'n storie vir 'n ander dag, Dominee."

Toe Ouma van die teeblare sê, was my nuuskierigheid hoog.

"Tannie, maar hoekom het Fay dan vir tannie geskryf? Is julle goeie vriende?" wou Dominee weet.

"Nee Dominee, nie goeie vriende nie, maar sy is my niggie van Ma se kant af," vertel Ouma.

Mens, ek was so geskok toe ek verneem dat Fay en Ouma familie is. Jy weet, daar waar ek bly praat die mense baie oor Fay. Ek weet van sommige mense wat al daar was vir die blarelees, maar ek sukkel nie met bose goed nie.

Fay het intussen weer die huis ingehol soos 'n wilde bok. En ek is nuuskierig.

Daar staan Ouma en 'n geskokte Dominee, voor Ouma se tuinhekkie, stom, met geen woorde te spreek en Fay Botes wat hulle beloer deur haar sitkamervenster.

Dominee is toe daar weg sonder om by Fay aan te gaan.

Die volgende dag sien Ouma, waar sy in die voorhuis besig is en 'n mooi uitsig op die straat het, dat Dominee by Fay Botes se erf instap. Kiertsregop, hoed op die kop, gewapen met 'n dik Bybel onder die blad en klein vinnige treetjies.

Ja, Dis van pure senuwees, dink Ouma en trek die sunfilters so effens weg voor die venster.

238

Ouma stut met haar heup teen die vertoonkas, vol gepak van ornamentjies vanuit die wildtuin tydens wintervakansies. Haar regterarm voor haar bors gevou en die linkerarm rus dan op haar regterarm sodat sy haar mond kan vashou met die linkerhand. Pure konsentrasie.

So stap Dominee met die sementpaadjie op, tot by die eerste trappies van die stoep, kyk om, stap effens terug, lig sy hoed op en skuif dit so effens terug. Dan stap hy weer agteruit, net so twee tree, kyk links, dan regs en dan weer tot by die trappie.

Hy haal die Bybel onder sy blad uit en hou dit voor sy bors vas. Hy stap met die drie trappies op tot by die deur, lig sy hand en net voordat hy kon klop, draai hy om en stap weg.

Siestog, die stomme dominee moes seker vol van die bang gewees het, dink ek.

Die volgende dag is dit weer dieselfde ding, totdat hy besluit het om die saak met Ouma te bespreek, aangesien dit haar niggie is.

Dis 'n week later toe Ouma haar tuinhekkie se gebek hoor en nogal die tyd van die oggend wanneer dit storie tyd op die transistor radio'tjie is.

"Wie is so ontydig? Dis storietyd en dan die resep," praat Ouma met haarself. Sy het daai gewoonte gehad om so met haarself geselskap te maak.

Ons almal weet dat as dit storietyd, resepte en oggend oordenking is, mens nie vir Ouma moet pla nie.

Ouma loer deur die venster en sien dat dit Dominee is, nogal in sy leeraarsgewaad. Hy stap met kort vinnige treetjies met die sementpaadjie op, verby die Pride of India en die rankroos. Klim die vier trappies na die rooistoep vinnig op, amper soos 'n kalkoen wat wil storm. Hy klop aan die deur, soos wanneer jy room styf wil klop vir oor poeding gooi. Vinnige, kort kloppies.

Ouma beduie nogal so met haar hand hoe Dominee geklop het.

Ouma maak die deur oop en sy sien sommer die kwellinge op sy gesig. Dalk as sy vriendelik en lig groet, gaan die kwellinge bietjie sak.

"Maar my wêreld, wat 'n verrassing, Dominee, dis nog ver van kollekteerdag af, maar kom in."

"Nee Tannie, ek kom nie kollekteer nie en ek kom ook nie met die Woord na tannie toe nie, maar met 'n ander ding wat baie swaar op my rus. Ek het nou al vir weke in gebed gevra dat die Groter Hand my moet krag gee, dat die Heiligheid waarheid kom spreek en dat die ewige Satan se adder moet wyk, maar niks nie," begin Dominee.

Of Dominee daai groot woorde gesê het en of Ouma dit uitgedink het, weet ek nie, maar dis hoog woorde uit Die Woord uit.

"Maar my wêreld, Dominee, hoe praat dominee dan so anders vandag. Ek ken mos nie vir dominee as iemand wat so hoog praat nie. Hoe nou?"

"Nee, Tannie, dis tannie se niggie, Fay. Ek probeer tog om by haar uit te kom om haar tot bekering te bring, haar in die kerk te kry om die Woord te hoor, maar dis asof daar 'n groot hand my wegdruk en ek onthou toe tannie se woorde van die toordery.

"Ek het laas week probeer, die week probeer en vandag wil ek weer probeer, maar toe meen ek as ek eers met tannie kom gesels, kan ons die ding dalk saam aanpak. Dis tog familie van tannie."

"Dominee, dit gaan nie baat om na haar toe te gaan nie. Ons almal het al probeer om haar in die kerk te kry, maar sy skop vas. Dit is nou al vir jare dat sy so wil van haar eie het.

"Ouderlinge, wat nou al lang bome toe is, het al probeer, diakens wat nou al ouderlinge is, dominees wat gekom en gegaan het, hulle het almal al probeer en al wat sy sê is, "Wyk Fariseër en los my uit," dan slaan sy die deur toe.

"Die ou Apostoliese Profeet het selfs traktaatjies by die hope in haar posbus gaan sit. Sy het dit dan in die middel van die nag gevat en weer onder die kerkdeur gaan instoot, sonder skaamte."

"Maar, tannie kan mos maar gaan probeer, net om die ys te breek, dan kan ek inkom en dit verder vat. Kry haar maar net eers sag."

Ouma vertel my dat Dominee so knaend was met die storie, dat sy toe maar ingegee het.

Ouma se oë trek op klein skrefies en sy vou haar hande voor haar bors, dan druk sy haar bril met middel vinger op en sy dink.

"En nou, Tannie? Kan ek vir tannie water kry?" vra Dominee, want dit lyk so asof Ouma in 'n tipe van 'n trans ingaan.

Ouma het daardie manier van 'n ver kyk in die oog, so asof sy verder dink as wat dink is.

"Nee Dominee, kom sit dan maak ek tee. Sommer hier in die kombuis, as dominee nie omgee nie," en Ouma sit die ketel aan.

Genade, nou dat ek daaraan dink. Ouma het my nog nooit ingenooi vir 'n koppie tee by haar tafel nie. Maar ek verstaan dit tog maar op my manier.

Terwyl die ketel kook begin Dominee aan Ouma verduidelik wat sy plan is

"Tannie sien, as ons nou saam na haar toe gaan, kan tannie mos die gesprek begin. Tannie kan verneem na die familie en hoe dit met die tuin gaan. As dit moet, kan tannie selfs sê dat tannie graag tannie se blare gelees wil hê. Ek weet dis 'n bose ding om te doen, maar soms moet 'n mens maar alle weë kies om iemand te red."

"Dominee, ek weet darem nie so lekker van die blare lees nie," sê Ouma en gooi die kookwater in die silwer teepot met die swart handvatseltjie. Die teepot is al ingeduik en getjip op plekke.

"Het Ouma toe Ouma se blare laat lees?" vra ek vinnig voordat sy verder kon vertel.

"Nee wag jy nou, moenie vooruit loop nie," het Ouma my vinnig stil gemaak.

"Kom ek skink Dominee se tee." Ouma gooi sommer twee lepels suiker in, melk en roer dit ook sommer. In die piering twee peanutbutter koekies, sommer net so.

Hy hou die piering met die koppie so in die palm van sy hand vas, met 'n slap buig in sy pols, om dit te balanseer.

"Dominee, kom ons pak maar die bul by die horings. Ek sal saamgaan, maar as sy ons jaag, draai ek om en loop weg. Ek gaan my nie deur 'n baie verlangse niggie laat beledig nie," het Ouma gesê.

"Sit net hier, ek kom nou," en Ouma stap met haastige heupe die kombuis uit en los die verwarde Dominee net daar. Dominee sluit sy oë, so asof in gebed en drink sy tee.

Ouma kom terug, hare netjies agtertoe gekam, ruik soos die blommetjies en haar plathak skoene aan.

"Kom, Dominee."

My mens, ek kan al in my geestesoog sien hoe Ouma vir Dominee aanpraat.

Daar stap Dominee en Ouma by die deur uit, rooi trappies af, sementpaadjie langs, verby die Pride of India en rankroos, by die hekkie uit, straat af na Fay toe.

Ouma stap voor, nog steeds haastig, maar toe sy by Fay se sementpaadjie kom, bedaar sy bietjie en stap stadiger.

Dominee is net so paar duim agter haar. "Die Gees sal met ons wees," prewel hy saggies.

"Stadig nou, Dominee. Los nou maar die Gees en die Woord en die kerk en bly net stil. Ek sal die praatwerk doen," praat Ouma vir Dominee aan.

Ouma lig haar hand en Dominee kan sien haar kneukels is spierwit van hoe haar vel styf om haar hand span van pure senuwees.

"Soos ek gesê het, as ek gespot word, loop ek," het Ouma my vertel.

"Dis reg Tannie, klop nou maar."

Ouma klop eers sag en stadig. Drie kloppe.

Niks nie.

Dominee wil iets sê maar Ouma maak hom stil.

"Sjuut, Dominee, wees stil," sê Ouma.

Klop, klop, klop. Bietjie harder die keer.

Nog steeds niks nie.

"Wat het ek jou gesê, geen maniere. Sy weet tog te goed dat ons hier is en maak nie oop nie. Ek gaan my nie so bespotlik maak nie.

Ek kan nie heeldag aan 'n deur staan en klop met die hoop iets gaan gebeur nie."

Ek ken vir Ouma as sy die dag, soos sy dit noem, duiwel vat. Dit kan 'n lelike ding word.

"Klop nog net een keer Tannie, ons is mos nou hier," praat Dominee haar moed in. Hy hoop tog net nie dat Ouma nou sal omdraai en wegloop nie.

Klop, klop. Saggies en net twee keer.

Nog steeds niks nie.

Dit voel asof die ongeduld in Ouma opbou en enige oomblik gaan bars soos 'n oorryp granaat wat sy rooi pitte die wêreld vol gaan uitspoeg.

"Ag nee, my magtag man! Jammer vir daai woord, Dominee, maar ek kan nie hier soos 'n stout kind staan wat prinsipaal moet gaan sien nie," en Ouma klop daai deur so hard dat Dominee sy ore wil toedruk, omdraai en weghol. Dit smaak my of sy die deur uit sy kosyn gaan klop.

"Fay, maak oop die deur, ek kan nie hier staan soos 'n skaap wat wag om geslag te word nie. Ek en Dominee wil jou kom aanpraat. Maak oop," skreeu Ouma met haar mond so naby aan die sleutelgat.

En daar gaan die deur stadig oop. Fay staan in die deurkosyn. Baie lappe aan, gekoekte kop, bleek soos sneeu.

"Hallo, Fay," het Dominee heel skaflik gegroet. Die arme Dominee het seker teen hierdie tyd soos 'n riet gebewe.

"Hallo, Dominee," het Fay met 'n sagte stem gegroet. Ouma vertel my dat sy so verbaas was dat Fay gedominee het.

"Môre, Fay, dis dominee Jonkers," het Ouma gegroet.

"Môre, Suster," groet Dominee met sy kerk-praat-manier vir die tweede keer.

"Kom in, ek is agter in die tuin," het Fay, nog steeds baie saggies, gesê.

Ouma vertel my dit het gelyk asof die stomme vrou in 'n dwaal of 'n ding is.

Ouma stoot vir Dominee sommer so aan die skouer vorentoe.

My mens, ek sou graag 'n vlieg teen daai muur wou wees.

"Ag Vader, hou tog U hand oor ons," bid Dominee saggies.

"Ag stadig nou, Dominee, dis nie so erg nie," en Ouma swaai haar hand woes na Dominee se kant toe.

As jy my vra, het Ouma die stukkie van die storie sommer bygelas om die storie so kleine bietjie in te kleur.

Ouma vertel my toe, soos sy nou deur Fay se huis stap, trek sy strepe so dik soos voetpaaie oor die meubels, so is die stof opgegaar. Dit lyk soos 'n hele woestyn wat op haar meubels kom lê het.

Ek dink Ouma dik dit ook maar bietjie aan, maar ek sê niks.

Tjoepstil stap die drie deur Fay se huis, by die agterdeur uit.

En daar in die agtertuin is die mooiste draadstoeltjies, so onder 'n Wilgerboom wat sy slap takke al om die stoeltjies laat hang.

Die son loer deur die takke. In 'n bedding langs 'n opvou tafeltjie, is Petunias geplant, aan die ander kant, die mooiste Ranonkels en dan fyn veldblomme; fynbos, Namakwaland daisies, Pietsnotte, Kamroo en al wat blomsoort is.

Dominee sak sy kop effens en loer met opgetrekte wenkbroue na Ouma.

Ouma wys toe vir my hoe sy maar net haar skouers opgetrek het. Ek wou uitbars van die lag van lekkerkry, maar hou dit terug.

"Suster, die blomme is besonders," het Dominee toe maar saggies gesê.

Ouma vertel my dat sy haar eers vir Dominee wou erg, omdat hy hier sit en komplimente maak, in plaas van die vrou bekeer. Dalk was Ouma so klein bietjie jaloers omdat Dominee Fay se tuin komplimenteer. Mens sal nie weet nie.

Anyway...

"Fay, dit lyk soos 'n paradys hier agter," het Ouma ook toe maar bygelas.

"Kom sit hier," sê Fay en beduie na die draadstoeltjies.

Ouma sê vir my dat sy net gewag het dat 'n klein voëltjie sy koppie by daai nes van gekoekte hare uitsteek.

Ouma en Dominee gaan sit, so op die punte van hulle stoele. So asof hulle gereed is vir opspring en weghol.

"Dis die tuin van Eden. Dis die plek van vrede. Dis waar die mens se siel stil word," begin Fay praat asof sy in 'n preek is of dalk bid.

Ouma en Dominee kyk na mekaar. Dominee hou sy hoed op sy skoot vas en Ouma vou haar hande op haar skoot, kompleet soos mens in die kerk sal sit.

En daar begin Fay teksversies opsê, so uit haar kop uit. Sy ken selfs dele uit die Heidelbergse Kategismus. Sy sing die Psalmdigters se Psalms met 'n suiwer stem. Sy bid asof die gebed vir haar geskryf is deur 'n digter uit die Bybel.

Ouma vertel my dat dit vir haar eerlikwaar baie mooi was. So sonder aansitterigheid, bid Fay daar in die tuin.

Ouma vertel my dat Dominee sy kop laat sak in eerbied, totdat sy ken sommer so op sy bors loop lê het.

Ouma sluit haar oë.

"Sien, ons almal het maar ons eie kerk iewers. Julle kerk is die ou klipgebou, myne is die tuin waar die voëls na my luister, die oggendson my groet, die rooidag my troos en die blomme my vreugde bring. Dis hier waar ek rus kry." vertel Ouma toe vir my woord vir woord wat Fay gesê het.

As dit iemand anders was en nie Ouma wat hierdie storie vertel het nie, sou ek reguit gesê het dat dit 'n lieg is.

Ouma vertel dat dit tjoepstil was om hulle. 'n Heilige stilte. Net die klank van die voëls.

Siestog, ek kan sommer in my gees hoor hoe die groenvlerk duif sing, "My ma is dood, my pa is dood, my kinders is dood, almal is dood ... dood ... dood," en dan die grysduif wat hom antwoord gee, "God sôre, God sôre."

Die Leviet en die Langeveldt vrou

Skuins agter die Langeveldt vrou, aan die kant van Le Roux grafsteenmakers, woon 'n gesinnetjie. Vreeslike eenvoudige mense, maar volgens Mias de Klerk is hulle sout van die aarde mense.

Blykbaar, volgens die mense in die dorp, het hulle 'n plaas gehad, maar toe drink die man hom uit sy plaas uit.

"Daai oom het in tydskrifte verskyn. Hy het tydens 'n Landbouskou 'n koei, kalf, vark, skaap, enige ding wat beweeg, vasgehou en dan neem iemand hom af, plaas die foto in 'n boek en dan lees al die ander boere dit."

Dit was Landbouskou in Griekwaland Oos, 'n Dinsdag. So staan die man met 'n enorme bul aan 'n tou voor die kamera.

"Kyk, hy gaan weer al die pryse wen," sê Samuel.

"Nee wat, vanjaar gaan hy die grootkampioen wees, maar Ek, ek gaan die opperste kampioen wees," sê Frik.

Op 'n lamlendige pawiljoen, iets wat soos 'n hartseer hoenderstellasie lyk, sit 'n antie en bekyk die spul. Sy sit alleen. Sy is maar 'n alleen vrou ... net sy en haar gedagtes.

Geen mens het geweet wat sy gesit en dink het nie, maar daar was tog een persoon op die dorp wat alles geweet het.

Die Tsie Tsie man.

Die Tsie Tsie man het baie stywe broekies gedra, blomme rangskik, orrel gespeel en vir mense wat nie smaak het nie, gordyne gehang.

"Ek weet wat tannie dink," het Tsie Tsie agter haar gesê op Griekwaland Oos se Landbouskou

"Nee wat, Mannetjie, niemand weet nie."

"Ek weet."

"Is jy dalk die Leviet?" wil sy weet.

"Erger, Tannie, ek is die kring om die maan." Hulle glimlag vir mekaar.

"Kyk na daardie man van my tussen die beeste. Trotse boer, trotse man en pa, maar niemand weet wat agter my gordyn aangaan nie. Ek is 'n eensame vrou.

"Hy dink dat hy eensaam is, maar hy is 'n vogjagter. Ek sê jou, 'n vogjagter, dis wat hy is."

"Wat is dit, Tannie?" vra Tsie Tsie.

"Dis 'n man wat agter elke boorgat aan hardloop. Hy kan nie genoeg kry nie. Hy dink dat hy nog 'n Sussex bul is, maar alles het gaan lê."

"Nee, Tannie, dit kan mos nie wees nie."

"Tsie Tsie, wat weet jy? Jy hang gordyne, rangskik blomme en dra stywe broeke."

Stilte.

"'n Vrou wat met 'n vogjagter getroud is, het dit swaar in die lewe. Kyk na my. Ek dra swaar. Boonop begin daardie man soos sy bleddie koeie en bulle lyk. Dis asof ek met 'n bul getroud is."

"Dan sit daar 'n heerlike horing, Tannie," sê Tsie Tsie.

"Moenie van die horing praat nie. Ons praat van ander dinge hier. Kyk, daar hou hy 'n bul vas aan 'n tou. Hy begin al net soos daardie rooi Poenskop bul te lyk. Hy kan maar sowel met rooi Poenskop gaan trou ook," en die tannie staan op en loop weg.

Tsie Tsie het na daardie dag nooit weer met dieselfde oog na die man gekyk nie. Altyd 'n rooi Poenskop gesien met 'n enorme horing.

Jare nadat hulle die plaas verloor het, het daar 'n wonderlike ding gebeur. Die oom het meer soos 'n rooi Poenskop begin lyk, die horing nog groter en nog al die tyd 'n vogjagter, maar wonder bo wonder, het al die boorgate opgedroog. Dit was die groot droogte vir daardie huis, die hele dorp, die hele provinsie, die hele Griekwaland, die hele wêreld. En oral vrek alles en almal van die dors.

Net die tannie het aan die lewe gebly, want die Tsie Tsie outjie het vir haar water op die maan loop haal. Regte, egte water.

Die Fees van die brein
2024/12/22

"My ou Man, hoe lyk dit vir jou van die kant af?" vra Ouma vir Oupa.

Dis laat Desember en die Kalahari son ken nie perke nie. Hy brand van alle rigtings af.

Oupa sit op 'n draadstoel onder die boom op die grasperk.

"Hy lyk goed so, my ou Vrou, ja wragtag, hy lyk goed," sê Oupa, maar dis asof sy mond te warm kry om enige woord te praat.

"Maar wat van as jy hom van die kant af bekyk, Ou Man?" vra Ouma.

"Hy lyk goed so, Ou Vrou, ja wragtag, hy lyk goed."

Dit is so drie uur in die middag en dis stil op die werf. Die kleinkinders van die stad af het kom kuier, maar selfs hulle kry te warm om 'n geluid te maak.

Iewers hoor jy net die hond asemhaal soos iemand wat die poorte van die hemele bekyk en gereed is vir ingaan.

"My ou man, kyk hierdie kant pas nie mooi in met daardie kant nie, veral as 'n mens hom van die kant af bekyk. Wat dink jy?"

"Hy lyk goed so, Ou Vrou, ja wragtag, hy lyk goed."

Oupa stop sy pyp stadig, druk die tabak met sy duim vas en trek 'n vuurhoutjie om 'n kooltjie in die pyp te maak.

Die reuk van tabak hang in die warm Kalahari hitte.

Dis asof Ouma nie eens bewus is van hierdie Desember hitte nie, sy is net behep met watter kant mooi lyk en watter kant nie.

Oupa se oë is moeg gekyk. Tot sy oogkaste voel warm.

"My ou Man, maar tussen hierdie kant en daardie kant lyk dit darem te kort vir my. Ek moet dalk hierdie kant bietjie langer maak, sodat die ding nie so punt maak nie."

Hierdie keer vra Ouma nie, sy praat sommer. Oupa se pyp is al as gerook, hy stop hom weer, druk met die duim vas en trek weer 'n vuurhoutjie.

"Dit is darem 'n plesier om die kleinkinders bietjie op die plaas te hê," sê Ouma en haar hande bly besig. Sy grou hier, krap daar en trek die kant toe.

"Dit moet seker nou so vier uur se kant wees, Ou Vrou, hoe lyk dit, gaan jy nie vir ons van daardie gemmerbier en 'n stukkie vrugtekoek bring nie?" vra Oupa net om 'n einde aan hierdie eindelose hel te maak.

"Ek sal nou, maar as jy nou hierdie ding so van bo af kyk, lyk dit nie verslons en verslenter nie?" vra Ouma.

"Hy lyk goed so, my ou Vrou, ja wragtag, hy lyk goed."

"Maar my ou Man, staan net op en bekyk die ding van bo af," soebat Ouma.

Oupa staan op, stap om Ouma, kyk op en af, dan heen en weer en sê, "Hy lyk goed so, my ou Vrou, ja wragtag, hy lyk goed."

Hy trek 'n diep trek uit die pyp se steel, blaas die rook stadig uit en gaan sit.

"Nou ja, dan is dit seker maar reg so. Ek gaan vir ons gemmerbier en vrugtekoek kry," kondig Ouma uiteindelik aan.

"Dirkie, jy kan nou maar die trui uittrek. Ek dink dat die mouspante so bietjie werk nodig het, maar verder lyk hierdie trui goed genoeg."

Dirkie trek die trui stadig uit, die sweet het onder sy arms begin uitslaan, teen sy rug af, by sy nek, verby sy gorrel tot op sy bors.

"Jo, Ouma, daai trui is baie warm."

Toe Ouma met die gemmerbier en koek terugkom, vra Oupa, "My ou Vrou, hoekom het jy nou in hierdie warmste Desember maand besluit om 'n trui te wil brei vir die kind. Kon jy nie sien dat daardie kind al pap is van die hitte nie?" vra Oupa versigtig.

"My Ou Man, wat klaar is, is klaar."

"Ek verstaan," mompel Oupa. Hy kyk met 'n breë glimlag na Ouma. "My ou Vrou, ja wragtag, niemand kan gemmerbier maak soos jy nie."

"Nou ja toe, my ou Man, dis feestyd, kom ons vier dit." sê Ouma.

"Ouma, mag ek nog 'n stukkie koek kry?" vra Dirkie.

"Natuurlik my kind, dis feestyd. Kom dat ons die vier. Ons vier die fees van die brein," sê Ouma.

Daar, op 'n bloedige Kalahari Desember sit Oupa, Ouma en kleinkinders onder die boom, kyk hoe die son ondergaan en vier 'n wonderlike breinfees, want wat klaar is, is klaar.

Kersfees
2024/12/25

As daar nou iemand is wat lief vir 'n Kersfees is, is dit Antie Hessie.

Sy is nie lief vir Kerfees soos ander mense nie. Sy hang nie liggies en slaan 'n boom op en alles nie, nee, sy doen dit anders.

Dis Oukersaand en ek kuier by my liewe antie Hessie Benson wat net oor die pad van my bly.

"Kyk mooi en goed na die kers. As jy lank genoeg kyk, sal jy die rook in die vlam van die kers sien. Hou hom dop. Kyk hoe hy dans. Hou dop ... kyk ... en dans saam," en ons sit in 'n donker huis met duisende der duisende kerse wat brand.

"Sien jy die rook, Kind?" vra sy.

"Ek sien die rook, Antie."

"Kyk, as jy nou baie mooi kyk, gaan jy die ruggraat van die kers raaksien," praat sy verder, net soos 'n dominee.

"Waar moet ek vir dit kyk, Antie?"

"Kyk na die pit, hy dra die kers. Hy dra die vlam. Hy dra die lig," en ek bekyk die kers wat so dik is soos 'n man se voorarm.

"Kyk ook mooi, Kind, kyk hoe staan hy. Soos 'n jong man, gesond en gereed vir die lewe. Hy beweeg nie."

Ek kyk.

"Kind, jy moet nou dieper kyk. Kyk die plas was wat hy maak. Hy brand, maar in die brand loop die lewende was soos lewende water...en alles."

Antie Hessie praat asof sy uit die Bybel uit praat, van voor af agter toe en weer van agter af terug tot by Genesis.

"Ja, Kind, hy staan vas, hy gee lig, hy gee warmte, hy kan 'n koppie koffie-water laat kook. Hy gee, my kind, hy gee."

So ewe skielik kyk ek heel anders na die kers. So asof hy 'n gees of 'n regte mens is.

"En as die kers nou opgebrand is en daar bly niks meer van hom oor nie, wat dan Antie, wat dan?" vra ek versigtig.

"Kindjie, dis waar die mooi van alles inkom, want dan kry ons 'n nuwe kers, ons maak hom brand en alles word nuut. Soos wat sonde vergewe word, of soos 'n geboorte of wedergeboorte... dis wat dit is ... dis die Fees van die Kers my kind."

Toe antie Hessie besluit dat dit middernag is en Kersdag breek aan, steek sy nog 12 kerse aan wat so dik is soos 'n uitgegroeide man se arm.

"Geseënde Kers Fees, Kind."

"Hoe weet antie dis middernag?" vra ek.

"Die rook in die vlam het dit vir my gesê. Die rook is die siel."

"Geseënde Kers Fees, my liewe Antie."

"Ek het jou lief, my Kind.

"Ek het vir Antie lief."

Krismis
2020-12-25

Die krismisboom lyk anders hierdie jaar. So asof iets kort.

My oë soek die ding wat nie reg is nie. Eers kyk ek hom van links af, dan regs, dan weer van voor af.

Hierdie boom kort 'n ding … hy kort lewe.

Die stukkies plastiek wat soos blaartjies hang, lyk sommer verlep, so asof ek die ding water wil gee. Nie net water nie, sommer kunsmis en water, sodat hy tog net tot groeie kan kom.

Die blink balletjies en streamers het ook 'n ander kleur gevat. Dalk moet hulle gewas word, of afgestof word.

Afstof weet ek sal nie deug nie. Die vaalgeid is te diep in die blink streamers.

Ek bekyk die Bethlehem ster in die toppe van die boom. Sowaar, daar blink iets, maar daai blink het ook maar met die tyd verander.

Laat ouderdom 'n mens anders na 'n krismisboom kyk, vra ek myself.

Die geskenke om die boom is nie toegedraai nie. Hulle lê soos mense wat 'n dowwe kyk in die oog het. 'n Ver verlang kyk wat geen mens ooit sal verstaan wat in daardie kyk aangaan nie. Dis 'n vaal kyk. Ek is deel van daardie kyk.

Vader Krismis kyk my in die oog! Ek vra net een groot present, nie baie nie. Net een. Asseblief.

Ek staan op, loop 'n draai, kyk na die dak, vryf my kop soos wat 'n mens jou kop sal krap in 'n eksamensaal en jy ken nie die antwoord nie.

Voor my sien ek dit en dit voel asof die lewe uit my liggaam geruk word en iewers gaan sit waar niemand nog ooit was nie.

Die Bethlehem ster is 'n vuil-vaal venster iewers hoog in 'n hoek, die persente is droewige mense wat onder 'n afdakkie sit en wag, die blink van die balle is bosse sleutels wat soos Jingle Bells maak.

Voor my, agter 'n bullet proof ventster met tralies, sit my broer. Ek kan nie eens sê hêppie krismis nie. Alles het vaal geword.

Na 30 min se kuier word die persente weggeskop, die boom word afgeslaan en in 'n asdrom gegooi, die blink ster is die son, wat altyd oor ons sal skyn.

Krismis in die tronk is 'n ding wat jou vat na 'n ander wêreld.

Krismis in 'n tronk waarin jou broer agter bulletproof vensters en tralies vir jou kyk ruk 'n groot stuk uit 'n mens se hart uit.

Dit is seer. Al geskenk wat ek soek is dat my broer uit die tronkhok moet loop tot in sy eie huis, sy eie mense, sy eie krismisboom en sy eie vryheid. Dis maar al.

Fynbos En Die Grafsteen
Inspirasie: Annette en Hettie.
2025-01-06

Fynbos en haar suster, Kraaltjie in gesprek:
Hoekom hulle die stomme kind Fynbos moes noem, sal net die hemele alleen weet.

In die kleuterskool was sy Fynbos, deur die laerskool, hoërskool uit tot by universiteit.

Fynbos is vandag 'n getroude vrou en het volwasse kinders.

"Ek kan tot vandag toe nog nie verstaan hoekom ma jou Fynbos genoem het nie," sê Kraaltjie, haar suster, vir haar.

"Ek het mos vir Ma gevra hoekom my naam Fynbos is, toe sê sy al die vrouens in die Bybel se name is al gevat."

"Maar, Fynbos? Hulle kon jou dalk iets soos Matilda of Eloise genoem het," grou Kraaltjie verder aan die storie.

"Ek het een keer met die Kersete op die plaas vir Ouma gevra hoekom Ma my Fynbos genoem het, toe sê Ouma vir my dis omdat ons in Proteastraat gewoon het. Daar was toe 'n groot gestry onder die familie of my naam Blossom of Protea moet wees. Oupa was toe mooi dik van die gestryery en skreeu toe: 'HIERDIE KIND SE NAAM IS FYNBOS, FINISH EN KLAAR. EK PRAAT NOU NIE WEER NIE EN JULLE SUSTERS STAAK DIT NOU!"

Daar kom toe 'n doodse stilte in die sitkamer onder die susters, anties en oumas, want Oupa het 'n manier van praat wat jou stil kan maak.

"Die kindjie se naam gaan Fynbos wees," het al die dikbek vrouens sommer so in 'n koor gesê.

"Maar, Kraaltjie, onthou jy daardie niggie van Ouma wat in Tweeling gewoon het, Antie Hessie? Ons was daar met Ouma se verjaarsdag en toe vra ek vir die antie hoekom my naam dan nou Fynbos is. Sy vertel toe vir my dat Ma 'n ding met grafte gehad het en sy kon nie verby 'n graf loop sonder om die name, datums van geboorte en sterwe te lees nie en dan te huil nie. As sy klaar gehuil het oor die een graf, stap sy na die ander graf toe, lees die naam, geboorte en dood, huil vir 'n rukkie en stap dan weer verder. Heeldag het dit so aangegaan, sê ek jou, heeldag."

"Moenie dit sê nie!" het Kraaltjie met verbasing geroep

"Ek sê jou.

"Maar, Fynbos, dis nie al nie. Ma het dan van graf tot graf geloop, die verlepte blommetjies maar weer mooi probeer rangskik, hier en daar 'n vars blommetjie ingedruk of die blomme wat nou al goed af was maar stadig op die graf neergesit en sommer oor die grafsteen, die gebeente in die graf en die blomme gehuil. Aanhoudend, sê ek jou, aanhoudend."

"Dink jy dat daar nog huil in ma oor is vir nog begrafnisse?" vra Fynbos vir Kraaltjie.

"Sussie, sy is dik van die huil. Haar huil is soos die weduwee se kruik wat nie leeg gaan word nie, nooit nie, sê ek jou, nooit nie."

"Maar Antie Hessie vertel toe vir my dat Ma nog so in 'n begraafplaas gestap het, toe sy 'n gedaante voor haar sien. 'n Klein dogtertjie wat op 'n kateltjie lê. Die dogtertjie wuif vir Ma om nader te stap, om die akkerboom, verby die populierbos tot so agter die denneboom verby tot by 'n graf. Daar het Ma blykbaar gehuil en geween soos nog nooit vantevore nie. Antie Hessie vertel dat Ma so gehuil het oor die graf, dat niemand of niks haar tot bedaring of tot troos kon bring nie."

Fynbos kruis haar bene oormekaar, vleg haar vingers inmekaar soos in 'n diepe gebed en vra, "Maar Kraaltjie, was die graf dan 'n familielid of 'n ding s'n die dat Ma dan so tot oordeel toe gehuil het?"

"Nee, Fynbos, langs die graf het die mooiste Kaapse fynbos gegroei. Sewejaartjies, Swartoognooi, Seepampoen, Rooivygie en Selonsroos en Ma was so aangedaan oor die klossies blomme om die graf. Bo op die graf het twee dennebolle gelê, kompleet soos twee engele. Ma het blykbaar net daar op haar knieë gesak en gehuil.

"Toe Ma na 'n lang ruk opgehou huil het, lees sy die grafsteen. Antie Hessie vertel vir my dat ma bleek geword het toe sy daardie grafsteen lees, want al wat daar staan is, 'RUS SAG ONSE BLOM'."

"Jy weet, Fynbos, die mens is ook maar 'n snaakse ding. 'n Naam is maar 'n naam, maar jou naam is 'n naam van Moeder Aarde. 'n Regte egte naam. Daar moet meer Fynbosse wees om ander se bondeltjies pyn te kan help dra, al is dit om vir ander mense te huil wat nie kan huil nie."

Japonica Tredoux
2025-02-23

Japonica Tredoux woon in 'n woonstel op die agtste vloer in die stad. Sy is die burgemeester se tikster en konsentreer net op haar werk, die lees van liefdesverhale en die hou van geheime.

Japonica Tredoux is 'n alleen mens. Sy meng nie sommer met ander mense nie. Wanneer sy iemand in die woonstel gebou se hysbak raakloop, sal sy die heeltyd net vir haar skoenpunte staan en staar.

Sommige mense het gedink dat Japonica Tredoux een of ander kwaal of koors het, maar sy is net 'n gewone meisie, met 'n hoogs vertroulike werk en effens aan die skaam kant, ook maar met vroulike behoeftes wat sy wegsteek.

In die Alexander teater speel 'n toneelstuk nou al vir die hele maand. Die naam van die stuk is 'Die Vrou Van Te Vore'. Dis baie mooi, hartseer en vol liefde. Die gehore is mal daaroor, daarom het hulle besluit om die speeltyd te verleng.

Japonica Tredoux was te bly, want sy is elke aan daar, sit in die voorste ry en bewonder haar aan die akteurs, die stel asook die vrou wat elke nou en dan voor die venster van 'n gebou verskyn met 'n rooi lig wat op haar val. Dan sal daar 'n man kaal oor die verhoog hardloop en teen hierdie tyd stoot Japonica Tredoux se koors tot op plekke waar sy geen beheer oor het nie.

Japonica het verlief geraak op die kaal man wat oor die verhoog hardloop en sy foto uit die program geknip, met sy naam daaronder, en dit geraam. Dit hang in die gang, vir ingeval die man eendag in haar gang wil kom hardloop.

'Kiesbeen Koen' lees sy elke keer sy naam wanneer sy in die gang verby die geraamde foto stap op pad slaapkamer toe.

Die toneel se speeltyd kom tot 'n einde en Japonica Tredoux is hartseer. Sy staan elke aand voor haar woonstelvenster, kyk uit oor die stad se liggies, verliefdes op die sypaadjie en boemelaars onder lamppale wat hulleself regskrop vir die nag se rus.

Terwyl Japonica Tredoux een nag so voor die venster staan en van Kiesbeen Koen droom, klop iemand aan die woonstel deur.

Sy skrik, kyk lank na die deur en stap stadig voordeur toe om oop te maak.

Toe sy die deur oopmaak staan Kiesbeen Koen die hele deurkosyn vol. Hy is groot, mooier as op die verhoog en omdat Japonica Tredoux reeds alles al gesien het wat saak maak, is hy nog mooier.

"Kan ek inkom?" vra Kiesbeen Koen.

"Ek is nog nie heeltemal gereed nie," sê Japonica Tredoux.

"Ek bedoel, kan ek inkom vir koffie?"

Japonica Tredoux gooi die deur oop (net soos sy elke aan haarself in die teater in haar gedagtes oopgegooi het) en nooi vir Kiesbeen Koen in.

Kiesbeen het 'n kort broek aan, knopies hemp en plakkies. Hy is mooi.

Japonica Tredoux is so verskrik dat sy geen woord uitkry nie. Sy gaan staan weer voor die woonstelvenster en kyk oor die stad uit.

Sy sien die liggies, die verliefdes en die boemelaar.

Meteens staan Kiesbeen Koen agter haar, hou haar styf vas en dit voel asof daar 'n sirkus tussen haar lieste plaasvind.

Dis lekker.

Toe Kiesbeen Koen vir Japonica Tredoux in die nek soen, blaas die lamppaal se gloeilamp uit, die verliefdes kyk op na Japonica Tredoux se woonstel en die boemelaar vat 'n laaste sluk soetwyn.

Vanaand, in 'n klein woonstelletjie met groot vensters word Japonica Tredoux 'Die Vrou Van Tevore' en sy glimlag.

Twee straatkatte skreeu 'n liefdeskreet iewers in die straat en dit begin saggies reën. Die sirkus in haar lieste kom tot bedaring en toe sy omdraai, staan Kiesbeen Koen in die gang, kaal, reg voor die geraamde foto.

Antie Hessie en die datums
2025-02-18

"'n Stukkie handgeskryfde papier met datums en tye op is darem net te erg, en die tjerrie op die koek is dat dit in oorle' oom Charles se Bybel is. Wat te erg is is te erg."

Antie Hessie Benson staan in haar kombuis en die son gooi sy laatmiddag strale deur die appelboom se takke.

Sy stap op en af, dan gaan sit sy op die houtstoel, vou haar vingers in mekaar gevleg, soos in bid, staan weer op, stap na 'n rak toe waar medisyne is, stap weer wasbak toe en drink 'n glas water.

"Haai, Antie, hoe lyk antie dan vandag of die wêreld verkeerde kant toe vir Antie draai?" vra ek toe ek by haar aankom vir 'n heen-en-weertjie. Ons het die manier hier op die platteland om so nou en dan by onse medemens te kuier.

"Kind, jy vra nog. Die waarheid. Die waarheid, sê ek vir jou sal seëvier. Die waarheid en niks minder of meer as die waarheid nie. Kyk hierdie stukkie papier. Kyk. Sien jy?" vra sy en sy praat so vinnig dat haar wange soos die jellie in daardie groot kerk-basaar-bakke bewe.

Voor haar op die tafel sien ek die stukkie papier. Dis oud. Handgeskryf met klomp datums, tye en 'n paar woorde daarby. Ek kan nie mooi sien nie, maar skuif versigtig nader om die storie te bekyk. My nuuskierigheid loop hoog koors.

"Antie, wat is dit?" vra ek verbaas.

"Kind, jy vra nog wat dit is. Jy vra. Ja, wragtag jy vra vir MY wat Hessie Benson is wat is hierdie bladsye wat reg voor jou oë lê. Kind ek is op die Dawids-vas van die Bybel en mag net water drink. Ek is so lus vir 'n dop cane en cream soda. Sowaar my kind, jy sal my moet vashou, want ek gooi sommer vir my Eno's in." En sy mik na die rak waar die medisyne is.

"Kyk hier, Kind, hier staan dit. Sewe keer gebel. Bid jou aan. Sewe keer en geen antwoord. Nou vra ek vir jou in hierdie moeilike tyd waarin ek sit, hoe moet ek dit hou? Hoe?" praat Antie Hessie.

"Kyk, dis drie bladsye vol van tye en datums. Waar in jou lewe het jy al so iets gesien?" en sy hou die stukkie papier na my uit.

In potlood staan datums en tye, presies tot op die fynste neergeskryf.

"Dis of Cane en Cream soda, of Eno's, my kind. So kan ek dit nie vat nie," praat antie Hessie.

Sy stap op en af, heen en weer. Dan sit. Dan staan. Dan regop staan met hande in die sye.

Ek kry haar jammer.

"Kind, dis nie aldag wat ek die Bybel oopslaan nie, maar vandag het ek en kyk na die teksvers waar die stuk papier in is. Kyk, sodat jy met jou eie oë kan sien sodat die mense nie later kom sê Hessie Benson het gelieg nie," praat sy nou kliphard.

Ek kyk.

Ek kyk weer.

Ek lees, "En julle sal die waarheid ken en die waarheid sal julle vrymaak"

"Sien jy, Kind? Sien jy?" vra sy beangs.

"Ja Antie, en dit nogal in Johannes. Johannes 8 vers 32. Haai jene Antie, ek het nie woorde nie," praat ek om haar tot bedaring te bring, maar nog steeds het ek geen idee waaroor hierdie bohaai gaan nie.

"Antie, kom sit hier by my. Kom sit rustig, dan vertel antie my alles," praat ek soos wat hulle vir ons in die dramaklas geleer het om met 'n sagte en bedaarde stem te praat.

"Kind, hierdie drie bladsye van datums en tye is deur oom Johannes geskryf. Dis nou oorle oom Charles se neef. Hy was in die tronk en hy wou so graag met sy kind praat wat seker daardie tyd so 8 jaar oud moes gewees het. Kyk, hierdie 3 bladsye is net twee weke se bel, kan jy jou voorstel hoe moet 'n maand se bel lyk?"

Ek lees:

3 February 09h00, bel 7 keer – geen antwoord.

4 February 12h08 bel 8 keer – geen antwoord.

5 February 12h00 bel 2 keer – geen antwoord

5 February 12h10 bel 1 keer – Ek praat vir 3 minute met my kind.

En so gaan die bladsye aan en aan.

So tussen die geskryfde bladsye met tye op en die Bybel op Johannes klim daar 'n groot hartseer by my siel in.

"Antie, wat is hier aan die gang?"

"My liewe Kind, dit is 'n storie van 'n pa wat sy dogtertjie so liefhet, dat hy boek gehou het van elke oproep," en antie Hessie vee 'n traan uit haar oog.

"Bliksem tog, Antie, dis erg. Waar is die moeder dan van die dogtertjie?" vra ek.

Antie Hessie gaan staan voor die kombuisvenster en kyk na die appelboom. Sy vou haar arms voor haar bors saam. Na 'n ruk draai sy stadig om en kyk my aan met 'n kyk wat ek nog nooit aan 'n mens gesien het nie.

"Kind, daardie vrou het iewers tussen die tien plae van die Bybel verdwyn. Geen mens sal ooit weet nie"

Net dit. Dis al en ek wil ook nie verder vra nie.

"Kind, vandag is daardie dogtertjie 'n volwasse vrou. Oom Charles se neef is 'n ou man en daardie kind versorg haar pa. Bloed is bloed. Niks kan dit verander nie." En Antie Hessie huil nou met 'n oop hart.

Ek voel sommer lus en gooi vir haar Cane en Cream soda, of dalk Eno's as dit moet.

"Kind, ek gaan nou my laaste glas water vir die Dawids-vas drink, dan gaan ek vir my 'n dop gooi en ons gaan gemmerbrood eet," sê antie Hessie met 'n smile wat so aan haar mondhoeke wil vat-vat.

Die Vrou by die verkeerslig

"Jy kan maar kyk, ek is gewoond daaraan," praat die vrou wat op die straathoek by die verkeerslig sit, met my.

Sy hou 'n wit emmertjie vas. Op die emmertjie staan, "Help asseblief. Ek het honger kinders."

"Ek het nie bedoel om vir Antie te upset nie," sê ek.

"Nee wat, jong, ek word nie meer ge-upset deur mense nie. Hulle kyk my aan. Sommige van hulle lag vir die lapding, wat mens 'n rok noem, wat ek dra, ander lag vir die groot roof op my bo-lip. Ek worry nie oor hulle nie," sê sy en kyk na die karre wat in 'n ry staan en vir die groen lig wag om te sê dat hulle nou maar kan ry.

"Wat is antie se naam?" vra ek.

"Antie," sê sy.

Ek sien dat die mense in die karre haar bekyk. Dan sal die vrou wat langs haar man sit haar kop na die man toe draai, met haar hande voor haar mond iets praat en weer vir die antie deur die kar venster bekyk.

"Hulle dink ek is blerrie stupid. Ek weet mos sy praat van my as sy haar hand voor haar mond sit. Ek is nie stupid nie. Daai vrou is eintlik stupid, want ek kan anyway nie hoor wat sy vir haar man mompel nie. Ek traak ook nie," praat sy verder.

"Kyk na my hande. Hierdie is werk hande. Hande wat gekreukel is van jaar in en jaar uit se skottelgoedseep, wasgoedseep en witgoed wit vrywe. Dis werk hande."

Ek kyk na haar hande.

"Ek sien, Antie," sê ek.

Die karre jaag een vir een verby. Dis soos 'n wind wat net nêrens heen wil waai nie.

"Waarheen gaan al hierdie mense en karre?" vra ek.

"Hulle jaag na die niks toe nie," sê sy en krap met haar wysvinger in haar hare.

"Waar is die niks, Antie?" vra ek.

"Daar waar mense se siele nie meer siel is nie," sê sy en kyk my in die oë.

Sy kyk my aan om te kyk. 'n Diep kyk.

"Jy is nie soos hulle almal nie," sê sy.

"Hoe is dit, Antie?" vra ek.

"Jy skyn," sê sy en haar oë kyk dieper en dieper, totdat die kyk iewers in my siel en hart loop vassit.

"Antie skyn ook," sê ek, vat haar hand en hou dit vas.

"Jy moet daai broek wat jy aanhet vir my bring. Ek sal hulle mooi skoonskrop met boerseep," sê sy en wys met 'n krom wysvinger na my broek.

"My klere lyk maar so, Antie. Dis seker maar my manier."

"Kom ek sê vandag vir jou 'n ding," sê Antie en kyk my weer aan. "Al hierdie mense wat my uitlag, wat bespotlik is en wat dink dat ek 'n stuk lap is - hulle is maar net sade in die wind. Ek hou hulle maar vir 'n rukkie in my handpalm vas, met liefde, dan gooi ek hulle in die wind sodat die wind hulle maar op 'n ander plek kan gaan neersit waar hulle kan blom. Mooi blomme maak, jy sien?"

"Ek verstaan. Dis mooi, Antie."

"Jy moet dit ook maar doen. Sorg net dat jy hulle vir 'n rukkie met liefde in jou hande vashou, dan gooi jy vir hulle sommer so wind-af," praat sy vir my ernstig aan.

"Ek sal hulle met liefde vashou."

Toe ek omdraai om weg te loop sê sy, "Dankie dat jy my hand vasgehou het. Kyk maar na die weer wat so verander, maar nog steeds wil mense hulle nie bekeer."

Sy kyk in haar emmertjie. Hy is nog leeg.

Ek draai om, gooi ietsie in en stap weg. "Ek is lief vir Antie."

Die Huis

"Vandag sal jy moet sterk staan. Jy sal moet baklei teen die trane. Trane van woede maar dalk van heimwee ook." prewel tannie Hessie Benson.

"Ek belowe niks nie," hoor sy 'n stem vanaf die groot stoep.

"Kyk hoe lyk jy. Kyk na hierdie ou, rooi stoep. Jy het altyd geblink en is met trots opgevryf, maar wat ek hier voor my sien laat my in 'n hartseer en 'n gruwe bui val. Ja, ek val in 'n bui en 'n hartseer, want mens stap nie sommer in een in nie. Nee, jy val in hom in."

Tannie Hessie druk haar vuiste in haar heupe, trek haar mond op 'n hoek, so asof sy 'n suur ding beetgekry het, of 'n suur ding haar dalk beetgekry het.

Hierdie huis reg voor my was 'n herehuis. Dit was 'n plek waar Afrikaanse families bymekaar gekom het. Mense het fees gevier. Van Kersfees, doop tot troues is hier gehou. Vername mense het hier bymekaar gekom.

Die Koegelenberg gesin het vir klein Koot hier gedoop. Daai kind het so geskreeu dat die ma skoon flou geval het. Niemand kon haar by kry nie en die dag toe sy weer bykom was sy nooit weer dieselfde gewees nie. Sy is tot vandag toe nog simpel.

Mans met swart baadjies en swart hoedens het hier kom vergader. Vroue met handskoentjies en hoedjies het vrouedae hier gehou. Trotse spul gewees.

Die gras het reg om die opstal gegroei en die bome was 'n Goddelike koelte vir anties met gloede, kinders wat plaas-plaas speel en jong mense wat agter die stamme staan en liefdeswoorde vir mekaar belowe.

"Ek sal iets moet doen," sê Tannie Hessie weer.

"Jy sal my moet help," praat die deur.

"Moenie bekommerd wees nie. Ek gaan vir jou olie en daai handvatsel gaan gevryf en geblink word."

"Ek is verniel. My siel is seer," kom daar weer 'n stem.

Tannie Hessie maak haar oë saggies toe en begin bid. Iets wat sy min doen, maar vandag gaan daar gebid word.

Vandag gaan die bose uit hierdie kosbare huis gedryf word. Al doen sy dit vrou-alleen.

So begin Tannie Hessie die deur olie.

"Dankie," sê die deur.

Sy vryf die handvatsel en die skarniere blink. Daai koper is weer rooi-blink

"Dankie," sê die handvatsel.

Die hele dag is sy besig en laatmiddag gaan sy by die hout kombuistafel sit. Sy ruik weer die koffie. Sy proe daai vars brode. Sy hoor weer vrouens in die eetkamer lag terwyl mans in die sitkamer sit en praat oor die weer, vanjaar se oes en jong seuns wat hulle boerdery gaan oorvat.

Alles sukses stories.

Mooi stories.

"As Tannie so alleen in hierdie verlate ou huis sit?" vra ek.

"Kind, hierdie was 'n wonderlike plek. Hier het kinders tot laat in die aand wegkruipertjie gespeel. Die groter kinders het blikaspaai gespeel. Die ander kinders wat dalk bietjie groter was, het onder die bome gestaan en vry. Dit is a familie plek hierdie.

Ons het tot laat in die aand op die stoep gesit en stories vertel, selfs drome gedroom. Nou is daar niks van hierdie drome meer oor nie. Niks, sê ek vir jou."

"Het Tannie koors?' vra ek.

"Kind, sien jy daardie spens? Daai rakke het gebuk onder konfyt, ingelegde perskes en tuisgebakte brode. Kersfees was dit net gemmerbier en klein koekies. Families het saam om hierdie houttafel gestaan en deeg rol, koekies uitdruk en rosyne in die gemmerbier gegooi. Dis dinge wat was. Wat gaan nou van ons word?"

"Kan ek vir Tannie soet tee maak?" vra ek.

"Sien jy daai vuurherd? Sien jy dit? In die winter het daar 'n vuur gebrand wat hierdie hele plek warm gemaak het. In die winter het die mans koud van buite af ingekom, hulle hande daar warm gemaak en dan het almal geweet hierdie plek is veilig en dis ons plek die." Sy praat afdraand asof sy my vrae glad nie eers hoor nie.

Tannie Hessie staan op en vat my aan die arm

"Kom kyk. Ek wil vir jou nog iets gaan wys."

Ons stap in die lang gang af en gaan staan onder waar die badkamer links indraai.

"Sien jy hierdie gang? Sien jy dit? Hier het dosyne bruide afgestap, reg in die arms van hulle geliefdes in. Hierdie gang praat van liefde. Hierdie mure getuig van vrede. Sien jy dit?"

"Ek sien, Tannie," sê ek.

"Kan ons 'n koppie tee gaan drink?' vra ek weer.

"Hierdie hout vloere het geblink. As die familie hier bymekaar gekom het, het ons as kinders saggies opgestaan en op ons tone hier afgestap, reguit spens toe. Hierdie vloer het 'n taal gepraat wat net ons verstaan. Die groot mense het nie daai taal geken nie. Dit was ons geheime taal," en daar trek tannie Hessie haar skoene uit en stap op haar tone die gang af.

Ek doen dit ook.

"Ek verlang na alles wat was. Ek wens ek kan weer sing. Ek wil weer om middernag in jou oor fluister," hoor ek 'n stem.

"Tannie, het tannie dit gehoor?" vra ek verskrik.

"Ja, Kind, dis die taal van die gang. Hy het jou gekies," sê sy.

"Tannie, ek dink ek wil bietjie gaan lê."

"Daar is nie tyd vir lê nie. Ons moet werk. Jy sal moet help. Hierdie gang het met jou gepraat en jy is gekies. Kom."

Ons trek weer ons skoene aan en stap na die hoofslaapkamer toe, of wat eens die hoofslaapkamer was.

"Na jou sal ek kyk. Vee net bietjie die stof van die vloer af," hoor ek 'n stem. "Die winter gaan koud wees. Sorg dat die ganse goed gepluk word sodat ons die kussings en komberse kan opstop. Winter in die Vrystaat is bytend koud."

"Het Tannie gehoor?" vra ek grootoog.

"Jy is gekies," sê tannie Hessie.

"Sien jy daardie vensters?" vra tannie Hessie en wys na die sitkamer se groot oopskuif vensters.

"Kan ons nie maar loop nie?" vra ek.

"Ons is nou wel gekraak en party is gebreek, maar ons sal nog steeds vensters bly. Help ons net om 'n nuwe ruit in te sit en dit styf te plak met daai goeters wat kliphard word," soebat die vensters.

"Jy is gekies," sê tannie Hessie toe ek grootoog na haar kyk.

Toe weet ek.

Tannie Hessie het saggies by die deur uitgestap en op die stoep gaan sit. Ek het bly staan. Ek wil meer weet. Ek wil deel wees van die oplossing. Ek wil vir hierdie huis weer lewe gee.

"Wie is julle?" vra ek saggies.

"Ons is verminkte boere. Hulle het ons gebreek en ons mag stukkend wees, maar ons gaan weer opstaan en blink," praat die stukkende vensters en ek besef dis al die gruwel plaas-aanvalle en moorde.

"Ons is Rhodes, Totius en Kruger," hoor ek die gang praat. "Hulle het ons verniel, maar ons gaan bly staan. Vryf ons net klein bietjie blink," en ek politoer die vloer blink en glad en Kruger glimlag.

"Ek is 'n universiteit. Ek gaan weer vol word en die ingeleg gaan weer op my rakke staan. Al wat dit kos is om my af te stof," praat die spens.

Ek stof al die rakke af en was die ou canfruit bottels uit.

"Dankie, nou kan ek weer al die jong studente na jou toe bring," praat die spens.

"Jy red my," hoor ek 'n rowwe stem.

"Wie is jy?" vra ek hees en saggies.

Die huis se deur gaan effens oop, 'n geskeurde gordyn loer by 'n gebreekte venster uit en 'n dakplaat klap toe die windjie begin waai.

"My naam is Suid-Afrika. My mure is dik en stewig. Ek kry seer, maar dankie dat julle my probeer red," hoor ek die huis praat.

"Daar het jy dit, Kind, jy kyk na ons eie Suid-Afrika," sê Tannie Hessie en skink 'n koppie koffie in die mooiste koppies wat ek nog ooit gesien het.

Dit vat net een ou tannie, 'n mannetjie met stywe broeke en die mooiste skinkbord met beeldskone koppies en pierings om te red wat daar nog te redde is.

Die dag toe bly-wees bedonnerd geraak het
2020-12-21

Storiemakery sit nou maar in my familie. Ek praat nou van Pa se kant van die familie.

Nie so lank gelede, dit was 'n Desember vakansie, loop ek 'n neef van my by Margate raak. Hulle sê mos so toevallig raakloop is mos die lekkerste raakloop wat daar is. Dan loop mens hulle nog in 'n kroeg of 'n ding raak.

Man, waar anders dan nou, vra ek vir myself die vraag.

Maar dan moet ek nou ook bysê dat hulle lekker kan eet. 'n Plek waar daar 'n dop is en iets om te eet maak hulle gelukkig.

My neef vertel toe vir my, ek skat so na die vierde kappie of so, dat my pa in sy jong dae die vreeslikste ding oorgekom het.

"Hoe so?" vra ek.

"Hey, wag, gee net my glas aan dan vertel ek," sê my neef.

Sy vroutjie gee die glas, maar sy rol haar oë so dat ek sommer kan sien dat sy hierdie storie meer as een keer al moes sit en aanhoor, en hoe sterker die kappie is, hoe meer verander die storie.

"Hou hom daar!" skreeu hy en lig die glas op.

"Hou hom daar!" skreeu ek maar terug. Dit klink tog reg.

My neef vertel my dat toe hulle jong kinders was, hulle pa, wat nou my pa se broer is, 'n Shetland Pony gehad het met die naam van Prins. My neef vertel toe dat dit net so voor Krismis is en dat die kinders die huis moet witkalk. Daai jare het hulle nie juis die huis geverf nie, maar gekalk.

My neef vertel dat dit 'n gedoente is. Hulle moes die kalk met water meng sodat dit 'n waterige spul is en nie dik soos verf nie.

"Gooi net daar nog ietsie, 'seblief," vra my neef en hou sy glas na sy vrou se kant toe.

Sy gooi.

Teen hierdie tyd weet ek dat hierdie storie lekker ver gaan draai.

"En toe?" vra ek.

"Wag... Wag... laat ek net eers 'n sluk vat."

My neef sê toe dat sy pa baie presies was en sê dat die mure nie geverf moet word nie, maar gewas moet word met die kalkwater. En my neef beduie, maar sy beduie is deur sy heupe, sy bene en arms tot by sy hande. Maar wonder bo wonder val daar nie 'n druppel van die kappie uit sy glas uit nie.

My neef sê toe, so halfpad deur die gekalkery roep hulle ma hulle vir koeldrank en om 'n hoed op die kop te kry vir die son. Hulle los toe die blik met kalkwater net daar en gaan die huis binne. Met die wat hulle in die huis is, kom Prins aangestap vanuit die agterjaart.

"Wag, laat ek net eers 'n sluk vat. Hou hom daar!" en die glas is weer in die lug.

"Hou hom daar!" skreeu ek.

My neef kyk rond, want soos ek nou die spul bekyk, hou hy daarvan as mense vir hom lag. Storievertellery moet gelag word, reken ek.

My neef sê toe dat Prins sy bek aan die emmer met kalkwater waag en so drink hy 'n bek vol en nog 'n bek vol totdat sy dors goed geles is. Prins stap toe heel tevrede weg en my Neef beduie nog met heupe wat wikkel hoe Prins stap.

Teen die tyd weet ek dat hierdie storie goed aangedik word.

"Is Prins toe dood?" vra ek.

"Wag... Wag ... kom laat ek net eers 'n sluk vat... Hou hom daar!" en so gaan dit aan.

My neef vertel toe dat Ouma die kalkwater drinkery gesien het en jaag toe vir Prins purgasie in, want Prins raak toe verstop van die kalkwater-gedoente. Die hele familie is bekommerd oor Prins en my neef se pa gaan hulle gatte goed slaan as hy die storie moet hoor. Prins was sy trots, vertel my neef.

My neef sê toe dat nie lank nie, of my pa kom daar aan om die storie te bekyk en dalk vir Prins moed in te praat om tog maar te laat gaan en alles uit die maag uit te kry.

My pa was lief vir sy wit Safari pak en kouse opgetrek tot by die knieg. Netjiese man.

Hy vat nog 'n sluk Brannewyn en beduie toe verder. Hy vertel my dat my pa toe Prins se stert optel en so half soebat van agter af sodat Prins tog maar net moet laat gaan en alles uitkom anders gaan sy maag vaskalk, en dis asof Prins my pa se stem hoor en hom verstaan.

My neef sê dat Prins toe laat gaan, alles wat hy geëet het van gister af tot die blik kalkwater, bo-oor my pa se wit safari pak.

Ek lag uit my maag uit en my neef skreeu net, "Hou hom daar!" en gooi nog 'n kappie.

Ek dink toe so by myself, "Ja, dis die dag toe bly-wees bedonnerd geraak het."

Nou sal julle vir my vra wat is nou eintlik die trefkrag van hierdie storie. Daar is nie 'n trefkrag nie, want dis familie stories wat oorvertel moet word van geslag tot geslag. Ek vertel dit maar.

Mooiblom
2020-12-29

'n Mouterkar se bande-loop klink anders as 'n mouterbike se bande-loop op 'n teerpad. Dis asof die mouterkar stap, maar die mouterbike hardloop.

Vandag is 'n mouterkardag ... ek gaan hom stadig stap en vinnig luister totdat die regte woorde by my ore kom nesskop.

Op pad sien ek swaeltjies wat duik, sweef en dalk wil paar. Mens sal nie weet nie. Maar dit lyk vir my ietwat stormagtig.

"Die is maar ons manier," sê die swaeltjies. Dis speel. Dis ons vreugde.

"Ek verstaan," sê ek en ry verder.

'n Lang ent agter die laagwaterbruggie kyk ek na 'n valk wat op die telefoondraad sit.

"Ek hoop nie jy is hier om my te waarsku nie," sê ek.

"Ek is hier vir waarsku," sê die valk.

Voor my lê 'n lang, reguit pad en ek skreef my oë om te kyk vir 'n spietkop of 'n ding.

"Jy kyk verniet. Die pad is oop. Die waarsku lê daar voor," sê valk en hy vlieg 'n ent vooruit.

Ek het geweet dat hy my nie gaan los nie en ek ry weer tot by hom. Hierdie keer klim ek uit vir wydsbeen staan en wind-af piepie. Ek het eendag wind-op probeer, maar dit was nie 'n plesier nie.

"Daar voor kronkel die pad slap links," sê valk.

"Wat daarvan?"

"Vat die slap regs," sê hy.

"Jy praat my deurmekaar," sê ek vir valk en hy vlieg verder, net om weer op 'n ander paal vir my te sit en wag.

Die veld staan blou-bont-pers van blomme. Dit kan nie Sewejaartjies wees nie.

"Wat is julle naam?" vra ek vir die blomme.

"Ons naam is Kransvoëlblom," antwoord hulle almal gelyk.

So asof hulle weke aan die saampraat geoefen het. Soos die spreekkoor op skool.

Ek stel myself aan die blomme voor en sê toe maar, "Bly te kenne", klim in die mouterkar en ry verder.

Hier reg voor my staan die mooiste blom wat ek in my lewe nog gesien het. Pienk-mooi.

"Wat is jou naam?" vra ek.

Valk skreeu vir my om die genaamvraery uit te los en by die regte praat uit te kom.

"Praat!" skreeu valk en daar vlieg hy weg tot anderkant die dik bloekombos.

Na 'n baie lang praat sien ek die bang lê vlak in Mooiblom se lyf. Dis 'n bewe bang, merk ek op.

Ek onthou toe dat die valk my gewaarsku het. Dat die stormswaeltjies vir my iets probeer sê het.

Ek ruik aan Mooiblom. Sy ruik lekker.

"Waarvoor is jy so bang, Mooiblom?" vra ek.

"Dat iemand my gaan afpluk net vir pluk en weer op die grond neergooi. Nie eers vir 'n blompot nie. Net pluk om te kan pluk."

"Ek sal jou nie laat pluk nie," sê ek.

Sy bewe bietjie. Nie baie nie. 'n Bang bewe is 'n ander soort bewe. Mens kan hom nie sien nie, maar jy kan hom tog sien.

"Moenie my laat pluk nie," soebat Mooiblom.

"Ek sal sorg," en met die praat van hierdie woorde kyk ek op hemel toe vir bid en genade.

My mens, en daar voor my gebeur die wonderlikste ding. 'n Swerm voëls kom verby gevlieg, in 'n perfekte V. Netjies.

Ek kyk na Mooiblom en sy sien ook die V van die voëls.

"Dit is jou Vryheid, Mooiblom," sê ek.

Die huil lê in haar hele lyf.

Toe, soos 'n wonderwerk van Bo, kom daar 'n Sneeugans aangevlieg. Hy kom sit langs Mooiblom, blaas vir haar en maak sy vlerk oop.

"Kom, kom saam. Klim onder my vlerk in en vlieg saam met my, so onder my vlerk."

Mooiblom klim in en toe sien sy Vryheid, Vreugde en Vrede, net soos die V van die voëls wat vooruit vlieg, met Sneeugans agterna. Toe weet ek...

Vir E.L.C

Antie Hessie vertel van die verfwerk
2020-12-31

Om vir Antie Hessie in die teekamer vir die dorp raak te loop is 'n skaars gesig.

"Ek hou my uit sulke plekke uit," sal sy altyd sê.

Dan moet ek ook nou maar bylas, sy het tog maar 'n wil iewers in haar gehad om tog so nou en dan daar te gaan sit. Net om te kyk en te luister. En dis hoe die ding begin het.

Ou miesies Holtzhauzen, wat die teekamer besit, het sommer so met haar oë vir my gesê dat ek en antie Hessie maar liewer moet loop, ons ontstel glo die ander gaste. Gmf ... ek het net te hard gelag, daai is maar al.

Maar ek gaan haal nie die storie op 'n plek waar hy nie gehaal moet word nie. Ek gaan voor begin.

Woensdag is pensioendag by die teekamer en dan kry die mense verniet 'n pannekoek met elke pot tee. Ook maar suinig.

Maar dis hierdie einste dag wat ek vir antie Hessie daar raakloop.

"Kom sit, Kindjie, kom, vinnig. Hier moet gepraat word."

Nou ek weet ook al teen hierdie tyd as sy met, "Daar moet gepraat word", beginne, daar groot praat op pad is.

My nuuskierige aard is maar so dat ek sommer gaan sit en vooroor leun.

"Kind, moenie jou lyf so oor die tafel gooi nie, dit is 'n teken van skinner."

Ek sit regop.

Antie Hessie kyk om haar rond, druk haar bril met haar middelvinger op en beginne met die storie.

"Kind, sien jy daai vrou wat daar sit met die sproetebont gesig?"

"Ek sien, Antie."

"Sy vertel toe vir my so week of wat gelede ... nee ... was dit 'n week? Nee, dit was die week voor hulle die biduur by haar huis sou hou, so dit moes twee weke gelede wees, want bidure is eerste Woensdag van die maand. Ja, twee weke gelede.

"Sy vertel toe vir my dat sy die Polliewitvoet man van die onderdorp moet kry om haar sitkamer te kom uitverf. Dis al verwer in die dorp wat op kort kennisgewing sal kom help.

En sy werk is nie te sleg nie, vertel die sproetebontgesig vrou vir my."

Antie Hessie loer weer na die sproetebontgesig vrou se kant toe en vee met haar plathand so oor die tafelblad, so asof sy stof of iets wil afvee.

"Maar vir wat wil sy haar sitkamer uitverf vir 'n biduur?" vra ek toe.

"Kind, net die Here alleen sal daai antwoord ken, maar ieder geval, sy vertel toe vir my dat die Polliewitvoet man toe sommer daar by ou mister Hodes se winkel gaan verf koop het en so kom hy toe met sy kwaste, verf en lang leer by die vrou aan. Of nee, hy het nie sy eie leer gebring nie, hy het die vrou se leer gebruik, as ek nou die storie reg kan verstaan.

"Kind, maar ou Polliewitvoet is mos maar gedurig dronk, maak nie saak watter tyd van die dag dit is nie. So begin die verwery, vertel die Sproetbont-gesig vir my, en hy verf dat dit goed gaan. Dan die kant toe, dan daai kant toe.

"Toe dit nou by die strepie op die muur moet kom waar die prente gehang moet word, wat nou 'n ander kleur geverf moet word, korrel ou Polliewitvoet sommer so met die oog en verf die strepie sommer so met die vryhand in, vertel die vrou toe vir my."

Soos Antie Hessie die storie aanmekaar las met stukkies hier vat en stukkie daar vat, sien ek nou al vir Polliewitvoet op die leer.

"Antie, maar vir wat moet daar 'n ekstra lyn teen die muur geverf word?" vra ek.

"Die sproetebontgesig vrou wil mos al haar handwerk teen die muur hang vir die biduur, vir komplimente soek. Sy doen mos so tapisserie werk, nou wil sy dit hang.

"Maar ieder geval nou, so sit sy in die stoel waar sy 'n ogie oor Polliewitvoet kan hou waar hy verf en sy die orders kan gee.

Sy sit so en bekyk die spul en sê toe vir ou Polliewitvoet, 'Nee man, verf reg. Jy verf daai streep nou krom.'"

Antie Hessie leun effens vooroor toe sy die stukkie vertel. "Kind, maar Polliewitvoet draai toe maar so stadig om waar hy op die leer staan, seker bang vir afval, en sê vir die vrou,

'Nee, Antie, as hy droog word, sal hy reguit trek, antie sal sien.'"

En dis toe met hierdie deel wat ek uitbars van die lag, sommer so oor die hele teekamer.

"Kom kind, laat ons liewer loop, voordat ons droog word en reguit trek," sê antie Hessie.

Toe loop ons maar.

Visvang

'n Stywe dop en visstok lê mos so lekker saam met mekaar.

Ek praat nie hier van hengel of diepseevisvang nie, ek praat van gewone visvang in 'n dam, sommer so van die kant af.

Maar kom laat ek nie hierdie ding vooruit loop nie. Storie maak is om soos huis reg te trek. Beginne by die een kant en dan werk jy jou pad deur tot by die laaste kamer van die huis. Sien, die ding staan so:

My Jasper is mos so lief vir die visstok en moenie die dop agterlos nie. Hy is al iewers in die sestig jaar oud, maar aan sy visstok klou hy soos 'n mens nie aan iets kan klou nie. In my binneste het ek al gehoop dat hy tog aan my ook kan klou soos hy aan die visstok klou, maar daai gaan by hoop bly. Sien, ek het ook maar net 'n natuur en behoeftes.

"Jasper, wanneer gaan jy tog die visvang laat staan?" vra ek eendag.

"Hoe kan ek, my Blom? Visvang sit styf in my bene. Dis in my bloed."

"Goed, so, my Jasper," het ek dan maar gesê en voor my uitgestaar soos iemand met diepe behoeftes.

Om die waarheid te sê, ek het hom al so keer of wat bekyk as hy daai visstok beetpak en beginne vang. Hy weet natuurlik nie dat ek hom dopgehou het nie, want ek het dit maar so loer-loer gedoen. Maar toe sien ek hoe daai stywe lyne en krom visstok hom gelukkig maak as hy 'n byt kry.

Ek vat dan maar 'n slukkie uit die soetpyp, vir die senuwees in die somer en dan om warm te word in die wintermaande. Soetpyp maak jou warm kry so van die binnekant af, dan werk hy buite toe.

Maar eers terug by my Jasper en sy visstok.

Hy sit eers die aas aan die hoek, bekyk die spul, rol nog so bietjie aas, drup dit dan in een of ander doepa of iets, rol nog en dan beginne hy die ding aan die hoek vasplak. Eers so met die vingers, dan die handpalm en dan gaan lê dit in sy oë om seker te maak hierdie spul is goed klam en gedoepa vir 'n vis.

Stadig beginne hy dan so aan die katrol te rol en tol. Eers stadig, dan vat hy klein bietjie spoed, dan baie spoed, dan weer stadig rol, totdat die aas mooi aan die puntjie vassit.

Dan die gooi. En gooi kan hy gooi. Die aas met sinker en al trek soos 'n boog tot binne in die water iewers waar 'n honger vis of 'n ding lê en wag.

Aai, Mens, die vreugde in sy gesig laat my amper vergeet van my eie eensame verdriet en die soetpyp.

Hy maak dan sy rug krom, druk die agterkant van die visstok in 'n strêp wat om sy lyf vasgemaak word en so staan hy krom rug met stywe visstok en wag.

As die wag te lank word, ruk hy eers bietjie aan die katrol, dan aan die stywe lyn en wikkel daai visstok. So asof hy iets of iemand wil laat nader kom.

En daar trek die lyne styf. Ek vat 'n sluk soetpyp, sommer so uit die bottel, die krom visstok wys dat hier 'n gevaarlike ding op pad is. Daai lyn span, die sinkertjies lê diep ingetrek.

"Dis 'n grote!" skreeu hy.

"Ek sien so, my Jasper," antwoord ek in my binneste.

"Hier kom hy, ek trek hom in."

"Trek hom, my Jasper."

So woed my Jasper met die trek, ruk en pluk totdat die einde in sig is.

"Goddank," sê ek en vat nog 'n sluk uit die bottel.

"Ek is nou klaar, my Blom," sê my Jasper vir my.

"Ek sien daai ding, ek bring 'n lappie en 'n sigaret vir jou."

So kom dinge ook maar tot 'n einde en die soetpyp lê maar langs my bed, net vir in case.

Die Houttafelmaker
(Colesberg)
2021-01-16

Die houttafel is opgedek met doek, messegoed en servet. Netjies gemaak vir aansit en eet. Ma aan die kop, dan val die kinders in so om die kante, totdat die tafel vol is van mense, familie, kos en liefde.

"Kom laat ons die seën vra," sê ma.

Die familie vat hande en maak 'n kring vir gebed en dank.

"Amen."

Die houttafel dra ons daaglikse brood, die houtmaker kry

sy daaglikse brood van tafel en stoele uitsaag, meet en pas,

dan verkoop, en ons dank die Here God vir daaglikse brood.

"Waar kom die hout van die tafel en stoele vandaan?" vra 'n kind.

"Van die houtwerker af, Kind," sê Ma.

"Waar kry die houtwerker dit?" vra 'n ander kind.

"Van 'n boom af," sê Ma.

"Waar kom die boom vandaan?" vra die dogtertjie.

"Van onse Here God af," sê Ma. "Eet nou julle kos en hou op vrae vra."

Op daai dag het ek Jesus sien skaafsels blaas om vir ons 'n tafel met daaglikse brood, perfek te meet en pas. Op daai dag het die tafelmaker se oë vir my gesê, "Moenie worry, ons sit 'n stukkie heuning aan die boom se worteltjies as ons hom plant, dan word hy 'n stewige stam vir die perfekte tafel vir julle huismense."

Die Tafelmaker het sy longe vol lug getrek, die skaafsels weggeblaas en die mooiste tafel het daar gestaan.

Kind, jy is die heuning aan die wortels.

Kind, jy is die tafelmaker wat gee.

Kind, jy is die boom van alle bome.

By die Mark

Sy volg die nou klippaadjie na die klomp kleure van sambrele.

Sy hardloop tot om die eerste hoek, en koop 'n nuwe boek, want haar ou houtboekrak het 'n oop gleuf wat na iets soek. Onder die eerste sambreel gaan sy staan en kyk na 'n harlekyn met 'n hartseer traan.

"Hoekom huil jy, Harlekyn?" vra sy.

"Ek huil, want my lag het verdwyn. My eie lag word ander mense se lag."

Langs die volgende sambreel kyk sy in die lug op en sowaar, daar neffens die son sien sy 'n glimlag.

"Hoekom lag jy?" vra sy. En net langs van haar hoor sy die ou vrou sonder tande praat.

"Kindjie, by hierdie mark lag ons want lag maak gesond."

By die volgende sambreel gaan staan sy en loer onder 'n doek in.

"Wat is onder die doek?" vra sy.

"Onder die doek skuil 'n wonderwerk van die allerlekkerste soet," sê 'n bleskop man.

Sy druk haar klein vingertjie in die soet en weet waarna sy vandag soek.

Sy koop 'n potjie vol van die goud-geel soet en knoop dit in haar drasak toe. In die ander hand klou sy aan die boek.

Die bles-oom loer oor 'n ronde brilletjie en om sy mond lê daar 'n goue druppeltjie.

"Moenie vir iemand sê dat ek van die goud-geel soet geproe het nie," sê die oompie met 'n stuitige glimlag.

Sy lag uit haar maag en loer weer in haar drasak, want sy sien 'n druppel soet is weg.

Sy dwaal deur die mark en kyk na mandjies vol vrugte, groente en rakke vol lap. Sy drink gemmerbier en proe aan 'n varsuitgedrukte lemoen se sap.

Sy stap nog 'n entjie, verby die mooiste kleure van nog sambrele en eetgoed tot by die harlekyn se traan en daar haal sy 'n druppel uit, 'n druppel soet.

Harlekyn se lag is terug.

Die oop gleuf in die rak het 'n boek.

Sy het 'n pot vol lekker soet.

Maar haar naam is nog steeds op soek.

Die Joons Kinners

Die apteek en die hairdresser, waar ek werk as shampooist, is net so skuins langs mekaar. As ek mooi staan, kan ek by die apteek se vensters inkyk.

Daar in die apteek, so tussen die rakke, sien ek vir Dominee, Ouma en die Joons man met sy vier kindertjies, soos orrelpypies, staan.

Almal is maar hierdie tyd van die jaar in die apteek vir die verkoue, hoes en snotneusies. Praat nou maar liewer nie van die snotneusies nie, want die Joons kindertjies het maar permanente loop neuse. Haal met sulke oop bekkies asem. Laat 'n mens skoon aardig voel.

My mens, toe ek later, met tjaailatyd, vir Ouma, sommer so terloops, uitgevra het oor die apteek storie met Dominee en Gideon Joons, kon ek my maar gereed maak vir lank staan by die hekkie.

"Maar kom ek begin heel voor," sê Ouma toe vir my. En die storie beginne toe sommer soos die boeke van die Bybel, tot by Amen verby.

Dis daar voor die 'allerlei' rak wat Ouma toe vir Dominee raakloop. Ouma vertel my toe dat sy sommer so versigtig in Dominee se mandjie loer, vir in case daar persoonlike goedjies is.

Jy weet, 'n apteek kan 'n persoonlike plek wees en mens wil nie iemand onnodig in die oë sit nie.

Daar is mos party mense wat sommer vra wat jy koop en hoekom jy dit koop en sommer vir wie dit is ook, ons sal nou nie name noem nie.

Ouma stap nader en groet vir Dominee.

"Middag Dominee, dit is 'n verassing om vir dominee hier raak te loop."

Ouma het nooit, soos die ander mense, 'n aansitterigheid gehad as sy met die Godsman gepraat het nie. Sy praat haar praat soos wat sy praat. Die paar keer wat ek die Godsman by Ouma se huis raakgeloop het, het ek darem my stem so bietjie verander vir die respekte, verstaan?

Maar iedergeval...

"Middag, Tannie, hoe gaan dit?" het Dominee gegroet.

"Goed, Dominee. Ek het net 'n paar goedjies kom kry en die Oom se voorskrif. Hy het so bietjie suiker en as hy nie sy pille vat nie dan hang sy een oog so effens, en dit maak hom vreeslik onbekommerd. Siestog, dis 'n ding wat nou so die laaste jaar of wat sy kop uitgesteek het. Oudword is nie jou speelmaat nie."

"Siestog Tannie, ek hoop nie dis te ernstig nie. Is alles reg met die Oom?"

"Mmmm, ja ... ja ... hum ... ja ... nee ... alles reg met die Oom..." en soos Ouma oor Dominee se regterskouer kyk, staan Gideon Joons en sy vier kindertjies by die rak wat Lennon se doepas verkoop.

Ouma hakkel so dat sy nie 'n woord uitkry nie. Dis soos 'n brommer wat teen 'n venster vasgekeer word. Sy spartel, maar geen woord wil uitkom nie. Ouma kyk oor Dominee se regterskouer, dan vir Dominee, dan weer oor die skouer, vir Gideon Joons en sy kinders wat staan en Lennon medisyne botteltjies bekyk. Seker om pryse te vergelyk. Arm was hulle nie, maar o wee ... suinig.

"Is alles reg, Tannie? Tannie is mos nie iemand wat met woorde sukkel nie. Hoe dan nou? Het Tannie koors of iets?" het Dominee gevra.

Ouma vertel dat sy so effentjies nader aan die dominee gaan staan het, haar oë op skrefies getrek en saggies gepraat het.

Ouma wou nog sê "moenie kyk nie" en daar draai Dominee sy kop om en kyk.

"Daardie man met die velhoed op en die vier kaalvoet kinders?" het Dominee gevra

"Sjuut, nie so hard nie, Dominee. As hulle eers aandag kry vat hulle alles. Dis soos hulle sê, jy gee die pinkie dan gryp hulle die hele arm," en sy pomp hom met die elmboog so in die ribbekas.

Ouma leun nog 'n bietjie vorentoe om by Dominee se oor uit te kom en Dominee buk laer af om by Ouma se mond uit te kom. Hier kom 'n storie.

"Maar ek wil nie hier staan en praat nie, netnou sê die mense dat ek 'n kwaadsteker en skinderbek is, en ek praat nie oor ander mense nie. Dis nie in my aard nie," sê Ouma inkennig. Sy laat sak haar kop so effens sodat haar ken in haar nek gaan sit.

Sien, Ouma het soms so manier om haar onderlip styf te trek en die ken te laat sak tot amper op die bors. Mens, ek het al Ouma se maniere goed leer ken. Ek weet wat sy dink as sy 'n manier van staan en gesigtrek het.

"Ja, dis reg so, Tannie. Ek sal later 'n draai kom maak dan praat ons. Ek verstaan," fluister-praat Dominee terug en knipoog vir Ouma.

Ouma stap by Dominee verby, reguit na die Lennon rak toe, groet net so bolangs vir Gideon Joons en die kinders. Sy stap na die toonbank toe en betaal die goed.

Toe sy by die deur uitstap, Tieng Tong daai klokkie en almal kyk op om te sien wie in of uit gaan. Ouma verpes die bleddie ding. Vir wat het mister Heyns die ding ingesit?

My mens, daai klokkie tingeling so hard dat mens hom tot binne in die hairsalon kan hoor, dis nou te sê as die hairdryers nie aan is nie.

Sy druk haar bril met middelvinger op en stap ergerlik by die apteek uit, reguit na die geel veertien honderd bakkie toe. Ouma het mos daardie, soos ek dit nou sal sê, 'uit die knieg' stap. Dis 'n stap waar sy haar voet net so effentjies meer uitskiet as 'n gewone stap en dit gebeur so by die knieg se buig.

By die huis aangekom, sit sy die gas heatertjie aan en trek die sunfilters wawyd oop in 'n poging om nog son te kry.

Ouma maak 'n groot pot tee, sit die radio aan, net om die resep neer te skryf voordat Dominee kom, en gaan sit so voor die heatertjie en die son wat op haar blaaie skyn. Lekker warm. Dis nou die uitsending van 'n melkkosresep wat sy wil maak, as Oupa se neef en sy vrou kom kuier.

Dis so asof die batterye van die radio'tjie in die wintermaande gouer pap word, want sy moet hom bietjie harder draai as laas week. Sy merk die knoppie met Cutex dan kan sy weet as iemand aan haar radio lol. Dit is haar radio en klaar. Dis net Saterdae wat Oupa die radio'tjie nader kan trek vir die landbou-uur en dan die rugby. Dis al.

Dis die einde van die resep toe sy die tuinhekkie se skreeu hoor. O hier is Dominee nou.

"Aai, dat hierdie dominee nou so vasgeraak het aan my en so agter 'n storie aan is," sê Ouma met 'n tikkie trots nou vir my.

Sy stap voordeur toe en daar kom Dominee aangestap. Sy weet nie of sy haarself verbeel nie, maar sy stap is bietjie vinniger as gewoonlik.

Ja, dis om die Joons se storie te kom haal, het Ouma vir my gesê. Ouma het die ding in die apteek so aangedik sodat sy seker maak Dominee kom vir die storie.

Sy maak eers die groot houtdeur oop, dan stoot sy die sifdeur oop en loer half-lyf uit.

"Kom, Dominee, dis koud. Kom maar in, ek sit sommer daar in die sonkamer. Die tee is klaar gemaak."

"Dankie, Tannie, hierdie wêreld is darem maar baie koud. Ek weet nie of ek daaraan gewoond sal kan raak nie."

"Nee wat, Dominee, jy sal gou-gou gewoond raak. 'n Mens raak vinnig aan dinge gewoond."

Ouma gooi vir Dominee tee in, sommer melk en suiker ook en roer dit vir hom.

"Dankie, Tannie. "

"Jammer Dominee, hier is ongelukkig nie koekies of iets nie. Wintermaande is ek maar traag om te bak."

"Dis reg, Tannie, ek moet in elk geval bietjie briek aandraai met die etery. My broeke begin al effens knap sit... maar vertel my van die Joons mense, asseblief, Tannie. Ek het nog so rukkie in die apteek gestaan en na die kindertjies gekyk. Kry hulle swaar?" vra Dominee en loop die ding vooruit

Dis 'n droewigheid daar by die Joonse se huis.

Dominee skuif agtertoe op sy stoel, kruis sy bene en Ouma kan sien dat Dominee sy sit goed kry. 'n Sit om te bly sit en te wag totdat die storie klaar is, het Ouma vir my vertel, en sommer gedemonstreer ook.

Nou moet ek ook bysê dat Dominee 'n paar keer na my toe gekom het om 'n storie te kry, maar ek het net gemaak of ek niks weet nie. In die Karoo is ek geleer jy speel nie met 'n Godsman nie. Dan het ek maar net gesê, "Ag Dominee moet maar die stories by Ouma kry." Dis al.

"Die Joonse bly doer onder naby die Galopkerk in 'n rooi baksteenhuis," beginne Ouma die storie.

"Ekskuus, Tannie, wat is die Galopkerk?" vra Dominee.

"Dominee, dis mos die AGS kerk. Daar waar 'n orkes speel en hulle spring en dans. Dis die Galoppers."

My mens, ek en my suster was so paar keer daar gewees. Maar daai is darem maar te erg vir ons. Dis so asof mens spot met die Woord. Maar elke geval, die storie gaan nou nie oor die kerk nie...dis Ouma en die Joons kinders.

"Dominee sien, Vinkie is maar 'n snaakse vrou. Sy het sulke gelaatstrekke soos 'n tuinmol, siestog, glad nie mooi nie en sy stap so asof sy aan die roei is.

"Sy is so half van die menssku tipe en gaan nooit uit die huis uit nie. Sy stuur maar altyd haar man, Gideon Joons, om inkopies te doen, of om die kinders skool toe te vat en so aan. As Gideon nie kan gaan nie, moet die middelste seuntjie, Rudolph gaan. Hy is soort van die enigste enetjie wat nog ordentlik kan praat, sonder om te blaas soos 'n gans. Maar Vinkie bly in haar huis.

"Die kinders lyk almal so ietwat simpel en stadig van begrip, veral Rudolph. Hulle lippe is almal gebars en droog. Winter in, somer uit. Ek het al vir Vinkie gesê sy moet die kinders leer om deur hulle neuse asem te haal en nie so uit die mond uit nie, dis dit wat hulle lippe so laat bars.

"Vinkie trek dan haar skouers op en sê dis maar hulle manier. Sy kan nie help daarvoor nie.

"Dominee, dan praat die kinders nog so deur die neus, so asof hulle pal ellenoids het. Ek het al op 'n keer toe ek nie 'n woord kon hoor wat die Rudolph kindjie vir my sê nie, sy neus met soutwater gespoel. Maar niks nie. Die kind het bly blaas soos 'n gans.

Maar toe Rudolph so, ek skat in Standard 4 of wat was, gebeur daardie ding in die skool. Te vreeslik gewees. Almal het daarvan gepraat.

"Hierdie storie het ek by die vrou van die Tuisnywerheid gehoor. Sy het dit blykbaar by haar neef gehoor wat hier by die Koöperasie werk.

"In elk geval, net so na die wintervakansie word die Standard 4 Juffrou siek en hulle kry 'n ander juffrou in, om net waar te neem. 'n Vreeslike aangename juffroutjie, jonk, mooi en bedeeld."

Ekself onthou daardie juffrou. Sy het so paar keer haar hare hier kom doen en altyd 'n ietsie ekstra in my hand gedruk as ek haar kopvel so bietjie ingevryf het met die conditioner.

"Sy het 'n slag met Rudolph gehad en die kind se punte raak toe sommer beter. Gideon Joons wou toe verneem na die juffrou wat so 'n wonderwerk met Rudolph verrig, dat hy haar wil ontmoet. So gaan hy skool toe en ontmoet die Juffrou.

"Toe hy die juffrou sien, val sy onderkaak tot amper op sy bors want die juffrou is sag op die oog. Gideon Joons glimlag breed, so asof daar nuwe lewe in hom is en Rudolph kan al die moeilike woorde spel wat hy nooit kon doen nie en Vinkie het net by die huis gebly agter slot en grendel."

Ouma skuif-skuif nader na die heatertjie en vat 'n slukkie tee.

"Moenie vir my sê dat Gideon Joons toe oë het vir die Juffrou nie," vra Dominee versigtig.

"Nee, Dominee, glad nie. Hy was te dankbaar dat daar iemand is wat met Rudolph kan werk. Vinkie was ook bly gewees en nogal gesê die kind se slimgeit kom van haar kant af. Slim, maar vreeslik onaansienlik."

"Haai Tannie, moenie so sê nie, kan dit so erg wees?"

Ouma het my vertel dat Dominee sommer aan die lag gegaan het.

"Ja, Dominee, dis vreeslik, maar nietemin... Die nuwe juffrou het haar maar min aan die skinnertonge in die dorp gesteur, omdat sy so netjies is, knap en nogal vriendelik. Sommige het gereken sy het hierheen gekom net om man te vat, 'n ryk boer of 'n ding, dominee weet?

"Maar so raak Rudolfie vreeslik lief en geheg aan die juffrou, en hulle sê vir my dat die juffrou baie besorg was oor Rudolph. Selfs vir hom skoene gekoop en salfies vir die gebarste lippe.

"Juffrou het blykbaar na skool, lank met die kind gesit en spellesse gedoen.

"Toe begin Rudolph mos pakkies met neute vir die juffrou aandra. So een of twee keer 'n week. Nogal toegedraai in 'n mooi sakkie en toegebind met 'n gekleurde lint. Die juffrou kon sien dat dit ou linte is wat seker van laasjaar se Kersgeskenkies af kom, maar sy het nie omgegee nie. Dis die gedagte wat tel.

"Sy het dan die neute sommer so in die klas geëet. As die skoolklok lui vir die klas wat verby is, is die neute ook sommer op. Sommige kinders het gesê sy staan en knaag soos 'n hings wat mieliepitte eet.

"Dit was die volgende week weer so. Die kindjie was tog so bly dat Juffrou die neute geniet, dat hy sommer twee keer 'n week neute aandra.

"Juffrou eet neute en Rudolph vaar goed in die skool. Dis so asof die kind 'n nuwe lewe gekry het. Die juffrou het selfs vir hom klere gekoop en 'n sweetpakkie vir die winter.

Die juffroutjie het natuurlik gedink dat hulle arm is, omdat die kindertjies kaalvoet is, maar Dominee, dis suinigheid. Dis tipies daai ding van gee die pinkie en hulle gryp wat hulle kan."

Ouma sê dat die tonge behoorlik los was in die dorp.

"Sommige mense het gesê dat die Juffrou na 'n kind van haar eie hunker. Jy weet, dat sy broeis is, dan was daar weer stories dat Gideon Joons agter die Juffrou aan is...ekskuus, Dominee, maar het ek nou die hekkie gehoor?" en ouma maak haar nek ietwat langer om deur die venster te kyk om te sien dat dit net Ella is wat kom kuier.

Ouma sê vir my dat Dominee glad nie ingenome was dat Ella hulle nou kom onderbreek nie.

Ek wou nog vra hoe weet Ouma dit wat Dominee dink, toe sê Ouma sommer so vanself, dat sy sien dominee skuif eers op die een boud, dan na die ander boud en kruis die bene twee keer oormekaar. Dis 'n teken van ongeduld, dis nou volgens Ouma. Maar ek weet ook darem nie of dit die waarheid kan wees nie.

"Ag liewe Vader, wees tog genadig," het Ouma gesê, jy weet, so asof sy in 'n gebed was. Maar geen gebed sou vir Ella daar kon weghou nie.

Dominee bly sit.

"Ekskuus, Dominee, skreeu sy oor haar skouer," laat ek tog net hoor wat die probleem hier is. Dit kan net moeilikheid wees," en Ouma is ergerlik toe sy die deur opmaak.

"Ja, middag Ella. Hoe gaan dit?" het Ouma gegroet en Ouma sê vir my dat sy nie eens probeer het om vriendelik met Ella te wees nie.

Ek verstaan dit, want Ella en Ouma kon mekaar nie verdra nie en hierdie ge-aankloppery is net kom krap waar daar nie gekrap moet word nie.

"Ag, Joey, ekskuus dat ek nou pla. Ek sien Dominee Jonkers se motortjie staan hier buite. Ek het toevallig hier verbygery. Ek sukkel die afgelope tyd so om hom te siene te kry. Kan ek net gou vir hom iets vra?"

Ouma druk haar bril met middelvinger op en dan staan sy hande in die heupe.

"Ja, Ella, jy kan seker. Dit hang af of Dominee jou wil sien. Hy is daar in die sonkamer. Stap maar deur."

Ella stap met kort treetjies wat so klak-klak op die houtvloer deur na die sonkamer.

"Middag Dominee Jonkers, dit spyt my dat ek u nou moet pla, maar daar is iets baie swaar op my hart wat ek aan u moet noem," het Ella met haar 'ge-Dominee en ge-U, begin. Sy moes nog net Hoogheid of Edelagbare bylas.

Ouma gee vir Dominee so een kyk en sy sien dat hy ergerlik is, maar hy hou die glimlag op sy mond.

"Ja Suster, wat is die probleem dan?" vra Dominee, maar Ouma hoor ongeduld daarin en die 'ge-suster' nogal.

Ouma gaan sit weer op haar stoel, wil niks mis nie.

Ouma vertel toe dat ou Ella met haar aansitterigheid haarself gereed maak vir groot praat met die dominee. Ek het geleer dat 'n mens nie met die Godsman speel of spot nie, maar volgens Ouma het ou Ella heeltemal te ver gegaan.

"Dominee, u weet die tuine van die Kerkkantoor..." het Ella beginne. "Dominee, u weet, ons sal iets aan die duiwe moet doen wat in die geute nesmaak, Dominee, u weet, daardie geute verstop ... Dominee, dit kwel my vreeslik dat die kerk nie toegesluit bly as die orreliste oefen nie, Dominee. U weet mens weet nooit wie kan insluip nie. Dis lewensgevaarlik, Dominee... "

En so kekkel Ella aan, in een asem en mens kon sweer die vrou word blou in die gesig van te min asem en Ouma vertel my dat sy nog vir Ella wou sê, "Magtag vrou, haal net asem," maar Ouma sê dat sy daardie wag voor die mond maar gehou het.

Dis net vol van Dominee en u..

Ouma druk haar bril op met middelvinger, Dominee sit op een boud, dan ander boud, dan kruis die bene links oor dan regs oor. Hoes in sy hand, en so nou en dan kyk hy deur se kant toe, so asof hy vir Ella wil wys om te gaan, maar Ella sit.

Na wat soos 'n ewigheid voel, kondig 'n uitasem Ella aan dat sy moet loop, daar is nog soveel werkies by die kerkkantoor.

"Totsiens, Dominee, en kom gerus oor," sê Ella so in die wegstap en blaas na asem. Amper soos daai Joons kindertjies.

"Totsiens Suster," het Dominee gegroet.

"Ella, ek gaan nie saamstap nie. Die deur is oop. Totsiens eers," het Ouma gesê.

"Ja, Dominee, laat ons maar nie oordeel nie," en Ouma sê daai 'Dominee' met so ekstra aansitterigheid.

"Ja Tannie, laat ons maar nie, maar wat gebeur toe met Rudolph en die juffrou, of sal ek sê, Gideon en die juffrou?" en daai stout-seun-glimlag kom klim in sy gesig. Aai tog, ons liewe Dominee darem.

Ouma vertel my dat sy toe gemaak het of sy vergeet waar sy laas met die storie was, want sy het dit tog so geniet dat mens haar moet soebat vir 'n storie.

Ouma het soms hierdie manier gehad om 'n storie net so te los en te maak asof sy nie kan onthou nie, maar ek weet, sy onthou wel te goed.

"By die juffrou wat klere vir die kind gekoop het en dat Rudolph neute vir juffrou skool toe vat," het Dominee haar aangepraat.

"O ja, Rudolph se rapporte lyk goed, die lippies is nie meer so gebars nie en hy trek mooi aan. Tot ou Gideon lyk of daar 'n nuwe lig op hom skyn, en dit alles oor die mooi, knap, nuwe juffrou.

"Op 'n dag toe Rudolph nou vir drie dae agtermekaar vir die Juffrou neute skooltoe bring, voel die Juffrou vreeslik skuldig en verleë.

"Rudolph," sê sy toe op 'n dag so voor die hele klas. "Die neute is regtig heerlik en juffrou waardeer dit tog so, maar my kind, dis nie nodig om elke dag vir my neute te bring nie. Gee vir jou Mammie ook daarvan."

"Hulle sê toe Rudolph se ore word rooi van skaam kry en die sê nie 'n woord nie.

"Die volgende dag is hy weer daar met 'n sakkie neute. Juffrou sit met haar hande in haar hare. Nie omdat die neute sleg is of iets nie, maar omdat sy skuldig voel. Sy neem aan dat die Joonse nie baie ryk is nie. En sy besef dit is uit dankbaarheid wat die kind die neute aandra. Dankbaar omdat hy goed doen en goed lyk.

"Haai Tannie, en toe?"

Wat Ouma toe verder vertel laat my skoon 'n lamte in die knieg kry. So asof ek 'n aanval of toeval kry. Nie van skrik nie, maar van lag. Jy weet, as mens so diep lag dat jou lag in jou maag gaan vassit. Jy verstaan?

"Rudolph bring daardie een oggend weer 'n sakkie neute, sommer ekstra vol vir Juffrou," vertel Ouma vir my en sy beginne sommer lag.

"Nee, Rudolph, regtig. Juffrou sal hierdie vat en eet, maar dis die laaste hoor. Juffrou waardeer dit regtig, maar ek dink dit moet ophou," en daar maak juffrou die pakkie neute oop en begin weer kou soos die hings wat aan mieliepitte knaag.

"Sy wou dit eers vir die kind teruggee net as 'n teken dat dit regtig moet end kry, maar besluit om dit maar te eet. Sy wil nou nie die kind onnodig seermaak nie.

"Aai, en dat die kind geweet het dat Juffrou lief was vir hierdie soort neute was ook 'n wonder. Hoe sou so jong kind van neute en goeters geweet het?

"Sy sê toe maar, 'dankie Rudolph, maar dis die laaste. Jy bring nie weer vir my neute nie.'

En daar praat die kind voor die hele klas, "Juffrou, dis nie ek wat die neute koop nie. Dis my Pappie," begin die kind.

En Juffrou keer, "Dis reg Rudolf, sit nou maar. Ons kan later daaroor praat," want sy sien regtig nie kans dat hierdie kind voor 'n klas vol ander kinders moet sê sy pappie koop vir die juffrou neute nie. Dit kan net 'n ongemaklikheid word.

"Nee Juffrou, dis my pappie wat dit koop. Juffrou, hy koop altyd vir my Mammie daardie tjoklits by die Jood se kafee. My mammie het nie meer tande nie en suig net die tjoklit af. Sy sit dan die neute in 'n pierinkie wat sy later vir die hoendertjies gee. Net voordat sy dit kan uitgooi, vat ek dit, en sit dit in die sakkie en bring vir Juffrou," sê die kindjie in alle onskuld.

Teen hierdie tyd het ek al op die klip gaan sit soos ek vir Ouma se storie lag. Ek wou nog vir ouma sê dat sy nou oop en bloot hier staan en lieg, maar mens sê nie vir Ouma dat sy lieg nie. Jy vat net die storie.

"Ek kan môre weer vir juffrou bring as juffrou wil hê," het die kindjie soos 'n blasende gans gepraat van opgewondenheid.

Die Nou Pad
2020-12-18

Vir Plaasmoord- Slagoffers

Ek het vanoggend die nou pad gevat. 'n Voetpad onder deur bome wat se name ek nie eens ken nie, en so in die loop maak ek maar my eie name op. Dan gesels ek so in die verbygaan met hulle.

"Waarheen vat hierdie pad my?" vra ek vir die groot boom.

"Hou net aan loop," sê die groot boom.

Toe ek onder by die kronkel kom vra ek vir die plat boom met baie blare en die mooiste blomme, "Waarheen vat hierdie nou pad my?"

"Stap net nog 'n entjie, jy sal die plekkie kry. Kyk net mooi vir raak trap," sê die plat boom met die mooi blomme.

Ek stap.

Ek stap.

Ek stap.

By die effense afdraande waar ek so briek-briek moet loop, vra ek vir die grootste boom wat ek nog gesien het, so groot dat sy wortels eintlik al by die grond uitklim, "Waarheen nou?"

"Jy is hier. Trap net oor die bosvarings, sodat jy hulle nie seer trap nie dan is jy hier," sê groot boom met die wortels wat al by die aarde uitklim.

Toe ek oor die bosvarings trap en verby die reënvoëltjie stap wat sing, sien ek die groot, blou, oop see. Toe is ek hier.

Ek trek my klere uit en maak dit so 'n hopie op die sand. Ek druk 'n uitspoel stokkie sommer so langs die hopie klere in die sand, net om te sê, "Hou asseblief 'n ogie oor my goed."

Toe stap ek met my oë toe, soos iemand bid, die water in. Ek stap en stap en stap totdat daar nie meer stap oor is nie, maar net dryf waar my kop net-net uitsteek vir genoeg asem.

Die een brander praat saggies in my oor. Hulle sê dat die branders saggies praat, want hulle is bang dat hulle die stilte van die see wegjaag.

Die brander fluister, "Ons doop jou ge-inkte lyf vandag."

"Hoe bedoel jy?" vra ek vir die brander.

"Ons doop jou soos kerk-doop," fluister Brander terug. "Gaan nou terug na jou hopie klere toe en bou 'n sandkasteel."

Ek doen dit. Ek bou die kasteel totdat die son gaan sak. Ek kerf kamma-kamma vensters en deurtjies uit met die waghoustokkie. Ek sit 'n dak op met fyn uitspoel blaartjies. Toe praat die see sy praat met my.

"Daai venstertjie daar bo is Brendin se venster, hierdie een hier is Eddie se venster. Daardie een waar jy 'n stukkie see-gras gehang het is die Volkspele antie van Upington se venster. Die grondvloer venster langs die deur is Oom Andries se venster om 'n ogie oor sy varkies te hou. Die venster heel bo is Pieter s'n, die hoof van hierdie kasteel. Die venstertjie net langs oom Andries s'n is Ntate Khumalo se venster."

En so praat die see my aan oor wie se venster wie s'n is. Ek kerf vir elke slagoffer en sy mense 'n venster uit. Ek vra toe vir die see, "Maar waar is my venster dan?"

Die see antwoord, so amper parmantig soos 'n streng ma," Jou lyf is elke een van hierdie mense se vensters. Jou oge is die venster vir elke vrou en kind wat agtergebly het. Die ink op jy lyf is die vensters waarmee jy na ons volk kyk, oom, anties en kinders."

Toe stap ek weer af see toe, en gaan doop my ge-inkte lyf vir elke een van die mense wat my stories lees, wat saam met my stap, wat saam met my huil, want my vang as ek val en wat daar is vir my. Dankie vir almal van julle. Ek kerf special vensters vir elke een van julle uit.

Liefde – Altyd

Geagte Leser

Ons hoop dat u ons boek geniet het en dit boeiend gevind het. U terugvoer is baie belangrik vir ons en vir toekomstige lesers.

Ons sal dit baie waardeer as u 'n paar oomblikke kan neem om 'n resensie op Amazon te skryf. U mening help ander om ingeligte besluite te neem en dit help ons om beter te verstaan wat ons lesers waardeer.

Baie dankie vir u ondersteuning!

Vriendelike groete

Die Malherbe Span